文春文庫

石のささやき

トマス・H・クック
村松 潔訳

第二の両親、
ジュリアンとリリアンのリッター夫妻へ

不正を忘れない者の
根気強い捜索と長年の監視
——バイロン卿

石のささやき

主な登場人物

わたし……………………………デイヴィッド・シアーズ　弁護士
ダイアナ・シアーズ……………わたしの姉
マーク・リーガン………………ダイアナの前夫　生化学者
ジェイソン………………………ダイアナの息子
ピートリー………………………刑事
アビー……………………………わたしの妻
パティ……………………………わたしの娘　高校生
チャーリー………………………わたしの事務所の共同経営者
ニーナ……………………………チャーリーの娘
エド・リアリー…………………わたしのクライアント　離婚調停中
エセル……………………………エドの妻
スチュアート・グレース………高名な刑事専門弁護士
ダグラス・プライス……………石のつぶやきについての冊子を書いた男

おまえは自分が透明な流れだと思っていた。こどものころ頭に詰めこまれ、のちに記憶の底に埋葬された厖大な事実や引用句、そういう知識の断片はすっかり洗い流されて、いまやただの「映画好き」——親父はいかにも軽蔑しきったように、おまえをそう呼んだものだった——になったと思っていた。

だが、実際には、おまえは不安の川だった。流れが滞《とどこお》って濁り、底にはもうひとつ別の暗い流れがある川だった。

泥に覆われた川底から掘り出されたもの、そこに埋葬されていた本の知識の全体を眺めれば、その川の深さがわかるだろう。

ふいに、トルストイの『三つの死』を思い出す。最初の死から二番目の死へと物語を読み進んでいくうちに、おまえはだんだん不安になっていった。結末に近づいても依然として三つ目の死は訪れず、死すべき運命を背負わされていると思える人物さえ登場しなかった。と、そのとき、斧を肩にかついだひとりの労働者が現われ、重い足取りで墓地を横切って、一本の巨木に近づいていった。その斧の最初の一撃で、巨大な木がブルッと震えた。伸び広がった枝々が恐怖に身震いしたのである。震えおののく葉の一枚一枚に、その木の恐怖が感じられた。しかし、一撃ごとにそれは弱まり、生命力が衰えて、やがて殺害された木はうめき声をあげてどっと倒れ、それが物語の第三の死になった。

いま、おまえのまわりには四つの死が渦巻いている。暗礁《あんしょう》に乗り上げて大破した船の残骸みたいに。指先に予期せぬ湿り気が感じられ、水面が足首まで上がってきたのがわかる。雨に濡れて黒光りする錬鉄の手すり。ずしりと重みのある太い木の枝。

看守が現われた。薄暗い灰色の光のなかで、彼のバッジは鈍い色を放っているだけだったが、それでも、一瞬、そのバッジしか目に入らなかった。それから、カメラのフラッシュみたいに、それがキラリと光り、姉にもそんなふうに——人の目をくらませる、情け容赦のないものに——見えたのだろうか、とおまえは思った。

看守が独房の鋼鉄の扉をあけた。

「ピートリー刑事がお待ちかねだ」

おまえは簡易ベッドから立ち上がり、コンクリートの床を横切って、廊下を進み、ピートリーが待ちかまえているはずの部屋に入った。すべての権利を放棄して、自分から進んですべてを話してしまうつもりだった。

しかし、ピートリー刑事は部屋にいなかった。しばらく部屋の様子を観察して、自分の置かれている状況をよく把握しておこうと思った。カード・テーブルにはコーヒーメーカーが置かれ、ガラス製のポットにたっぷりコーヒーが入っており、その横に発泡スチロールのカップが重ねてある。壁には時計とカレンダーが掛かっていた。

窓際に歩み寄って、世界のささやかな片隅を眺めた――この片隅に、手のひらににぎられた小石みたいに、おまえの慎《つつ》ましい人生がすっぽりと収められている。そう思うと、まるで殺人事件の再現ドラマを見ているような気分になり、「丘の上の絞殺魔《ヒルサイド・ストラングラー》」を取り上げた映画のワン・シーンが目に浮かんだ。検察官が陪審員を丘に連れていくと、警察のヘリコプターのライトがまずひとつの場所を照らし、それからもうひとつ、さらにもうひとつと、死体が発見された場所を照らし出して、最後に殺人犯の家、この惨劇の中心に位置するぞっとする建物を浮かび上がらせる。いま、窓の外を眺めながら、おまえはヴィクトル・ユゴー・ストリートからドルフィン池へ、ケアリー・タワーズからザルツブルク・ガーデンへとスポットライトのように視線を移していく。一箇所からもう一箇所へ、犯行現場であることを示す長い黄色いテープが張りめぐらされているような気がした。

「ミスター・シアーズ」

おまえは振り返る。

ピートリー刑事が部屋に入って、ドアを閉めた。「坐って」

彼はテーブルと二脚の椅子を顎で示した。テープレコーダーとメモ帳と青いペンが置いてある。ありきたりな訊問の小道具だったが、自分がありきたりな容疑者でないことはわかっていた。

おまえはテーブルに歩み寄って、腰をおろす。

ピートリーは向かい側の椅子に坐り、テープレコーダーのスイッチを入れて、自分の名前とおまえの名前、日付と時刻と場所を大声でとなえた。彼はきちんとした恰好をしている。上着のボタンをかけ、ネクタイをきっちりと結んで、いかにも冷徹なプロという面持ちだ。すでにありとあらゆる事件を扱った経験があり、おまえが何を話そうが、心を揺さぶられることはなさそうだった。

「では、いいかね?」と彼は訊いた。

どこからはじめるべきかわからなかった。語るべきことはあまりにも多く、川にはあまりにも多くの流れがある。

「いいかね?」とピートリーが繰り返した。

おまえの心のなかに女の歌声がひびいた。

父親　姉妹
いかさま師《ツイスター》
父親　娘
人殺し《スローター》

おまえは不安の川であり、渦巻く流れのなかにいくつもの死体がグルグルまわっている。いまやおまえはこの悲劇的な川の終点にいて、これからその源に遡《さかのぼ》らなければならない。

「どこからはじめればいいんでしょう?」とおまえは訊いた。

ピートリーは、風化することのない岩みたいに、どっしりとして、なにものにも侵されることがないように見える。「どこでも好きなところからはじめて」と彼は言う。

それで、おまえは言われたとおりにした。

1

わたしたちはヴィクトル・ユゴー・ストリートの、でたらめに増築された、老朽化した家に住んでいた。その家がわが家に残された最後の資産だった。親父は、何年も前から、フリーランスの編集の仕事や、書評記事、ちょっとした事実の調査など、物書きとしての仕事のおこぼれに預かるだけで、ポップコーンを糸でつなぐみたいに、半端仕事をつないでかろうじて生計を立てていた。親父は絶えずクルクル気分が変わる人間で、その気になったときには、地元のハイスクールで代用教員として働くこともあったが、彼はそれを「教育現場の日雇い労働」と呼んで軽蔑した。生徒は自分より下の存在だったし、低俗なサラリーマン教師たちも同様だった。親父によれば、彼らはささやかな年金を聖書の切れ端みたいに追い求めているだけだった。親父の軽蔑心には底がなく、それがときおり渦巻く憤怒の発作になって爆発した。

そういう発作に襲われると、親父は電話を鞭みたいに使った。わたしが勉強させられていた部屋、そびえ立つ書棚の下の小部屋にいると、親父が絶えず増えつづける「敵のリスト」のページをめくる音が聞こえた。彼はそれを机の上のよく見える場所に置いていて、リストには敵の名前と職業が記され、その横に一言ずつ親父の評価が書き添えてあった。〈ジェームズ・エルトン、教師、追従者《ついしょう》。キャロリン・ベンダー、編集者、臆病者。スティーヴン・ホロヴィッツ、校長、はったり屋〉等々。しばらくすると、この呪われた者のリストからいくつかの名前が選ばれ、電話での攻撃がはじまるのだった。

ある日の午後、書斎のドアの外に立ち止まって、かすかにあいていたドアから室内を覗いたときのことを、わたしはよく覚えている。親父は机の前に坐って、受話器に向かってどなっていた。〈いかさま師だ、と言っているんだ！　あんたは盗作したんだぞ！〉わたしが聞き耳を立てていると、親父は激昂してどなりつづけ、電話をかけた相手の犯罪や不行跡をかぞえあげた。そうやっていつまでも延々とどなっていたが、やがてふと口をつぐんだ瞬間に、受話器から金属的な、無機質な声が聞こえた。〈メッセージの割り当て時間が終了しました。もう一度かけなおして、おつづけください〉

哀れなものだ、とそのときはわたしは思った。聞く耳をもたない留守番電話に向かって、あんなにおびただしい憤怒をそそぎこむなんて。リア王はわれわれの地上での苦境を弾劾して大声でわめいたが、それに比べると、親父の憤怒は異様にふくらんだ酸っぱいブドウでしかないという気がした。だから、親父が死んだとき、周囲のものをむさぼり食おうとする暗い力がようやく鎮まった、とわたしは思った。親父の死はわたしに翼を与えてくれたようなものだった。

墓地で、わたしは姉にそう言って、さらにこう付け加えた。「これからは自分の人生を生きられるよ、ダイアナ。もう親の世話をする必要はなくなったんだから」

姉は黙ってうなずくと、一本の薔薇を墓穴に投げこんだ。

わたしは思ったものだった。〈これで姉はやっと親父から解放された。ようやく幸せになれ

るんだ〉

ところが、そのあとにやってきたのは死に神だった。死はあまりにも突然やってきた。親父なら、あの古風で大げさな金言集のなかに入れたかもしれないが、ダイアナが親父のためによく暗誦《あんしょう》していた詩に出てくる、あの有名な追い剝ぎみたいに、それはいきなりやってきた。〈馬に乗って、乗って、乗って〉、いまでさえ、彼女の声が聞こえるような気がする。〈古い宿屋の入口まで〉

裁判所で、ジェイソンの死はだれの責任でもなく、その死を説明すべき責任を負う者はいない、という決定がくだされたのは金曜日の午後だった。そのときには、ダイアナはすでに夫のマークと離婚していたので、わたしが彼女といっしょに裁判所へ行って、がらんとした法廷の最前列にふたりで坐り、ジェイソンは「偶発事故の犠牲者」だったという決定を聞いた。

「浅薄《シャロウ》ね」とダイアナはつぶやいた。それから、判事を正面からにらみつけ、彼が席を立って部屋から出ていくのを見守った。

「浅薄だわ」と彼女は繰り返した。親父が一言で審判をくだして、ノートを閉じるときとそっくりな口調だった。

わたしは立ち上がりかけた。ダイアナもそうするだろうと思っていたが、彼女はその場を動こうとしなかった。

「まだよ」と彼女は言い、わたしを軽く引っ張って、ベンチの隣にふたたび坐らせた。

そして、そのまま長いあいだじっと坐って、わたしの体に手をかけたまま、マークが立ち上がって法廷を出ていくのを待っていた。マークはワイシャツにダーク・ブルーのズボンといういつもの恰好だった。出ていきぎわに、ちらりとダイアナに目をやったが、同じくらいすばやく目をそらした。

ダイアナはマークのほうを見ようともせずに、判事の椅子の背後の、木の壁に掛かっている正義の女神の像を見据えていた。呼吸はゆっくりと規則正しく、手はしっかりとして、震えだす気配はなかった。背筋を伸ばして首《こうべ》を上げ、断固としてその姿勢を保ったまま、失神したり前後不覚に陥ったりはすまいと心に決めているようだった。そんなふうにしていると、彼女は悲嘆にくれる母親というよりはむしろ戦士に、悲しみを剣に変えて振りかざそうとしている戦士に見えた。目に涙の跡はなく、唇をきっと結んで、叫びを押し殺しているようだった——実際、すでに洩らした一言二言のほかには、まったく声を出さなかった。しばらくすると、彼女は目をつぶった。それから数秒のあいだ、彼女はあきらめて裁判所の決定に従い、それを受けいれて、先に進むつもりになったかのように見えた。

「ダイアナ」と、わたしは穏やかに言った。「そろそろ行かなくちゃ」

彼女はうなずいたが、依然として目を閉じたまま、不気味なほど身じろぎもしなかった。

一瞬後、人々がぼつぼつ法廷に入ってきたが、そのなかにビル・カーネギーの姿があった。きっちりしたグレーのスーツ、この場にふさわしい真面目くさった雰囲気。離婚訴訟でマーク側の代理人を務めたのがこの男だった。彼が提示した条件をダイアナがただちに受けいれたので、それ以上たいしてやることはなかったのだが。

「やあ、デイヴ」と、弁護人席に向かう途中、そばを通り抜けながら、カーネギーが言った。

ダイアナが目をあけて、彼の顔をじっと見た。

「こんにちは、ミセス・リーガン」とカーネギーが言った。

「いまはミス・シアーズよ」とダイアナは言った。ささいな誤りを指摘する校正係のような、すこしも苦々しさのない口調だった。

「ああ、そうでしたね、もちろん」とカーネギーは言った。

「裁判所は、わたしの息子が偶発事故で死んだと決定したわ」とダイアナは付け加えた。

ビルは警戒するようにわたしの顔を見て、それからまたダイアナのほうに向きなおった。

「ともかく、お会いできてよかった」と彼は言って、さっさと通路を歩いていった。

わたしたちは立ち上がると、法廷を出て、九月末の明るい午後のなかに、キラキラ輝く光のなかに出ていった。ダイアナは髪を後ろでまとめてピンで留め、長くて白いうなじをあらわにした。まるで雨乞いの生《い》け贄《にえ》にされる女のように、なんだか妙に犠牲者みたいに見えた。

車のところまで来ると、ダイアナは物も言わずに助手席に乗りこみ、わたしが運転席に坐るのを待った。わたしがキーを差しこんで、エンジンをかけ、駐車していた日陰のなかから車をバックさせるあいだ、彼女はなにも言わなかった。口をきいたのは、車が道路に出てからだった。

「真実は大切でしょう？　そうじゃない、デイヴィ？」と彼女は訊いた。

それを聞いたとたんに、かつての夕食の席での親父の訊問を思い出した。親父の哲学的な質問に、わたしは有名な古典を引用して答えなければならなかった。親父の威圧的な声が空気をパチパチはじけさせたものだった。〈さあ、どう答える、わが若きダイダロス（ギリシアの名工で、クレタ島の迷宮を造

たっ）よ？〉

「親父みたいな言い方だな」とわたしは言った。

「父さんのことを思い出させるつもりはなかったんだけど」とダイアナは言った。

　わたしは親父のことなど気にしていないかのように肩をすくめたが、夕食のテーブルでの毎晩の訊問が依然として頭から離れなかった。親父は矢継ぎ早に質問したり、古典の一節を暗誦するように要求したりしたものだった。わたしの答えはいつもたどたどしく、つっかえたり、言いまちがえたり、何行か抜かしたり、頭のなかが真っ白になってしまったりした。そういうとき、いつも助け船を出してくれたのがダイアナで、彼女は小さな白い手を挙げて、わたしがそれ以上笑いものにされ、恥をかかされるのを免れさせてくれた。

「『荒涼館』だったわね（ディケンズの小説で、当時の大法官府裁判所への批判に満ちている）」とダイアナがつぶやいた。

　親父が死ぬまでは、なんでも古典の書名で言い表わすのが彼女の癖だった。まるで頭のなかで速記録を参照しているかのように、彼女は古典を引用した。親父が死んだとたんに消えたその癖が、いままたふいに現われたのが驚きだった。

「荒涼としていたわけじゃなかったろう、姉さんにとっては」とわたしは言った。「姉さんは親父の輝ける星だったんだから」

　頭のなかで、わたしはまたあのヴィクトル・ユゴー・ストリートの家に戻っていた。わたしはまるで貧しい親戚みたいに薄暗い部屋の隅に立ち尽くして、次々と名文を暗誦するダイアナを見守っていた。親父は彼女の前の椅子に背筋を伸ばして坐り、静かに息をしながら、ギラギラ光る黒い目でじっと彼女を見つめていた。ダイアナは、そうやって暗誦することで、親父のなかで燃えさかる炎を鎮めていたのだった。自分の才能を無視する世界に対する親父の憤激、この世界の腐敗と卑小さに対する憤怒、『ルバーイヤート』を引用して「万物の哀れむべき成り立ち」と呼んでいたものに対する怒りを。

「よくあんなに残酷になれたものだわ」とダイアナは言った。「あの最後の日に父さんが言ったことだけど」

ダイアナのあとから書斎に入っていったとき、こちらを向いた親父の顔が目に浮かぶ。目に冷たい光をたたえ、口元を引きつらせて、親父は恐ろしい言葉を洩らしたのだった。〈おれにとって、おまえなど塵芥《ちりあくた》にすぎない〉

「でも、頭がおかしくなっていたのよ」とダイアナは言った。「自分でも何を言っているかわからなかったんだわ」

ダイアナがどんどん暗い気分になっていくのがわかり、わたしは姉が沈みこんでいくのを引き留めたいと思った。

「今夜はうちで食事をしていかないか？」とわたしは言った。「みんなでゆっくりできるだろう。長い一日だったから」

彼女は黙ってうなずいた。

「ようし」とわたしは言った。コンソールの小さなボタンを押して、すべてのドアをロックした。

彼女はキッとわたしの顔を見た。「飛び降りたりはしないわよ、デイヴィ」と彼女は言った。「わたしは自分が何をやっているかわかっているんだから」それから、ふいにぞっとすることを思い出したような顔をした。「父さんと同じだとは思わないで」

「それじゃ、とくに不安を感じさせるようなところはなかったんだね？」とピートリーが訊いた。

これがフィルム・ノワールや古い犯罪映画なら、ピートリーはしわくちゃのシャツを着て、たぶんサスペンダーをつけ、間違いなく煙草を吸いながら、だらしなく椅子に坐っていただろう。そして、非情な、タフ・ガイ的な土地言葉をつかって、容疑者を「あんた」とか「おたく」とか呼び、おまえから「ゲロを吐かせよう」としたにちがいない。だが、現代版の刑事はこぎれいな、きちんとした身なりの大学卒で、ジョン・ジェイ刑事裁判大学の犯罪学の学位をもち、プロファイル捜査を学んでいて、人間の行動の本質を見抜く鋭い目をもっていた。

「気にかかるような前兆は？」とピートリーは付け加えた。

そんな前兆がなかったかどうか、おまえは記憶を探ってみる。あの日、ダイアナの目つきになにか特別な光がなかったか？　彼女の目に狂気の火花がちらつくのが見えなかったか？　その質問はさらにもっと根本的な疑問へとおまえを導いていく。長い誤りの旅路のなかで、最初に誤った道に踏みこんだのはどこだったのか？

そう自問すると、目に浮かんだのは幼い少年のおまえだった。暗い階段に坐って、玄関のドアのほうを向き、赤いゴムボールをにぎりつぶしている。ドアがあいて、光のなかに、ダイアナが陽光を背にして立った。すべてはそこからはじまったのだろうか？

ピートリーの目はじっと動かなかった。「疑わしいことは……なにひとつ？」

「ええ」

「では、最初にそう察したのはいつだったのかね？」

はっきりとはわからなかった。彼女が『荒涼館』を引き合いに出したときだろうか？　それとも、おまえが親父のことにふれたとき、ひどく暗い顔をした、あのときからだろうか？

「ミスター・シアーズ？」

ピートリーに敬称つきで名前を呼ばれて、おまえはふたたびその部屋に、テーブルに、低くうなる録音機の前に引き戻された。ミスター・シアーズ。まるでおまえが依頼人か患者ででもあるかのように。ミスター・シアーズ。いつでも席を立って、自由に出ていけるかのように。おまえの手が血で汚れていないかのように。

「そうと察したのは？」とピートリーは繰り返して、目の前の質問におまえの注意を引き戻そうとした。踏みならされた殺人への道。曲がりくねった道かもしれないが、たいていはいともたやすくたどれる道。〈セックス〉とか〈金〉とかの標識が立っている道。

「お姉さんのことだが」とピートリーは言った。「そうと察したのは？」

なにかしら答えなければならないのはわかっていた。

だから、おまえは答えた。

「あの日の夜、わたしの家でかもしれません」とおまえは答えた。「類人猿のことを話しだしたときですが」

2

わたしは分譲地に住んでいた。家々はあまり間隔をおかずに建ち並び、すべてがきちんと単純な格子状に配置されて、もとからあった自然な道路はすべて収容され、整理されていた。もしも壁に囲まれた町が見つかったなら、わたしはそこを住処に定めていただろう。わたしたちの町の無防備な通りを、親父がしばしば徘徊していたからである。わたしたちは何度も親父を捜しにいったが、あの午後、ダイアナを家に連れて帰る車のなかで、わたしはあるときのことを思い出した。ダイアナは運転免許をもてる年齢になっていたから、わたしはおそらく十三歳くらいだったのだろう。反抗するには幼すぎたので、依然として親父のきびしい命令に従って、毎日本を読まされていた。

わたしたちが親父の姿を見つけたのは、大学のキャンパスの外れだった。このキャンパスで、その後、親父は恐ろしい醜態を演じて、大学警察に逮捕され、ブリガム精神病院に送られることになったのだが。

「ほら、あそこだよ」広い芝生をよろめき歩いている親父を見つけると、わたしは言った。やけに肩幅の広い大柄な男が、コートも着ず、帽子もかぶらずに、だぶだぶのコーデュロイのズボンに汚れた灰色のスウェットシャツというでたちで、冷たい風と凍てつくような雨のなか、ひとりトボトボと歩いていた。悪天候のせいで、ほかの人たちはひどく早足に追い越していったから、親父が何をぼそぼそつぶやいていたにせよ、他人の耳には入らなかっただろう。ダイアナが歩道に寄せて車を停め、わたしたちは車から降りて近づいていった。ダイアナが「父さん、父さん」と呼びかけた。

姉の声を聞くと、親父は振り向いて、その場に立ち止まり、わたしたちが追いつくまで待っていた。

「もう家に帰らなくちゃ」とダイアナが言った。

わたしは親父の腕に手をふれたが、それ以上はなにも付け加えなかった。

わたしがさわったのを感じると、親父は腕を引っこめた。

「おまえはチェッカーだが」とわたしに言ってから、ダイアナに向かって「おまえはチェスだ」と言った。

それほどあからさまにわたしを貶《おとし》める比較をされたのは初めてだった。その夜、一晩中、わたしはそれを頭から振り払えなかった。わたしの動揺に気づいたダイアナは、やさしい言葉でなだめようとしてくれたものだった。〈あなたは世界一の弟よ、デイヴィ〉

しかし、いまは、わたしが姉をなだめる番だった。

「この地区に引っ越してくることを考えてみるべきだよ」とわたしは言った。「うちから一ブロックくらいのところに」

「マークが町の外に住みたがったのよ」と、問題をもう一度考えなおそうとするかのように、彼女は言った。「ずっと郊外の」と彼女はつづけた。「孤立した場所に」

それで、彼らは町から数キロ離れた、森に囲まれた、古い石造りの家を借りた。歩いてすぐのところに、大きな池があった。

「ジェイソンのためにはそのほうがいいと言って」とダイアナは言った。

たぶん、そのほうがよかったのだろう、とわたしは思った。隔離されていれば、心を惑わせるものは少ないはずだから。交通やほかのこどもたちの声、それ自体はなんでもないものが、ジェイソンには不吉な胸騒ぎを引き起こす原因になりかねなかったのだから。

「あの家に住みつづけるつもりかい？」とわたしは訊いた。

彼女は首を横に振った。「いいえ、ジェイソンがいなくては」

姉の息子の顔が目に浮かんだ。金髪で、色白なところは母親似だったが、父親譲りのぎらつく暗い目をしていた。それから、自分の娘のパティを思い出し、彼女の前にひろがる人生のことを思った。それからまたジェイソンのことを思い出し、彼がどんなにわずかしか人生の恵みに浴さなかったかを思った。ジェイソンの人生はふいに断ち切られてしまっただけではなく、彼が生きた短い歳月でさえ蝕《むしば》まれていた。彼の世界はさまざまな暗い影に覆われて、おそらく一条の光すら見えなかったにちがいない。


ダイアナとわたしが家に着いたとき、アビーはポーチに坐っていた。すらりと背の高い女で、髪は褐色、大きな目はグリーンだった。わたしたちが知り合ったのオールド・サルスベリーで、わたしは短期間そこの法律事務所で働いていた。彼女はその事務所の法律事務職員《パラリーガル》だったが、静かで控えめな人柄で、大それたことにはけっして手を出さないタイプだった。わたしたちは一年後に結婚し、それ以来、角をまるめ、衝突を避けることを基本にした生活を築いてきた。父親がなんでも知っていて、そうでなくても、だれかしらが知っていて、どんな言葉もぼやかされたり、無限に回避されたりすることのない世界である。

ダイアナとわたしが車を降りると、アビーは立ち上がって、玄関からの小道を歩いてきた。

「こんにちは、ダイアナ」とアビーは元気よく言った。

「裁判所は、ジェイソンの死が偶発事故だったという決定をくだした」と、この話題を早く片づけてしまうために、わたしは言った。

アビーはそっとうなずいて、「でも、決着がついたのはいいことだと思うわ」と言った。

「決着？」とダイアナは繰り返した。その言葉のいろんな意味をひとつずつ思い起こして、そのなかにひとつでもいまの自分の心理状態にふさわしいものがあるかどうか考えているかのようだった。

「ダイアナを夕食に招待したんだ」とわたしはすばやく付け加えた。「外で料理をすればいいだろう。まだ寒すぎることはないだろうから」

わたしたちはキッチンへ行った。わたしはみんなのグラスにワインを注ぎ、それから、グリルに火をおこすためデッキへ出ていった。デッキとグリルはガラスのドアで隔てられている。そのガラス越しにアビーがサラダを作り、ダイアナがちょっと離れた木のストゥールに坐っているのが見えた。アビーはいつものように元気よくしゃべっていたが、ダイアナは聞いているだけで、なにも言わず、グラスにゆるく指を巻きつけているだけだった。生命の糧になり、体に元気を回復させる食べ物や飲み物は、人生にあとから付け加えられた思いつきにすぎないとでも言いたげに。

食事の準備が整ったころ、娘のパティが帰ってきた。パティは十五歳。きわめて典型的な高校生だった。スクール・バンドのメンバーで、通知表はずらりとBばかり、服はたいていギャップかオールドネイヴィで、ニーナとは正反対だった。わたしの共同経営者の娘、ニーナもティーンエイジャーだったが、服装はゴシック・ファッションの黒ずくめで、髪を絶えずいろんな蛍光色に染め替えていた。彼女がいきなり事務所に現われると、わたしはあの黒いロングコートのポケットに何をしまい込んでいるのだろうと思わずにはいられなかった。

「こんにちは、ダイアナ伯母さん」と、椅子に腰をおろしながら、パティは礼儀正しく言った。

ダイアナは妙に相手を射抜くような視線でじっと彼女の顔を見た。壁から漆喰《しっくい》を剝がして、その下の構造を見て取ろうとするようなまなざしだった。

「あなたは元気、パティ?」思いもかけない厳粛な口調だった。パティはふいを衝かれたような顔をした。

「ええ、元気です」とパティは答えた。

ダイアナはワインを一口飲んだが、パティから目を離さなかった。

「類人猿はぜったい言葉を話せないってこと、知っていた?」と彼女は訊いた。

パティは黙って首を振った。

「きのうの晩、読んだんだけど」とダイアナはつづけた。「たとえ人間と同じ知能をもっていたとしても、類人猿はぜったい言葉を話せないのよ」

「なぜ？」驚いたことに、パティの好奇心にパッと火がついたようだった。

「声帯から口や鼻までの管の長さが短すぎるの」とダイアナは答えた。「空気が振動するのに十分な隙間がないから、言葉を発することはできないのよ」彼女はどこか遠い場所に引っこんで、そこにちょっといてから、また戻ってきたかのようだった。そして、ふたたびじっとパティを見た。「あなたはよく本を読むの？」

パティは物問いたげにわたしの顔を見て、それからまたダイアナに視線を戻した。「宿題の本だけだけど」

「わたしたちは親父に年中本を読ませられていたからな」とわたしが言った。

ダイアナがわたしの顔を見た。「シラー」と彼女は言った。「シラーを覚えてる？」

覚えてはいたが、首を横に振って、覚えていないことにした。わたしがどれだけ覚えていたとしても、ダイアナのほうがそれよりはるかによく覚えているにちがいなかったからである。

「愛が存在する以前には、わたしたちは他人の死を感じなかった、と彼は言っている」とダイアナは言った。「自分のこどもの死に対しても。なんの感覚もなかったろうってね」パティの顔をちらりと見て、グラスを上げ、「あなたの人生がそんなふうにならないように祈りましょう」と言った。

夕食が済むとまもなく、ダイアナをオールド・ファームハウス・ロードの家まで送っていった。空気の澄みきった、爽やかな夜で、満天に星が輝いていた。ファン・ゴッホの有名な星空の絵を初めて見たときのダイアナの顔を思い出した。親父に連れられて、ニューヨークの近代美術館へ行ったときだった。親父は「学術的散歩」と呼んでいたが、そんなふうに、よく近くの戦場跡や歴史的な村に連れていかれたものだった。ニューヨークに行ったのはそのときが初めてで、ダイアナは十二歳だった。紺のドレス、黒い靴に白のソックスというでたちで、思春期の入口に差しかかった少女たちにときおり宿る美しさに輝いていた。それまでの数週間、親父はほとんど正常で、食事の時間に食事をしたし、新聞を隅々まで読んでいろんな仕事を探したりしていたが、ダイアナはそれでも親父をつなぎ止めておこうとするかのように、ずっと腕に手を差しこんでいた。

「絵の具がずいぶん盛り上がっているのね」と、絵の前に立ったとき、ダイアナが言った。

親父はうなずいて、「ファン・ゴッホは非常に若くして死んだんだ」と静かに言った。

ダイアナは渦巻く青の深い畝《うね》をじっと見つめた。「もしかすると、いつも死を意識していたのかもしれない」と彼女は言った。

いま、彼女のほうをちらりと見ると、あの日の午後美術館にいたときと同じような顔をしていた。厳粛な、妙に人を射抜くような目つき。鉤爪みたいに人を引っかけて放さない目だった。

「マークと話した?」と彼女は訊いた。「電話したかもしれないと思ったんだけど」

「いや、電話はなかった」

彼女は勢いよくうなずくと、車を降りて、玄関への小道の端でわたしを待った。

わたしがそばに近づくと、彼女は後ろを向いて、いっしょに家のほうに歩きだした。

「なぜマークがわたしに電話するかもしれないと思ったんだい?」とわたしは訊いた。

「訊きたいことがあるかもしれないから」

「何について？」

「わたしについて」と彼女は答えた。「わたしが怖いってことについて」彼女はわたしの顔を見た。「彼がそう言ったのよ。わたしがナイフを突きつけでもしたかのように」

姉が暴力をふるう場面を想像すると、わたしは笑わずにはいられなかった。それはあまりにも荒唐無《こうとうむ》稽《けい》だった。そんなことは、彼女がふいに逃げだすのと同じくらい、考えられないことだった。

「わたしの目つきが怖いんだって」と彼女はつづけた。「わたしの目が」

彼女はじっと目を凝らした。なにか極端に大きなものか小さなものを――そのどちらかはわからないが――見ようとしているみたいに。「しばらく電話しないでちょうだい、わかった？」と彼女は言った。「わたしの状態をチェックしたいのはわかるけど、でも、電話しないで。いろいろ考えたいことがあるの」彼女は笑みを浮かべた。「わたしはだいじょうぶ。ほんとうにだいじょうぶよ。すこしひとりで考えたいだけだから」

「わかった」とわたしは言った。

「こっちから電話するわ」と彼女は請け合った。「心配しないで。準備ができたら、電話するから」

〈準備ができたら〉

それからの何日か、わたしは何度となくその言葉を思い出して、どういう意味だったのだろうと考えた。初めは、べつに隠された意味はないような気がした。ダイアナはただ家までの残りの道を歩き、ドアをあけて、なかに入っていく準備ができていると言いたかっただけなのだろうと思った。実際、それから数秒後には、彼女はそのとおりにしたのだが。しかし、のちには、あの晩、彼女はもっと別の種類の準備のことを言っていたのではないかと思いはじめた。長年自分を縛りつけていたロープ、自分の人生の信頼できる係留索を解き放って、危険な場所へ向かって出航する準備のことを言っていたのではないかと思った。危険な場所——古代の地図製作者にはどんな危険があるのか想像もできず、なんの措置も取れなかった場所、地図の上にただ黒々と〈ドラゴン出没〉とむなしい警告を記すしかなかった場所へ。

「では、彼女は妙なことを言ったわけだね？」とピートリーが訊いた。

彼は質疑応答を単純なものに、単純な質問と単純な答えにしたがっていた。結局は、車の色や銃弾の口径に収斂《しゅうれん》されていく取り調べ。ピートリーの人生は証拠という揺るぎない事実のなかにしっかりと根を下ろしているのだろう。彼が求めるのは明確な身元の確認であり、完全に一致する指紋だった。そんな男にどうすれば雲や霧を見せてやれるのか？　どうすれば雨や暗さや距離によってかすんだ景色を、渦巻きが既知のどんなものとも結びつかない指紋を見せてやれるのか？

ピートリーの膝の上のメモ帳、しきりにメモを取っている小さな青いペン。メモのなかに〈荒涼館〉という言葉が見える。

「本のタイトルを口にするのは奇妙なことですか？」とおまえは訊いた。

「あんたは奇妙だと思ったようだが」

「そうかもしれません」とおまえは認めた。「たしかに」

「なぜ奇妙だと思ったのかね？」

「わかりません」とおまえは答えた。「ただそう感じたんです。ダイアナがまたやりだしたことが。またあんな話し方をするようになったのが。父が死んでからは、ああいう話し方はしなかったのに」

ピートリーは、十年前の、あの雨の日を思い出しているようだった。当時、彼はまだ若い刑事で、いまよりもほっそりしていた。とはいっても、それほどたいした差はなかったし、そのほかのすべては同じだった。あのころも、彼は確固たる自信にあふれており、自分の目や耳だけを信じ、人の唇から洩れる生《なま》の証言だけを信じていた。

「鬱陶《うっとう》しい天気でしたね、あの日は」とおまえは静かにつづけた。「そして、寒かった。火をつけるのに苦労しました」

ピートリーはあの部屋の寒々とした細部をどの程度覚えているのだろう、とおまえは思った。親父は椅子に坐ったまま息絶えて、目をつぶり、口をあけていた。ダイアナがその横に坐って、彼を抱きかかえていた。おまえは擦りきれたブロケードのソファに坐って、窓の外の裏庭でまだくすぶっている灰の山を眺めていた。かつてはバスローブや、擦りきれた上履きや、大きな緑色の枕だったものの燃えかすを。

「それじゃ、そういう話し方をあんたは一種の回帰現象だと思ったんだね？」とピートリーが質問した。

回帰現象。なかなか専門的な言葉だ。ピートリーがいかにも好みそうな用語だが、警察学校の犯罪心理学のクラスででも習ったのかもしれない。〈精神病の発症に先立って、ある種の回帰現象が観察されることがあり、そのなかには夜尿症、幼児的な話し方、各種の懐旧的妄想な

どが含まれる〉

「急にまたむかしの訛りでしゃべりだす人みたいに」とピートリーは説明した。「過去に逆戻りして、こどものころ住んでいた土地の言葉で話しだす人みたいに。ダイアナはよくそういうことがあったのかね？」

「文学的な引用をしただけです」とおまえは言う。「そのほかの……回帰現象はありませんでした」

ピートリーはあきらかに失望したようだった。はっきり指定された標識が欲しかったのだろう。

「よろしい」と彼は言った。「そのほかにもなにかダイアナの変化に気づいたかね？」

たくさんあった、とおまえは考える。しかも、とても大きな変化だったような気がする。だが、そうだったのだろうか？　ほんとうに変化したのだろうか？

「ええ」とおまえは答える。「ほかにも変化はありました」

「たとえば、どんな？」

数えあげればきりがなかった。おまえは思いついたひとつを答えた。

「音楽です。姉はむかしからかなり幅広い音楽を聴いていました。クラシックから、フォーク、ロックまで。なんでも。幅広く聴いていたんです。ところが、ジェイソンが死んでからは、それが非常に狭くなって、繰り返し同じものを聴くようになりました。ひとりの歌手ばかりを」

「だれかね？」

ダイアナの手からパティにＣＤが渡された瞬間が目に浮かんだ。その場面がいまや悲劇的な誤りを孕《はら》んでいたように見える。おまえがその同じ手を震えさせなかったのが不思議だった。

ピートリーのペンがぴたりと止まった。「だれなんだね？」

口から出かかった名前が、毒薬に含まれていた骨のかけらみたいに感じられた。

「キンセッタ・タブーです」

3

ダイアナの希望どおり、あの夜以降、わたしは自分からは連絡をとろうとしなかった。なんの音沙汰もなしに二週間が過ぎた。それから、電話がかかってきた。「引っ越しするつもりなの」と彼女は言った。

「いつ？」

「数日中に。ケアリー・タワーズにアパートを見つけたのよ。小さいアパートだけれど、だいじょうぶ。広さはあまり必要ではないから」

引っ越しするのはいいことだろう、とわたしは思った。オールド・ファームハウス・ロードの家には喪失感や悲嘆や苦痛が詰まっているにちがいないのだから。そういう陰気な、悲しい場所からは出ていくほうが本人のためだろう。

「土曜日にガレージセールをやるつもりよ」と彼女はつづけた。「マークはもう欲しいものを持っていったから、残りは売ってしまうつもりなの」

「手伝いが必要なのかい？」

「そうなのよ。早めに来てちょうだい。朝食をいっしょにしましょうよ」

その晴れ上がった土曜日の朝、アビーもいっしょに行くことになったが、それはわたしも当然期待していたことだった。驚いたのは、パティも行くと言いだしたことだった。

「土曜日をまる一日、ガレージセールの会場でうろうろして過ごしたいなんて、本気かい？」と、玄関からの小道を歩いてきた娘に、わたしは訊いた。

「ほかにやることもないから」と彼女は答えた。「バンドの練習もないし、ドノヴァン先生のレポートはもう終わったし」

数分後、ダイアナの家のそばの角を曲がったとき、パティが車の窓に顔をつけて、ダイアナが芝生に広げたもろもろをじっと見ていることにわたしは気づいた。

「一掃しようとしているみたいね」とパティは言った。芝生から目を離さずに、「なにもかも吐き出そうとしているみたい。ニーナがやっているみたいに。ランチのあとトイレで」

「ニーナは吐くのかい？」とわたしが訊いた。

「ええ」とパティ。そんなことも知らないのかと言いたげな顔だった。「吐く娘《こ》は大勢いるわ。精神的なことなのよ」

わたしはダイアナの家に目をやって、ダイアナも同じような発作に襲われたのだろうか、と思った。彼女もやはり〈精神的なこと〉のせいで、自分の持ち物をすべて前庭にぶちまけたのだろうか。

ダイアナの家のドライヴウェイに車を入れると、その証拠が積み重なっているような気がした。彼女は芝生に毛布を広げて、その上に棚や引き出しのさまざまな中身を並べていた。かなりかさばる大きなものもいくつかあって、木製のチェストや、細長い本棚やいくつかのＣＤラック、CDはわかりやすいように背表紙を上に向けて、古い靴箱に分類されていた。

彼女は単に一軒家からアパートに規模を縮小しようとしているだけではなかった。たとえば、蔵書も残らず出していたし、キッチンの鍋や道具類もすべて並べてあった。缶詰や塩、胡椒《こしょう》、いろんなスパイスまであって、なかにはまだ未開封のものもある。タオルやリネン類も一枚の毛布の上に積み上げられ、一足を除いて、すべての靴が別の毛布に並べられていた。木のあいだに渡したロープには、セーターやスカートやブラウスがぶらさがり、ジェイソンの玩具もすべて、子供服といっしょに売りに出されていた。ランプもすべて、椅子もすべて、絵画や彫刻の美術品類もすべて並べられ、ひとつのテーブルには空《から》の額縁が山積みにされて、もうひとつのテーブルにはゲームやビデオやオーディオ・ブックまで積まれていた。

わたしはひとつの毛布からもうひとつの毛布へ目をやった。前庭の芝生にきちんと四角く広げられ、すべてが整然と並べられているのを見ると、ふいに〈吐き出そう〉としているとは思えなくなった。

「新規蒔《ま》き直ししようとしているんだよ」とわたしは言った。「彼女にとってはいいことだ」

わたしたちが玄関に行くと、ダイアナがすぐにドアをあけた。「もうあまりやることは残っていないわ」と彼女は言った。

たしかにそのとおりだった。家のなかの比較的大きなもの——テレビ、ステレオ、ベッド、テーブル、ソファなど——にはすでに非常に安い値札が付けられており、夕方までには姉のもとになにひとつ残らないのは確実だった。ただ、親父のガチャガチャいう古いタイプライターには〈非売品〉という貼り紙があり、あきらかに買ったばかりらしく、まだ段ボールに入ったままの三つの品物――ポータブル・コンピューターとレザー・プリンターとファックス――にも同じ貼り紙がしてあった。

アビーはあたりを見まわして、できるかぎり最高の笑みを浮かべた。「これじゃ、ずいぶん忙しかったでしょうね」

ダイアナは以前にもわたしが見たことのある目つきで彼女を見た。わたしの妻がなんにでも明るい面を見ようとすることに驚きながら、うわべの明るさの大変な重み、それを担うために必要な厖大なエネルギーに感嘆しているかのようなまなざしだった。

「キッチンにはまだ坐れる場所があるわ」と彼女は言った。それから、パティの顔を見て、「なんでも好きなものを持っていっていいわよ」と言うと、笑みを浮かべた。「どんなものでもね、パティ」

「ありがとう」とパティは言った。「見てくるわ」彼女は後ろを向いて、芝生のほうへ歩いていくと、ひとつの毛布から次の毛布へと移動して、やがてCDの入った靴箱が並んでいるテーブルの前で立ち止まった。

「コーヒーを入れて、ドーナッツを一箱買ってあるの」とダイアナが言った。

アビーとわたしは彼女について家に入り、裏手のキッチンに行って、ひとつだけ残されているテーブルについた。

「親父のタイプライターは取っておいたんだね」とわたしは言った。

ダイアナはうなずいた。

「あそこからはたくさんの誤った、誇大妄想的な非難がたたき出されたものだが」とわたしはつづけた。

ダイアナはコーヒーを口に運びながら、白いカップのふち越しにわたしの顔を見た。「誇大妄想的だったのは確かね」と、カップを唇から離しながら、彼女は言った。「でも、ほんとうのことも、ひとつやふたつはあったわ」


夕方までには、ほとんどすべてが売れていた。ほかにはなにもないテーブルに二、三枚の額縁が残り、木のあいだは渡された灰色のロープには、まだところどころに服がぶら下がっていたが、それ以外は庭にはなにもなくなり、家のなかも空っぽになっていた。

「ずいぶん安い値段をつけたのね」と、事実を述べるというよりは質問に近い口調で、パティがそっと探りを入れた。

「なにも残したくなかったからよ」とダイアナは言った。「あなたも自分のためになにか見つけた？」

「いいえ」とパティは軽く答えた。

「手ぶらで帰すわけにはいかないわ」とダイアナは言って、ダーク・グリーンのバックパックに歩み寄ると、小さなポケットのジッパーをあけて、一枚のＣＤを取り出した。「これをあげる」と彼女は言った。

ＣＤはカバーが紫色で、ゴシック体でなにやら書いてあったが、わたしの位置からは読めなかった。

「キンセッタ・タブーよ」とダイアナは言った。

「聴いたことないわ」とパティ。

「古代の楽器を使っているのよ」とダイアナが教えた。「まだわたしたちみたいな人間が現われる以前の世界についての歌をうたっているの」

「わたしたちみたいな？」とパティが訊いた。

「頭脳がひとつに融合する以前ということよ」

パティはじっと彼女の顔を見つめた。口には出さなかったが、あきらかにもっと詳しい説明を待っているようだった。

「わたしたちの脳がひとつに融合する以前は、実際に、脳の一部分がほかの部分に話しかけていた可能性があるのよ」とダイアナが言った。「だから、そのころの人間には、わたしたち以前の人間には、自分自身の考えが外側の声として聞こえていたかもしれないの」彼女は右を向いて、傾きかけた日射しの下でドルフィン池が鈍く光っているあたりに目をやった。

わたしはどこからともなく聞こえる声を、空中に浮かんでいる目に見えない口から聞こえる声を想像した。そういう声が奇妙な命令を発したり、ほかのこどもを警戒しろと言ったり、彼の世界を悪夢の色に染め上げていたとすれば、ジェイソンにとってはどんなに恐ろしいことだったろう。最後にも、そういう声が聞こえたのだろうか。あの暴風柵のそばに、水際に門柱みたいに重々しく置かれた大石のそばに立って、池のほうを見ていたとき、〈あそこへ行け〉という声が聞こえたのだろうか。

「それじゃ、とても怖かったにちがいないわ」とパティが言った。

「ええ、恐ろしかったでしょう」とダイアナは言った。それから、わたしの顔を見て、「ところで、わたしは図書館で仕事するつもりよ」

わたしはヴィクトル・ユゴー・ストリートの家の乱雑な部屋を思い出して、「本に囲まれてか」と言った。「ちょうどむかしと同じように」それから、あたりを見まわした。「残ったものはどうするつもりだい?」

「ゴミ捨て場に持っていくわ」とダイアナは答えた。彼女はいまや空っぽになった自分の家を見まわしたが、それからアビーに注意を向けて、驚いたことに、彼女に歩み寄ると、両腕で抱きしめた。「ディヴィはとても幸運な人ね」と彼女は言った。

アビーは、ダイアナの肩越しに顔を突き出して、戸惑ったような目でわたしを見た。ダイアナが示した思いがけない愛情のそぶりに、驚いているのはあきらかだった。それでも、彼女は輝くような笑みを浮かべて、ダイアナを抱きしめた。

アビーを放したダイアナは、こんどはパティを引き寄せて、同じように愛情を込めて抱擁した。「そのうちお話ししましょうね」と彼女は言った。

「わたしもそうしたいわ」とパティは答えた。

ダイアナはパティの両手を手に取った。「では、そういうことに」

それは親父の決まり文句のひとつだった。彼はいつも、まるで古代ローマ帝国の元老院で最後通牒を発するかのように、朗々たる口調でそう言い放ったものだった。

「それを聞いたのは久しぶりだな」とわたしは言った。

「何を聞いたのが?」とダイアナが聞き返した。

「親父の言い方さ」

彼女はほんとうに驚いたという顔をして、「ほんとう、デイヴィ？」と言った。「わたしにはいつも聞こえているのよ」


「あれはどういうことだったのかしら？」その夜、ベッドにもぐり込みながら、アビーが訊いた。彼女は背中に枕をあてて、ベッドの横のナイトスタンドから洗顔クリームの瓶をさっと取った。「パティにあんな気味の悪いCDをあげるなんて」瓶のふたをあけて、指を突っこみ、少量のクリームをすくい取って、もう一方の手に移す。「そのうちお話ししましょうとか言って」両手をすり合わせて、顔にクリームを塗りはじめた。「寂しいのかしらね、デイヴ？」

「ま、息子を亡くしたんだし、夫も失ったんだから――」

「パティのことよ」とアビーがさえぎった。

「どうしてパティが寂しがっていると思うんだい？」

彼女はそれには答えずに、軽く笑った。「あなたのお父さんがあの子に付けたがった名前のことを覚えてる？」と彼女は訊いた。「ヒュパティア。どんな人だったのかは忘れたけど、たしか恐ろしい目にあったのよね」

「ヒュパティアは古代アレクサンドリア最後の異教徒の天文学者だった」と、親父の夜の講義のひとつを思い出しながら、わたしは説明した。「キリスト教の暴徒に蛎殻《かきがら》で肉を削がれて殺されたんだ」

アビーは首を横に振った。「自分の孫娘にそんなふうに惨殺された女性の名前を付けたがるなんて」彼女はわざとらしく身震いした。「あなたのお父さんはそんな恐ろしいことを考えていたのよ、デイヴ。ダイアナはお父さんからそれを受け継いでいるんだと思うわ」

「受け継いでいるって、何を？」

アビーは毛布のなかにもぐり込んだ。「そういう暗い考えをもっているってことよ」

「どうして彼女が暗い考えをもっていると思うんだい？」とわたしは訊いた。「何についての暗い考えなんだ？」

「ジェイソンについてよ」とアビーは答えた。「裁判所から戻ってきた日に気づいたわ。あなたが裁判所の決定のことを言ったときの彼女の顔よ。事故だとはすこしも信じていないみたいだった」

「事故じゃなかった？　どうして彼女がそんなふうに考えたりすると思うんだい？」と、わたしは笑った。「暗い考えをもっているのはきみのほうじゃないか」

アビーはそれ以上はなんとも言わなかったが、わたしは自分の主張を補強しておく必要を感じた。

「彼女は変わったこども時代を過ごしたんだよ、アビー」とわたしは言った。「あんなに本を読まされて。年中親父のために古典を暗誦して、親父の気を鎮めてやらなくちゃならなかった。彼女がふつうの生活を送れるとは思ってもいなかったよ」

わたしはさらにつづけて言った。親父が亡くなったあと、ダイアナが結婚して、妊娠し、こどもを産んで、いい母親になったこと、そういうすべてを通して、歪んだ、狂気じみた幼少期の教育から抜け出して、わたしと同様に、父親の狂気のもたらす結果を免れたとき、わたしがどんなに安心したかということを。

「ダイアナは勝利したんだ」とわたしは言った。「生き延びることに成功したんだから」

アビーはランプに手を伸ばした。「そうかもしれないわね、デイヴ」

数秒後には彼女はぐっすり眠っていたが、それから一時間経っても、わたしはまだ頭のなかであれこれ考えていた。そのとき、電話が鳴った。ダイアナからだった。不思議な偶然の一致もあるものだと思った。

「チェダーマンについて読んでいたの」と彼女は言った。「イギリスのチェダー峡谷で発見された人骨だけど」

「それがどうかしたのかい？」とわたしは訊いた。

「洞窟のなかには動物の骨もあって、同じような傷痕がついていたのよ」とダイアナは答えた。「こそぎ落としたような傷痕が。つまり、彼は食べられていたの。ほかの人たちに。道具を使って」ちょっと口をつぐんでから、彼女はつづけた。「ごめんなさい、デイヴィ。時間を忘れていたわ。起こしてしまったのかしら？」

「いや、まだ目を覚ましていたよ」とわたしは言った。「なぜその……チェダーマンのことを読んでいたんだい？」

「キンセッタ・タブーがうたっているからよ。待って。聴かせてあげるから」

ちょっと間があいてから、女の歌声が聞こえてきた。氷か石を刃物で削っているような音のする原始的な楽器に合わせて、不気味な歌詞を単調に繰り返しうたっている。〈渦巻く世界は世界の渦〉

ダイアナがふたたび電話に出た。「パティにあげたＣＤに入っているのよ。わたしは自分でもう一枚買いなおしたの。これを聴いたら、あの子がいろいろ質問してくるかもしれないと思って、それでチェダーマンのことを調べだしたのよ」

CDはずいぶんたくさんあって、みんな箱に入れて売りに出されていたことを思い出した。

「なぜそのCDだけ取っておいたんだい？」

「ジェイソンが聴いていたからよ」とダイアナは答えた。「わたしが出かけているあいだに」

「死んだ日に？」

「ええ」

またもや短い間があいた。姉が考えている音が、脳がかすかにカタカタ鳴っている音が聞こえるような気がした。

「それじゃ、それが彼が最後に聞いた声だったんだね」とわたしは言った。「キンセッタ・タブーの声が」

彼女の答えを聞いたとき、わたしは尖った鋼鉄の先端を肌に押し当てられたような気がした――生命の危険を感じたわけではないが、なぜか不安を掻き立てられた。

「そうかもしれない」

「そうかもしれない」とピートリーが繰り返した。「それだけだったのかね？」

おまえはうなずいて、彼の目をじっと見た。おまえが誘いこもうとしている領域をよく知らないのではないか、まさかドラゴンがいるかもしれないとは思ってもいないのではないか、そういう気配が読み取れないか、とおまえは思っていた。

「では、ダイアナの行動に実質的な変化はないと思っていたんだね？」とピートリーは訊いた。

この刑事が自分の領域から出ようとしないのはあきらかだった。映画のなかの訊問みたいに、無駄口を許さない、たたみかけるような口調をすこしも崩そうとしなかった。

「しかし、わたし自身は変化したような気がしました」とおまえは言う。

「どんなふうに？」

「かすかに怖れるようになったというか」

「何を怖れていたんだね？」

「それ以上ほじくり返すことをです」

ピートリーはうなずいた。彼にもやはりそういうことが、見るのを躊躇することがあるのだろう。シャワー・カーテンの前に、無言で、凍ったように立ちすくみ、背後の血の海のなかに横たわるものを見たくないと思ったことが、いったい何度あったのだろう。

「それがわたしたちみたいな人間に共通の弱点ですが」とおまえはつづけた。

「わたしたちみたいな？」

「証拠を集めて、その証拠にすがろうとする人間という意味です」

見ていると、彼はメモ帳をめくって、自分が書きつけたノートを読み返した。

「しかし、正確には、その話題を持ち出したのは奥さんのほうだったね？」と彼は訊いた。

「ダイアナがなにかの考えをもっているんじゃないかと言いだしたのは」

アビーの声が頭のなかによみがえった。〈事故だとはすこしも信じていないみたいだったわ〉

「疑惑を」メモ帳の前の部分に戻ろうとするかのように、ピートリーはつづけた。「ジェイソンの死についての」

おまえはふいに池のほとりに立っていた。幼い金髪の少年が水際で立ち止まる。白いTシャツにダーク・ブルーの半ズボン、両手をわきにだらりと垂らして、またたきもせずに足下に迫る水面を見つめている。それから、小さな、裸足の片脚をあげて、水のなかへ。

「事故ではなかったかもしれないという」とピートリーは付け加えた。

いま、ピートリーは何を見ているのだろう、とおまえは思った。このきちんとした身なりの、こぎれいな刑事は？　一列に並んだ容疑者のなかのどの顔に、ほんとうに疑惑を抱いているのだろう。どんな犯罪に？　どんな死に？　次にはだれの名前を挙げようとしているのだろう？

おまえは彼が選択するのを待った。

彼の目のなかを探って、それを当てようとした。
だが、おまえの推測は見当違いだった。
「チェダーマン」と彼は言った。

4

翌朝、わたしがキッチンに入っていくと、アビーはすでに朝食を準備しているところだった。彼女はいつもぐっすりと眠り、生気溌剌《はつらつ》として目覚めるが、わたしはなかなか寝つかれず、その結果、一晩中野獣に追いかけられていた男みたいに目を覚ます。わたしの毎朝の顔は、親父の恐ろしい顔を思わせる、妙にすさんだ目をしている。

「きのう、だれかから電話がなかった？」と彼女が訊いた。

窓の外に目をやると、パティがバスを待っていた。アイポッドの二本の白いコードが上着のポケットから出てスルスルとよじ登り、耳のなかの小さなヘッドフォンにつながっている。

「あったよ」とわたしは答えた。

アビーはコーヒーカップを持ってきて、テーブルのわたしの前に置いた。「だれだったの？」

「ダイアナさ。チェダーマンのことを話していた。あの……化石、だと思うけど」わたしはコーヒーを一口飲んだ。「骨にほかの人間に食べられたことを示す跡があるそうだ」

アビーは困惑した顔をした。「なぜそんなものを読んだりするのかしら？」

「あの歌手、彼女がパティにやったＣＤの歌手だが、あのＣＤにチェダーマンについての歌が入っているらしい。あの朝、ダイアナが家を出たとき、ジェイソンが同じCDを聴いていたそうだ」

ジェイソンの死という苦痛に満ちた事実を、ダイアナはどんなふうに思い出すのだろう、とわたしは思った。たとえば、彼の姿を最後に見たときのことを。たぶん、金属製の棚にオーディオ機器が置いてある、あの居間だったのだろう。あの子は臙脂《えんじ》色のソファに坐って、窓に背を向けていたのだろう。その向こうでは、昼前の陽光のなかで、ドルフィン池の水面が光っていたにちがいない。あたりにはキンセッタ・タブーの声がグルグル旋回して、ジェイソンは首をちょっと右にかしげて聴いていたのだろう。

アビーはトーストを一口かじって、それをコーヒーで流しこんだ。「でも、新しい仕事がそれを乗り越える助けになるかもしれないわね」

わたしは図書館にいるダイアナを想像した。テーブルに向かって背をまるめ、じっと本を見つめているダイアナ。こどものとき、よくそうしているのを見たものだった。脚を椅子の下にたくし込んで、長い髪が純金のカーテンみたいに垂れさがっていた。

「バスが来るわ」とアビーが言った。

わたしはパティが立っている道路に目を向けた。いまや、周囲に何人もの人がいて、小さなグループができ、しきりにおしゃべりしているが、パティはそういう人たちからすこし離れて、ひとり、近づいてくるバスのほうを向いて立っていた。先ほどわたしが想像した死んだ日のジェイソンとそっくりに、首をかすかに右に傾けている。ジェイソンと同じようにひとりで、彼と同じように聴いていた。

その数分後、わたしは事務所に到着した。受付係のドロシーが、いつものようににこやかに挨拶した。「きょうはリリーは出かけています」

リリーはわたしの秘書だった。

「それから、チャーリーがお待ちかねですよ」とドロシーがつづけた。

チャーリーは事務所の共同経営者で、ニーナの父親だった。ふいに、複雑な影に覆われた少女の姿が目に浮かんだ。ニーナはいろんなことを隠しているにちがいない。

「ありがとう」と言って、わたしは廊下の奥へ向かった。チャーリーがわたしの部屋のドアの前に立っていた。

「おはよう、チャーリー」

彼は右手に写真を持っていた。「これがあんた宛にファックスで送られてきたんだが」と言って、彼はその写真を掲げて見せた。「だれが送ったか見当がつくかい？」

写真を見ると、その答えはあきらかだった。「姉だ」とわたしは言った。

彼は奇妙な顔をして、わたしを見た。「姉さん？」

「最近そういうものに興味をもっているんだよ」とわたしは説明した。それから、部屋のなかに入ると、机の前に坐って、その写真をじっくりと見た。

チェダーマンが、両脚を曲げて、仰向けに寝ている写真だった。頭蓋骨に大きな傷痕があり、暴力的な死に方をしたのかもしれないが、悪意の絡まないごくふつうの原因でできた傷だということも十分に考えられる。空っぽの眼窩がぽっかり大きな穴になり、眼球のない暗い井戸の底から、チェダーマンがじっとこちらを見つめているような気がした。

キンセッタ・タブーのささやくような歌声が、わたしの脳裏に流れだした。〈渦巻く世界は世界の渦〉。なんの理由もなく、生まれた日のジェイソンを思い出した。帝王切開で生まれて、保育器のなかに入れられていたジェイソン。ガラスのなかに裸で、仰向けに寝て、片方の肩をかすかに上げ、両脚を曲げて体に引きつけていた。不気味なほどチェダーマンとそっくりな姿勢だった。そのときだった、マークがわたしの横に歩み寄ったのは。ちょうどその瞬間、病院のインターコムから大音響のアナウンスが炸裂した。そのとたんに、ジェイソンは激しく手足をジタバタさせ、パニックに襲われたように、猛烈な勢いで泣きだした。ガラスを隔てていても、悲鳴が聞こえるほどだった。どんなに怖かったことだろう。暗闇のなかで、自分を驚かした音が何か理解できず、どこから響いているのかすらわからなかったのだから。人生そのものが恐ろしく、理解しがたいものだと思えたかもしれない。さまざまな不気味な光や音、外側からのすべてが、なにもかもが恐ろしかったろう。〈渦巻く世界は世界の渦〉。わたしはマークの顔を見た。彼も自分と同じように感じたにちがいない、とわたしは思っていた。思わず部屋のなかに飛びこんで、生まれたばかりの息子をなぐさめ、腕に抱いて、そのうちこういう奇妙な、恐ろしい感覚にも馴れるだろう、と安心させてやりたい衝動に駆られているにちがいないと。しかし、マークはそんな衝動に駆られたそぶりも見せなかった。それどころか、彼はにっこりと満面に笑みを浮かべた。

「見たかい、なかなか反射神経がいいじゃないか」と、彼は誇らしげに言った。

わたしはガラスの背後の小さな裸の赤ん坊を見た。カールした髪がふさふさと生えていたが、ちっちゃな顔に浮かんでいる表情と比べれば、それはそんなに目立たなかった。どんなに恐怖に凍りついたような顔をしていたことか。恐怖と同時に奇妙な悲しみが浮かんでいるようだった。あたかも自分が欠陥製品であり、得意になっている父親の期待に応えられないことを、すでに知っているかのように。

わたしはふたたびチェダーマンの写真に視線を戻した。その恐ろしいほど剝きだしの骨が証言しているものに。こんなに原始的ではあっても、この原始人は、自分を追ってきたものから逃げきれなかったことを、あるいは、ほかのかたちで追っ手をまける知恵がなかったことを恥じていたのかもしれない。自分の無能さに対する自責の念や、親類や仲間たちの激しい落胆に、彼も苦しめられたのだろうか？　手遅れにならないうちに危険を察知できなかったという恐ろしい失敗が、どんな致命的な結果をもたらすかを知って苦しんだのだろうか？

わたしは机の引き出しをあけて、その写真を片づけたが、引き出しを閉めても、なんとなく落ち着かない気分が残った。はるかに遠い祖先からわたしたちが受け継いだものがある。わたしたちが自然の力の前で依然としてどんなに無防備か、偶然の前でどんなに無力かを思うと、二度と抜けられない暗闇にチェダーマンを押し戻しながらも、罠にかかったような無力感を覚えずにはいられなかった。

数分後、その日の最初の約束の相手が現われた、とドロシーが告げた。

「入ってもらってくれ」とわたしは言った。

まもなく、エド・リアリーが部屋に入ってきた。彼は五十五歳、この町に一軒しかない墓石屋の経営者だったが、目下、その慎ましい財産に関する憤懣やるかたない争いに巻きこまれていた。財産とはいっても、その大半はみかげ石の墓石で、いずれは死者の名前や生没年や、彼らを愛した――または、愛したと主張する――人々の最後の思いを表わす言葉を彫りこむことになっているものだったが。

三カ月前に、妻が離婚訴訟を提起したとき、エドはわたしに代理人を依頼しにきた。「エセルはなにもかも取ろうとしているんだ」と、初めて相談に来たとき、彼はわめいた。「わたしが一生働いて築いてきたものを。あいつが何をしたと言うんだい？　なんにもしてないじゃないか」

「家事労働も計算のうちに入るんだよ」と、わたしは穏やかに指摘した。

「どんな家事労働をしたというんだ？」とエドは、こんどはこぶしを振り上げて、甲高い声で叫んだ。「家をきれいに掃除したこともないし、夜、おれが家に帰っても、一度だってテーブルに食事が用意されていたことなどないんだぞ」

その後も会うたびに、彼は同じような調子でわめきちらした。証拠開示手続きから、条件の提示と対案の提起、二十九年間の結婚生活の解消へ向かって、巨大な獣みたいにドスドスと歩いていった。彼は呆然としたり、憤激したり、うんざりしたりしたが、なによりも、妻の徹底した底意地の悪さに深く困惑していた。「あいつは蛇でもそんなには憎めないほどおれを憎んでいる」と、あるとき、彼はひどく憂鬱そうに言った。「おれがいったい何をしたというんだ？　ただあいつと結婚しただけじゃないか？」

「それがいけなかったのかもしれない」とわたしは言った。「彼女にとって、結婚は単にひとつの間違いではなく、生涯で最大の間違いだったのかもしれない。そういうケースがよくあるんだよ。女性が憎んでいるのは夫ではなくて、夫と結婚したために行き着いた人生そのものだということが」

エドはしばらく考えていたが、やがて言った。「それなら、なぜもっと早く離婚しなかったんだ？　自分の人生を破滅させ、すべてを無駄にさせた男と、どうして女はいっしょに暮らしていられるんだ？」

「どうしてできるのかは知らないが、エド」とわたしは認めた。「実際そうしている女性たちがいることは事実なんだ」

エドはどうしようもないと言いたげに大きな頭を振った。「あいつはおれをホームレスにしようとしているんだぞ。もう一度初めからやりなおすことに、またゼロからなにもかも築くことになればいいと思ってるんだ。しかし、そんな時間がどこにあるんだ？　おれはもう若くはないんだからな、デイヴ」

この日、彼は灰色がかったカーキのズボンに、オリーヴ色っぽいフランネルのシャツという恰好だった。腋の下に小さな三日月形の汗の染みがつき、まるで走ってきたかのようにせわしない息づかいをしていた。この男は五十五歳だが、どんどん歳をとっていく、とわたしは思った。五十五歳だが、食い詰めることになりかねない。

「それじゃ、なんの変化もないんだな？」と、机の前の椅子に腰をおろしながら、彼は訊いた。「あいつはまだ調停に応じる気がないのか」彼は居心地悪そうに坐りなおした。「おれには自分の名前を彫った墓石しか残していかないつもりなんだろう。おれが生活保護を受ければいいと思ってるんだ。破滅させる気なんだよ。しかし、どういうことなんだ、人を破滅させたからといって何が得られるというんだい？」椅子の背にもたれかかって、疲れたようにため息を洩らした。「まったくとんでもないことになったもんだ、デイヴ」

とくに反論すべきこともなかったので、わたしはエドのコメントになにも付け加えなかった。エドは立ち上がった。「まったくとんでもないことになったもんだ」と繰り返して、彼はドアに向かいかけた。

それが具体的にはどういう意味なのかはわからなかったし、知りたいとも思わなかった。わたしにはやらなければならない仕事があり、引き出しをあけて、別の事件の書類に手を伸ばした。エドが、わたしには聞こえない声に呼び戻されたかのように、こちらを振り返った。振り返って机のほうに目を向けた拍子に、引き出しのなかの写真が見えたようだった。頭蓋骨に傷のある、眼窩が空っぽのチェダーマンの写真。

「それは何だい？」とエドが訊いた。

「なんでもないよ」わたしは肩をすくめた。「姉が送ってきた写真さ」

「姉さんが？」とエドは繰り返した。「彼女のことは新聞で読んだよ」

「ダイアナのことを新聞で？」

ふいにしんみりした口調になって、「息子さんを亡くしたそうだが」

そうか、その記事を読んだのか。ジェイソンの死を報じた地元紙の記事を。

「ああ、そうなんだ」

彼は首を横に振った。「まったくとんでもないことになったもんだ、デイヴ」と彼は言った。

わたしは黙ってうなずいた。

「こんな世の中」と彼はそっと言った。そして、写真をもう一度じっと見ると、憔悴《しょうすい》した大きな目を上げて、わたしの顔を見た。「わかってるんだよ」と彼は言った。「あんたの姉さんには」それから、後ろを向いて、部屋を出ると、廊下から駐車場へと歩いていった。わたしが窓から見ていると、彼はトラックに乗りこんで、走り去った。ふたたび〈わかってるんだよ〉という彼の声が聞こえた。彼とダイアナが秘密を共有しているかのようだった。ほかの人間にわからない、悲しみにみちた秘密を、隠された財宝の地図ではなく、知られざる悲劇の浜辺の地図を知っているかのように。


昼にはチャーリーといっしょに、メイン・ストリートのセーラズ・ダイナーで食事をした。わたしたちはすでに十五年、「わが高名なるふたりの事務所」とチャーリーが冗談めかして呼ぶ法律事務所をやってきた。チャーリーはむかしからすこしも野心のない、のんびりした男だった。わたしたちは同じ冴えない大学に通って、同じ冴えないロー・スクールを卒業した。わたしと同じように、チャーリーはけっして深刻な問題に頭を悩ませたりはしなかった。彼は感じがよくて、有能だったが、いまやかなり堂々としている腹のなかに、かつては燃えていたかもしれない小さな野心の火は、とうのむかしに消えていた。

いつものように、チャーリーはバーガー・デラックスとペプシの大を注文した。わたしはサラダとコーヒーにした。

「それじゃ、エドのほうは片づいたんだな？」と彼が訊いた。

「最新の情報を提供しておいた」

チャーリーは笑った。「おかしなことだが、おれはてっきり、あの骸骨の写真を送ってきたのは彼だと思っていた」

「どうしてそう思ったんだい？」

チャーリーはバーガーをかじって、ゆっくりと咀嚼《そしやく》した。「こんどはおれたちの番だと思ったんだよ。数日前、ビル・カーネギーに靴箱に入れた石が届いたから」

「石？」

「気味悪いことが書いてあったそうだ。それでちょっと動揺してたんだ。脅迫状を受け取ったみたいに。この次は窓から投げこむって言われたみたいに。なにしろ、世の中には妙な連中がいるからな」

わたしは彼の娘のニーナを思い浮かべた。黒ずくめのゴシック・ファッションで、髪は蛍光色の青か緑かピンク。それで、トイレにかがみ込んで吐いている。この顔色の悪い娘にじつはもっと奇怪なところがあって、ナイフを片手に暗い廊下をベッドルームに忍び寄ってくるかもしれない——そういう不安を抱いたことはないのだろうか。

「送りつけたのはエドかもしれない、とビルは思っているんだ」とチャーリーはつづけた。そして、口の横にあふれた赤いケチャップを拭った。「あんたも知っているとおり、彼はエセルの代理人だからな」彼は肩をすくめると、上の空でつづけた。「もちろん、あんたの姉さんを疑うことだってできるわけだが」

「ダイアナを？」わたしはフォークの動きを空中で止めた。「いったいなぜ彼女がそんなことをするとと疑ったりするんだい？」

「いや、実際には、そんなことはないだろう」と、チャーリーはいま自分で口に出したばかりの言葉を否定した。「ただ、彼女とちょっとした意見の相違があった、とビルが言っていたものだからね」彼はバーガーをもう一口かじり取った。「いわば、弁護士の守秘権の問題についてだが」

「弁護士の守秘権？　どうしてそれが問題になったりするんだ？」

「マークが何と言っていたか、ビルから聞き出そうとしたのさ」

「何について？」

「ジェイソンのことだ」

「あの子の死について、という意味かい？」

「ああ」とチャーリーは言って、ペプシを一口飲んだ。「学者かなんかなんだろう？　マークは？」

「生化学者だ。どうやら非常に優秀らしい。まもなく画期的な成果を発表することになっているようだ」

「画期的な成果ね」とチャーリーは笑って、「学者か」と嘲笑するように言った。「おれはそういうクライアントはごめんだな。知的財産権だとかなんだとか。まったく頭が痛くなる。学者っていうのは、自分でなにかの理論を考えだすと、すぐに世界中がそれを盗もうとしていると心配するんだ。被害妄想がはなはだしいんだよ、そういう連中は」

わたしは身を乗り出した。「で、ダイアナは正確には何を知ろうとしていたんだい？」

チャーリーはフライド・ポテトをフォークで口に運んだ。「教えてもべつにかまわなかったんだがね。ビルを知っているだろう、杓子定規《しゃくしじょうぎ》なやつだから。ダイアナに教えようとしなかった。だから、彼女が石を送りつけたのかもしれないと思ったのさ。なにも教えなかったから、彼に腹を立てて」

「ダイアナはけっしてそんなことはしないだろう」とわたしは言った。

チャーリーはペプシを飲み干した。「ともかく、ビルはその件からは手を引いた。マークにスチュアート・グレースのところへ行くように言ったんだ」

「スチュアート・グレース？」とわたしは訊いた。

チャーリーは口を拭った。「そうさ」

「しかし、グレースの専門は刑事事件だぞ」とわたしは静かに言った。「重罪の」

チャーリーは窓の外の小さな町に目をやった。わたしたちはこの町の住人を、彼らを苦しませている無数の小さな崩壊をよく知っている。「ああ、彼はおれたちが扱うゴミみたいなケースには手を出さない」彼は視線をぐるりとわたしに向けた。「スチュアートが扱うのは、ふつうは殺人事件だ」

殺人事件。

ピートリーの目を見れば、彼がその言葉をしっかりと脳裏に刻みつけたのはあきらかだった。なんといっても、いまや、いくつかの死を調査するのが彼の任務なのだから。それぞれの死がふいに布、水、鉄、木という基本的なイメージとしておまえの頭に浮かんだ。もちろん、ピートリーの頭のなかでは、それとはまったく違う暴力的なイメージ——銃、ナイフ、ロープといった陰惨な殺人の小道具——が渦巻いているにちがいなかったが……。

「ビル・カーネギーがマークにスチュアート・グレースを紹介したと聞いたとき、あんたはどう思ったのかね？」とピートリーが訊いた。

おまえが会いにいった日のグレースの姿が目に浮かぶ。じつにあけっぴろげな顔で、不実さのかけらも感じられなかった。彼の前に立ったとき、自分がいかに小さいと感じさせられたかを思い出す。自分が凡庸で——親父が〈ほんとうのカインのしるし〉と呼んだ——あの恐ろしい、けっして消せない刻印を押されていることをどんなに痛感させられたことか。

頭のなかで、親父の声が炸裂した。〈では、いいかね、わが若きダイダロスよ、黄泉《ハデス》の国を

生者の世界から隔てているものは？〉
〈川です〉
〈一本かね？〉
〈いいえ……四本……二本……いや……五本です〉
〈その名前を挙げてみろ〉
〈アケロン川〉
〈それは？〉
〈嘆きの川です〉
〈それから？〉
〈コキュトス川……悲嘆の……川です〉
〈それから？〉
〈プレゲトン川……ええと……火の川だったかな〉
〈プレゲトンは火の川なのか、そうじゃないのか？〉
〈たぶん……そうだった……と思うけど……〉
〈曖昧さは死に等しい〉
〈ええと……そうです、火の川です〉
〈それから？〉
〈レーテ川です〉
〈それは？〉

ろうか。

〈忘却の川です〉

〈そして、最後のひとつは？〉

「ミスター・シアーズ？」

おまえはピートリーの顔を見た。おまえの目のなかでチラチラ光っている火が、ステュクス川、すなわち憎しみの川の対岸で揺れ動く小さな火が、彼にも見えているのだろうか。

おまえはピートリーの質問を思い出して、急いで答えた。

「あのときは、まだスチュアート・グレースのことは考えていませんでした」

「では、だれのことを考えていたのかね？」

「ビル・カーネギーです。まず第一に、ダイアナがなぜ彼のところへ行ったのか。それを知りたかった。頭のなかで事態を整理しようとしていたんです」

おまえは裁判所のダイアナを覚えている。ビル・カーネギーの姿を見たとき、彼女は奇妙な顔をしたものだった。それとも、あれは奇妙な顔ではなかったのだろうか？　わからなくなってきた。曖昧さのなかで、ふいに、自分が恐ろしい空間に立っていることに気づいた。ダイアナが中世の引用句を黒々とした太い文字で書きつけ、聖歌みたいに机の後ろの壁に貼りつけて、懸命に暗記しようとしている姿が見える。〈霊の光を解き放ち、無知の雲を突き破れ〉

「いったいどういうことなのか、訳がわかりませんでした」とおまえはピートリーに言う。

「だから、彼に、ビルに会いにいったんです。もちろん、それはすでにご存じでしょうが」

ピートリーは穏やかにうなずいた。「それは知っている」

裁判所のドアから出てくるビル・カーネギーの姿が目に浮かぶ。煙草の箱に手を伸ばしながら、階段を下りてくる。彼の最初の一言を聞いて、おまえは驚くと同時に妙に不安になった。

〈なんだかこわばった顔をしているな、デイヴ〉

たしかにそういう顔をしていたのだろう。緊張していたし、不安だった。あんなごく初期の段階でさえ、すでに行く先を怖れていたのかもしれない。あのときだったのかもしれない。紆《う》余《よ》曲折して最後には断崖に達する道への第一歩を踏みだしたのは。

5

電話で、ビル・カーネギーは職業上の義務があることをはっきりと断った。「マークについての話はできないぞ」と彼は警告した。「あんたの姉さんのことだけだ」

「話したいのはダイアナのことだけさ」とわたしは請け合った。

わたしたちは昼過ぎに、裁判所の外で落ち合った。長いコンクリートの階段を、不安そうな顔をした裁判当事者たちが上り下りするなかに、わたしたちは立っていた。

「なんだかこわばった顔をしているな、デイヴ」とビルが言った。

「そうかね？」

「心配そうだ、というほうがぴったりかもしれないが」とビルは言った。そして、銀色のライターで煙草に火をつけると、パチリとふたを閉めて、スーツの上着のポケットに戻した。「悪い習慣なのはわかっている」と彼は言った。「おかげでまわりにどんな顔をされているか見せたいよ。まるでこどもをねらう変質者みたいな目で見られるんだから」彼は深々と煙草を吸うと、細長い煙の柱を吐き出した。「で、ダイアナのことだったな」

「電話でも言ったように、彼女があんたに会いにいったと聞いて驚いたんだが」

「わたしもだ」

「なぜ会いにいったのか知りたいだけだ」

質問に直接は答えずに、ビルはいつものとおり用心深い言い方をした。「もしよければ、どうしてそれを知りたいのか、具体的な理由を聞かせてもらえるかね、デイヴ？」

「彼女のことが心配なんだ」

「なぜ？」

その瞬間まで、実際にそう訊かれるまでは、自分でもはっきりとした理由は意識していなかった。しかし、訊かれた瞬間に、すべては明白になった。

「親父のことがあるからだ」とわたしは答えた。「ちょっと問題があったんだよ」

ビルはもう一度煙草を吸って、説明を待っていた。

「精神的な問題だ」とわたしはつづけた。「誇大妄想、つまり妄想型の統合失調症だったんだ」

一瞬、少年時代の恐怖がさっと脳裏をよぎった。親父が部屋から部屋へとドスドス歩きまわり、本を投げ捨てながら、大声でダイアナを呼んでいるとき、わたしは自分自身の大変動の暗い片隅にうずくまっていた。

ビルは煙草を投げ捨てて、靴の爪先で踏みつぶした。「さっと一服するだけにしているんだ」と彼は説明した。「で、ダイアナにもそういう問題があるかもしれないと思っているのかね？」

「わたしはただ、彼女がどういうつもりなのか理解しようとしているだけだ」とわたしは言った。「彼女が何を考えているのか」

「彼女はジェイソンのことを考えているんだ」

「彼についてどんなことを？」

カーネギーはちらりと右を見て、通りかかった弁護士にうなずいた。「わたしはたいしたことを知っているわけじゃない。会ったのは短時間だったから」

「なんでもいいから、教えてくれないか」

「あの朝、マークが何と言っていたかを彼女は知りたがっていた」とビルは言った。

〈あの朝〉

わたしはあの朝の出来事を思い浮かべてみた。マークは家にいて、ダイアナは買い物に出かけていた。ジェイソンは居間にいて、CDを聴いていたが、それから立ち上がって、ドアに近づき、そこから出て、芝生を横切っていった。池のほとりの暴風柵のところで一度立ち止まり、それから……。

「事実関係をはっきりさせたいようだった」とビルが付け加えた。

「どんな事実関係を？」

「彼がいつどこにいたか、とか」

「だれが？」

「マークだ」

「時刻表みたいに、という意味かい？」

「まあ、そんなところだな」とビルは言った。「彼との会話を録音してあるかどうか訊かれたよ。録音はしていないが、いずれにしても、これはプライバシーに属することだから、それは関係ない、とわたしは答えた。すると、彼女はちょっと反論したが、あまり本気ではなかったような気がする。反論したのは上辺だけで、わたしがマークから聞いたことは一言も教えないだろうと、初めから知っていたようだ」

「それなら、なぜ彼女は訊いたんだろう？」

ビルは肩をすくめた。「さあね。わたしたちの会話の記録があるかどうか、知りたかったのかもしれない。メモとか、テープとか、そういうものが。ほかにも、そんなふうに探りを入れてきた連中はいる」

「それがなぜダイアナにとって問題になるんだろう？」

「事務所に押し入るつもりでもなければ、問題にはならないはずだ」泥棒の七つ道具を持った女が事務所のドアの鍵をこじあけ、バール片手に最近の資料が保管されている部屋に忍び寄る。その姿を想像したのか、あまりの荒唐無稽さに、彼は笑った。「しかし、たとえマイクとの会話がすべて記録されていたとしても、なんの役にも立たなかったろう」

「なぜだい？」

「マークはジェイソンのことには一言もふれなかったからさ。彼に起こったことについては」

「一言も？」

「一度もその話は出なかった」とビルは言った。「離婚のこと、和解条件のことを話しただけだ。それだけだった」

「ダイアナにもそう言ったのかい？」

「もちろん。当然だろう？」

「彼女はどんなふうに反応したんだい？」

ビルの目のなかでなにかが内側に縮んだように見えた。「それが、奇妙なんだが」と彼は言った。「驚いた顔はしなかった。実際のところ、それが知りたかったんじゃないかという気がしたよ。彼女は初めからそう思っていて、マークがジェイソンについて何を言ったかではなくて、なにも言わなかったことを確かめたかったのかもしれない」

「パティは夕食には帰ってこないわよ」その夜、わたしが帰宅すると、アビーが言った。「なにかのプロジェクトの仕事があるらしいの」

「どうやって帰ってくるつもりなんだろう？」

「ニーナが車で送ってくれるわ」とアビーが答えた。

「ニーナと友だちだったとは知らなかったな」

「友だちというほどではないと思うわ」とアビー。「たまたまこのプロジェクトでいっしょに作業することになって、ニーナは免許をもっているからよ」

娘がニーナに送ってもらうのは気にいらなかったが、それは口には出さなかった。ニーナは運転が下手だと思っていたからではない。そんな証拠はすこしもなかった。ただ彼女は情緒不安定で、女になりかけている年頃にしては未熟だし、健全な影響を与えるとは思えなかったのである。チャーリー本人も自分の娘を「変人《フリーク》」と呼んでいて、早いとこ高校を卒業して大学に行ってくれないかと思っているようだった。「いいかい、デイヴ」と彼は言った。「わたしは空の巣症候群（こどもが巣立ったあと、無気力になり鬱状態になってしまう症状）など微塵も感じないと思うね」

「何時ごろ帰ってくるんだって？」とわたしは訊いた。

「遅くなるそうよ」とアビーはさらりと答えた。

「どこにいるんだい、正確には？」

「図書館よ」

「学校図書館かい？」

「知らないわ、デイヴ」とアビーは答えて、不審そうにわたしの顔を見た。「どうしたの？」

「べつに」わたしは肩をすくめて、話題を変えた。「二、三日前、ダイアナがビル・カーネギーに会いにいったそうだ。ジェイソンについてマークがなにか言わなかったかどうか、知りたがっていたらしい」

アビーには耳新しいことではないようだった。

「ちょっと奇妙な行動をしているようね」慰めようとするような、〈こんなことを言うのは気の毒なんだけど〉と言いたげな目でわたしを見た。「噂になっているのよ、デイヴ。食料品店でレオノーラ・ゴールトに会ったの。ダイアナが引っ越したあの小さな団地の、ちょうど向かい側に住んでいる人だけど。夜中に歩きまわっているのを見たそうよ。真夜中の、二時か三時ごろに」

わたしは親父の深夜の徘徊を思い出した。彼が出ていくときのドアの音、それから、そのあとにつづく、もっと静かなドアの音。後者はダイアナが親父を捜しにいく音だった。しかし、人間は現実に正面から立ち向かうのと同じくらいそれを否定することで生き延びていくものであるがゆえに、わたしは言った。「わたしなら〈奇妙〉だという言い方はしないね。彼女はいろんなことで頭がいっぱいなんだ。これからどうやっていくかということで。ついこのあいだまで、彼女には家族がいた。夫がいて、息子もいたんだ。それが、いまではわたししかいないんだから」

それを聞いても、アビーの意見は変わらなかった。というより、彼女は中断された話をそのままつづけただけだった。

「レオノーラは様子を見にいって、ドアをノックしたの」と彼女はつづけた。「すると、ダイアナは戸口に出てきたけれど、レオノーラをなかには入れなかったそうよ。自分が部屋の外に出て、後ろ手にドアを閉めたんですって」

「それで？」

「変な感じだったというだけよ」とアビーは言った。「まるでレオノーラに部屋のなかを覗かせたくないみたいに。気味がわるいってレオノーラは言ってたわ」

「気味がわるい？」

わたしはダイアナがビル・カーネギーのところに行ったことを思い出した。「もしもきみがマークなら、ダイアナを怖がったと思うかい？」

アビーの無数の輝きのひとつが消えるのがわかった。「ええ」と、初めてそれを認めるかのように、彼女は言った。「怖がったと思うわ」

夕食後、わたしは自分の小さな書斎にこもって、公判が迫っている事件を何件か見なおしておく作業をはじめた。パティが帰ってきたとき、わたしはまだ仕事中だった。娘は書斎に首を出して、にっこり笑った。

「ただいま、父さん」

「お帰り」

それ以外はなにも言わずに、また首を引っこめて、パティは自分のベッドルームに向かった。

ふだんなら、わたしはそのまま仕事をつづけ、そのあと寝に行くだけで、朝までパティの顔を見る必要を感じなかっただろう。しかし、しばらくすると、わたしは自分のこども時代のことを思い出していた。自分の部屋に閉じこもって過ごしたあの長い時間。わたしは外に出るのが怖くて、じっと親父の動きに耳を澄ましていた。やがて、親父のたてる物音が狂気じみてくると、かならずダイアナの声がして、穏やかに、なだめるように、詩や名文を暗誦する。すると、親父の気分がしだいに鎮まり、最後には眠りこんでしまうのだった。いまや、そのはるかむかしの恐怖心が、深い、純粋な恐怖心がよみがえるのを感じた。長いあいだ忘れていた慢性的な痛みが、いま、ふたたび現われたかのように。

わたしは机から立ち上がって、廊下を歩いていくと、パティの部屋のドアをノックした。ごそごそやる物音がしてから、ドアがあき、娘がいつになく警戒するような顔を突き出した。

「ちょっとチェックしておこうと思っただけなんだ」とわたしは言った。

彼女は体つきがかすかに変化した生きものを見るような目で、わたしを見つめた。「チェック？」彼女は目を細くした。「どうしたの、父さん？」

わたしは頭で部屋のなかを指した。「入ってもいいかい？」

彼女はあきらかに驚いたようだった。

「わたしの部屋へ？」と彼女は訊いた。

「もしよかったらだが」

彼女は肩をすくめて、部屋のなかに引き下がった。部屋はなんとなく以前より散らかっているように見えた。机の隅にアイポッドが投げ出され、その細い白いコードが、床の上であやうげに傾いている本の山の上に垂れていた。

「なにか探しているものでもあるの？」とパティが訊いた。

「べつになにも探しているわけじゃない」とわたしは言った。われながら、妙に弁解するような口調だった。「そもそも、何を探したりするんだい？」

「たとえば、麻薬《くすり》よ」パティがきっぱりと言った。「ニーナのお父さんはいつも彼女の部屋に麻薬がないか探しているんだって」

「おまえはニーナじゃない」とわたしは言った。「それに、ニーナが麻薬をもっているとすれば、父親からはうまく隠しているにちがいない」右のほうに目をやると、驚いたことに、パティはダイアナの古い写真を飾っていた。

「どこで見つけたんだい？」とわたしは訊いた。

「探し物をしているときに見つけたのよ」とパティは答えた。

わたしはもっとよく見るために机に歩み寄った。写真のなかのダイアナは、ヴィクトル・ユゴー・ストリートの家の近くの公園で、あぐらをかいて坐っていた。長い髪に花柄のスカート。六〇年代のヒッピーを思わせるいでたちだった。泥のなかに腹這いになり、裸になって川で泳いだあの娘たち。そういうすべて――輪になって踊る姿、農民のドレス、〈愛さえあれば〉〈平和にチャンスを〉などというひどく理想主義的なスローガン――を記録した映画を、わたしは悲しい、胸が引き裂かれるような思いで見たものだった。それはわたしたちの社会のある歴史的瞬間を切り取ったというより、だれの人生にもある、自分たちの手でなにかを起こすことができそうに見える瞬間の記録に見えたからである。

ふと、大学に入って家を出ていったときのダイアナを思い出した。まだ十七で、イェール大学の全額奨学金を給付され、むかしからいつもそうだったが、容赦ないほど旺盛な知識欲に燃えていた。それまではボーイフレンドはいなかったのに、家に帰ってくると、イェール大の男の子や、ボストンやニューヨーク出身のアイビー・リーグの男子学生の名前が出るようになった。それでも、印象に残るほどの名前はなかったので、その後あんなに突然、あれほど強烈に、マークに夢中になったのは驚きだった。彼女はおそらくマークの頭のよさに惹かれたのだろう。わたしが初めて会ったとき、マークは遺伝子プールの浄化について語った。そのうちいつか、最高の肉体的、知的、情緒的能力をもつ遺伝子を組み合わせて、ほぼ完璧に設計された人間ができるかもしれない、と彼は言った。「そのときには、川の流れからゴミを取り除くように」と彼は熱っぽく語った。「人間からあらゆる欠陥を取り除けるようになるかもしれない」

わたしにはすべてがとてもジュール・ヴェルヌ的に聞こえたたし、考えられるあらゆる点で完璧になるように設計された人間というのは、まるで超人《ユーバーメンシュ》みたいで、不気味だった。わたしに関するかぎり、そういう壮大な計画には、いつもフランケンシュタインの影がつきまとっているような気がするからだ。それでも、そういう奇跡的な可能性についてマークほど確信をこめて語った人間はいなかったたし、初めて会ったあと、わたしはかなり彼に感心して、ダイアナはふさわしい相手を見つけたのかもしれないとさえ思ったものだった。

「ボーイフレンドはいるのかい？」抑えようとする前に、思わず口から出てしまった。

パティはあきらかに驚いたようだった。「なぜそんなことを訊くの？」

「おまえにはふつうの人生を歩んでほしいと思っているからだと思う」とわたしは言った。

「結婚して、こどもをつくって」

娘の答えはわたしが予想もしていなかったものだった。

「それは父さんにとってふつうだというだけで」と彼女は言った。「ほかの人にとっては、ふつうじゃないかもしれないじゃない？」

「わかった」とわたしは言った。「わたしはただおまえが幸せになってほしいと思っていると言うべきだったのかもしれない」

それには直接答えようとせず、パティはわたしの手からダイアナの写真を取り戻した。

「ダイアナはどんな女の子だったの？」とパティは訊いた。「わたしくらいの歳だったとき。まだ一度もそういう話をしてくれたことはないでしょう？ 彼女はいつも本を読んでいたとか、いろんなものを暗誦できたとかいうだけで。でも、どんな感じだったのかしら……人間としては？」

「彼女はいつもすこし離れたところにひとりで立っていた」とわたしは答えた。ごく幼いころから、彼女がいつもどんなに孤立していたか、どんなにほかのこどもたちから離れて立っていたかを思い出した。何度も何度も、わたしは彼女を集団で遊ぶこどもたちのほうに押しやろうとしたものだった。できれば彼女をなるべく変人——なんの前触れもなくこの言葉が出てきた——にしたくなかったからだ。だが、それはめったにうまくいかず、彼女はいつも自分の孤独のなかに退却してしまうのだった。

パティにはそういうすべてがわかるのだろう。「それじゃ、全然友だちがいなかったの?」

「ああ、そうだ」とわたしは答えた。

「Eメールをくれたのよ」とパティは言った。「キンセッタ・タブーのことで。どの曲が好きかとか、曲にどんな意味があると思うかとか」彼女は肩をすくめた。「ほかのこともだけど」

「ほかのこと?」とわたしは訊いた。

パティはふいに目をそむけた。「ほんとうはこれは言ってはいけないんだけど」あきらかに警戒する口調だった。「そもそも、これはダイアナ伯母さんとわたしのあいだだけのことなんだから」

「わかった」とわたしは言った。「わたしはただ……」と言いかけて、口をつぐんだ。ふたりのメール交換について漠然とした不安を感じたものの、それが何なのかはっきりとは指摘できなかったからだ。

「気にいらないんでしょう?」とパティが言った。「わたしが伯母さんとメール交換していることが」

わたしがそれに答える前に、パティがいきなり机に歩み寄った。「べつに心配することはなにもないのよ、父さん」と彼女は言った。「見せてあげてもいいわ」引き出しのひとつに手を入れて、プリントアウトしたEメールの束を取り出した。「いろいろ考えるヒントをもらっているだけなんだから」と彼女は言った。「わたしが考えるべきいろんな問題について。べつにどうってことはないんだから、そんなふうに気味悪がったりする必要はないわ」束のいちばん上にあったEメールを抜き出して、わたしに渡した。「ほら、自分で確かめてみれば」

わたしはそのメールを読んだ。読んでいるうちに、ダイアナの声が聞こえるような気がした。

〈世界そのものが生きているとしたら、どうだろう?〉

世界そのものが生きているとしたら、どうだろう？

ピートリーはメモ帳に書きつけた言葉をじっと見つめた。彼がどんな世界を守りたいと思っているかはあきらかだった。けっして明快さが失われることも、事態が収拾できなくなることもない世界、わたしたちが深い森のなかに取り残されることのない世界である。

「たしかに」とピートリーは言った。禁じられた扉をほんのすこしだけそっとあけて、すぐにピシャリと閉じるみたいに。「奇妙な問題だ。しかし、危険な問題だとまで言えるかな？」

ピートリーがにぎっているところがロープの端ではないことを、おまえは知っている。彼が見ていない方向にロープはずっと延びているのだ。

「いえ、危険だとは言えません」とおまえは同意する。「適当にあしらうことができれば」

「しかし、気になったんだね？」とピートリーが訊いた。「そういう問題が？」

こんなことまで打ち明けてしまったことに、おまえは驚いていた。ダイアナが質問する声が聞こえたときの状況や、おまえの心の深みで、それが埋もれた鐘みたいに警鐘を打ち鳴らしたことまでも。

「パティにはそういう影響を受けてほしくなかったんです」とおまえは言った。「そういう問題の。ダイアナが影響を受けたように……父親から」

「教授から？」

「父は教授だったことは一度もありません」とおまえは訂正した。「自分の頭のなかで、を除けば。しかし、学校を経営していたようなものでした。自分が校長になって、ダイアナとわたしを生徒にして、ヴィクトル・ユゴー・ストリートのわたしたちの家で。わたしは途中から出席しなくなったし、卒業もしなかった。そう考えてもらっていいでしょう。しかし、ダイアナはずっとつづけた。ずっとつづけた結果、それが彼女の頭を形作ることになったんです」

それがどんな頭だったのかをおまえは思い浮かべた。ダイアナの発想は、そのとき〈研究中〉の問題に迫るにつれて、しだいにはっきりしていくのだった。

「あるいは、頭を歪めたのかもしれませんが」とおまえは付け加えた。

ピートリーは訝《いぶか》しげにおまえの顔を見た。

「彼女の頭は引用でいっぱいなんです」とおまえは説明する。「何百、何千という引用で。彼女はやすやすと暗記できたし、思い出すことができました。まるで写真みたいな記憶力をもっているんです」

だが、それだけではなかった。親父を感心させ、最後には畏怖させるまでになったのは、天才的な記憶力のせいだけではなかった。

「文章は彼女の背中を打つ鞭のようなものでした」とおまえはつづけた。「火の心理学。暗闇の中心。認識の衝撃。暗黒の力」

ピートリーは一瞬おまえを見つめた。それから、おもむろにネクタイの結び目をゆるめた。

「それは情熱でした」と、おまえは熱っぽくつづけた。「知的な情熱だったんです……」目の前の地面にぽっかりと穴があき、そこに空気が吸いこまれていくのを感じた。まるで地面が生きていて、自分がそこに呑みこまれるちっぽけな生きものになったかのように。「……逃れることのできない情熱でした」

「しかし、だからといって、それが彼女を危険な存在にしたわけではないし」とピートリーが用心深く言った。「殺意を抱かせたわけでもない」

かつて映画で見た殺人を犯す女たちの顔が目に浮かんだ。『恐怖のメロディ』『危険な情事』。あらゆる男の背筋に冷たいものを走らせる女たち。ピートリーの言うとおりだった。そういう女たちは狂っており、殺意を抱いてしつこくつけまわし、拒否されたことで恐ろしい復讐をくわだてるのだ。

「そうですね」とおまえは言う。「彼女は振られた女ではなかったし、恐怖映画の変質者になったわけでもありません」

「では、何になったというのかね？」

「孤独です」とおまえは答える。「彼女は孤独になったんです」

ピートリーの顔を影がよぎり、孤独という観念が、それがつくりだす深い谷が、どんなに強烈なものでありうるかをおまえは悟った。

「そこからは脱出したと思ったんですが」とおまえはつづけた。「ジェイソンを授かったことで。あの子をとても愛したことで。あの子がもしも正常だったら……」おまえは口をつぐんだ。

一瞬、あらゆる良識に反して、自分が哀れな死んだこどもを責めようとしていることに気づいて驚いた。生まれたことを、病気になったことを、そして、最後には、澄んだ青い水の池で溺れたことを。「あの子が生きていたら……」

「生きていたら？」とピートリーが訊いた。

おまえは考えた。三つの死。それとも、四つの死か？ いつかほんとうに終わるのか？

「あの子が生きていたら、わたしはあなたにこんな話をしていなかったでしょう」

青いペンが動きを止め、ピートリーの目もじっと動かなかった。そのわななくような一瞬、世界はひっそりと静まりかえった。それから、彼が言った。「つづけて」

それで、わたしは言われたとおりにした。

6

マークがビル・カーネギーと何度も話をしていながら、ジェイソンのことに一言もふれたことがないというのは、わたしには想像しがたいことだった。カーネギーと話したあと、職場に向かう車のなかで、わたしはそれまでの数年を、ダイアナが息子を妊娠したときや、そのあと彼を産んだとき、どんなに幸せそうだったかを思い出した。

しかし、初めの喜びは、数週間のうちに消えていった。彼女はだんだん注意深くジェイソンを観察するようになり、気づいたことを小さなノートに書きつけた。

ジェイソンのさまざまな病気について、耳痛や下痢、二度の肺炎について、彼女は綿密に記録した。二歳になるころには、病気のせいで体力が衰えてきたようで、長時間じっと横になっていたり、背の高い椅子に黙ってだらりと坐りこんでいるようになった。そうやって両手を膝に置き、眠りかけているかのように、黒い目をゆっくりとしばたたいているのだった。

「心配なのよ、デイヴィ」と、ある午後、町の公園に坐っているとき、ダイアナは言った。「ジェイソンのことが」

そのころには三歳になろうとしていたジェイソンは、わたしたちから三メートルも離れていないところで、剝きだしの両脚を夏草のなかに投げ出して坐っていた。ほかのこどもたちはみんな浮かれ騒いでいたが、ジェイソンはほとんど気にしてもいなかった。彼は体をこわばらせて、一定の方向に向け、じっと注意を集中していた。少なくとも、そんなふうに見えた。どこか遠くの一点を、だれにも見えない光がまたたいているのを見つめているかのように。

ダイアナはじっとジェイソンの様子をうかがっていた。「この子は笑わないのよ、デイヴィ。泣くこともほとんどないし」

彼女がどんなに悩んでいるかよくわかったので、なんとか不安を和らげてやりたかった。

「ダイアナ、たしかにジェイソンはすこし変わっているかもしれない」わたしは笑みを浮かべた。「でも、ひょっとすると、天才なのかもしれないよ。アインシュタインだって変わっていたんだから。知っているだろう？」

「マークは関心をもっているけど、わたしにはどうでもいいことだわ」とダイアナは言った。「関心をもっている？」

「ジェイソンが一種の天才かどうかってことよ」とダイアナは言った。「その意味では、彼は父さんに似ているわ。あのショーペンハウアーの言葉を覚えてる？　父さんがいつも引用していた言葉だけど」いきなり、彼女の声が親父の声みたいに不気味に響いた。「秀才はほかのだれにも到達できない目標を達成し、天才はほかのだれにも見えない目標を達成する」

わたしは驚いて、彼女の顔を見た。親父の猛烈な知性偏重主義にかならずしも全面的に賛同しているわけではないことを、ダイアナがかすかにでも匂わせたのは、そのときが初めてで最後だった。

わたしが驚いた顔をして、かすかに口をあけたまま黙っていることに気づくと、彼女は、ふいにまぶしい光が目に入ったかのように、目をそむけた。

「ともかく、ジェイソンについては、あなたの言うとおりであることを祈っているわ」

しかし、それは間違っていた。

十二月のある雪の降る日、ダイアナはわたしに打ち明けた。わたしたちは町の広場に、クリスマスのイルミネーションが輝き、ツリー売りの声が飛び交うなかに立っていた。彼女はマークとジェイソンへのプレゼントを、わたしはパティのためにテレビゲームを探しているところだった。四歳になったばかりのジェイソンは、ダイアナの手をにぎっていた。とはいっても、彼はただぼんやりと手を預けているだけで、母親の手にぶらさがっている木の人形みたいだった。

わたしたちは特別にぎやかなウィンドウの前で立ち止まった。そのときガラスに映ったダイアナの顔を、色とりどりの包装紙で包まれたプレゼントの山に重なった彼女の顔を覚えている。ジェイソンが彼女の手から自分の手を引き抜いて、なにかの声に呼ばれたかのように、近くのパーキング・メーターに歩み寄った。

「ジェイソンはだいじょうぶじゃないのよ」とダイアナは静かに言った。

わたしはメーターのそばに立っているジェイソンに目をやった。彼はアーチ形に並んだ数字をじっと見つめていた。

「マークは統合失調症だと思っているわ」とダイアナは言った。

「でも、彼はまだ四歳だよ」とわたしは言った。

「稀にだけど、そういうこともあるのよ」とダイアナは言って、店のウィンドウに映っている自分の目をじっと見つめた。「家系なのよ、結局のところ」彼女はわたしの顔を見た。目がギラギラ光っていた。「わかっているでしょう、デイヴィ？」

「ああ、わかっている」

彼女は目をさっと指先で払った。「マークはあの子を施設に入れようとするでしょう」と、彼女はいきなり憤然として低い声で言った。「彼がそうしたがるのはわかっている。でも、わたしが書類にサインしなければ、そうはできないし、わたしはけっしてサインしないつもりよ。たとえ何があっても」

「それじゃ、どうするつもりなんだい？」

彼女はぴんと背筋を伸ばした。「自分で世話をするわ」鮮やかな色合いのウィンドウに視線を戻して、「あの子が生きているかぎり」とつづけた。彼女の目のなかに突然メラメラと炎が燃え上がった。マークもこの炎を見たことがあるにちがいない。一瞬、姉の心の底の、恐るべき部分が見えたような気がした。「ジェイソンはだれにも渡さない。だれにも厄介払いしたりはさせない」

その日からジェイソンが死ぬまで、ダイアナはけっしてそばを離れようとしなかった。ただ一度だけの例外があの夏の朝で、その日、マークはいつものように研究センターに詣《もう》でる代わりに、自宅で仕事をすることに決めたのだった。

息子の姿が見えないことに気づいたときのダイアナの様子が目に浮かぶ。一瞬ごとに、映画の別々のシーンみたいに想像できる。彼女がドライヴウェイに車を乗り入れ、車の後部から食料品を取り出して、家のなかに入っていく。居間から廊下を通って、大きな出窓のあるキッチンへ。日はすでに高く昇っていたはずだ。だから、遠くに池の水面がキラキラ光っていただろう。彼女は食料品を置くと、ほとんど反射的にジェイソンの姿を捜したにちがいない。居間。奥の小部屋。ベッドルーム。それから、もうひとつのベッドルーム。名前を呼びながら、階下の部屋を歩きまわり、それから二階へ上がっていく。廊下の奥の小さな書斎から、マークが仕事をしているタイプライターの音が聞こえる。しだいに足を速めながら、閉じられたドアに近づきながら、ひょっとするとジェイソンはそこに、父親といっしょにいるのだろうかと考える。一呼吸入れて、ノブをまわし、小さな書斎をキョロキョロ見まわす。「ジェイソン」と彼女が声に出して言うまで、マークはモニターから目を離そうともしなかった。

その瞬間、彼女は何を考えていたのだろう、といまわたしは自問する。戸口に立って、マークしかいない狭い部屋に向かって、息子の名前を口にしたその瞬間。誤りを犯したと思ったのだろうか？　あれほど全身全霊を傾けて、母親として純粋に心をこめて世話していたのに、息子は手のなかから逃げだしてしまったと思ったのだろうか？

そんなに重大な疑惑の闇に沈んで、彼女がふたたび幸せになれる可能性はあったのだろうか？

それにもかかわらず、数日後に偶然会ったとき、ダイアナは不幸せそうではなかった。夕方の六時過ぎで、わたしは車で帰宅する途中だったが、ランカスター・ストリートを歩いている彼女を見かけたのだ。彼女は目を伏せて、目に見えない足跡をたどっているかのようだった。

髪を切ったらしく、耳のすぐ下までの長さになっていて、着ている緑色のブラウスはあきらかに軍隊用で、鈍く光る金属製のボタンがついていた。数ブロック先にある陸海軍用品販売店で買ったにちがいなかった。

わたしは車をそばの歩道に近づけて、クラクションを鳴らした。彼女は立ち止まって、わたしのほうを見ると、車に近づいてきた。

「送ろうか?」とわたしが訊いた。

「いいえ。図書館に戻るところだったの」とダイアナは答えた。

わたしは笑みを浮かべた。「あそこで仕事するのが好きなのかい?」

「とてもね」

わたしはチェダーマンを思い出した。「まだ人類学の本を読んでいるのかい?」

「そういうわけでもないわ」

どんな本を読んでいるかについては、それ以上話したくなさそうだったので、むりには訊かなかった。むかしから、彼女にはけっして人に明かそうとしない部分があった。とはいえ、それは利己的な秘密主義ではなく、たいていはすぐに教える必要のないつらいことからわたしを保護するためだった。たとえば、わたしが五つのとき、なぜ親父が突然捕まって、ブリガム精神病院に収容されたのか、わたしにはけっして教えてくれなかった。親父が最後に発作を起こしたときも、わたしには話さず、ふたたびごく短期間ブリガム病院に入れなければならなくなるまで黙っていた。自分の結婚生活や、一日中ジェイソンとどんなふうに過ごしていたかについても、あの古い石造りの農場の家で、マークが研究所から戻るのを待っていた孤独な夜のことについても、彼女は一度も話そうとしなかった。

「それで、新しいアパートはどんな感じなんだい？」とわたしは訊いた。

ちょうどいいわ、と彼女は言って、それから数分、いつものようにごく大雑把《おおざっぱ》な説明をしてくれた。アパートは特別すばらしいというわけではないが、とても「機能的」にできている。なかでもいいのは、と彼女はつづけた、丘の上に建っているので、自分の部屋は一階だが、屋上のテラスにのぼれば、遠くにドルフィン池が見えることだという。

ドルフィン池……というのはジェイソンが溺れた場所だったが。

「それに、ずっと遠くに、ドーヴァー峡谷の外れの部分が見えるのよ」

ドーヴァー峡谷は、わたしたちがこどものとき、よくいっしょに探検した場所だった。彼女は標本にするための植物を集め、わたしはただ散歩するだけだったが。

「いつかまた行ってみましょうよ、デイヴィ」と彼女は言った。「むかしみたいにまた散歩しましょう」

こどものころの記憶のなかで、ダイアナとの散歩ほどわたしが鮮明に覚えているものはなかった。ドーヴァー峡谷での散歩もそうだったが、いちばんよく思い出すのは町を散歩したことだった。夜の八時ごろになると、親父は読書に没頭しているか、書斎の椅子で居眠りをしているかのどちらかだった。書斎を覗いて、今夜はもう安心だと確かめると、わたしたちは忍び足で短い廊下を通り、小さな四角い居間を抜けて、夜のなかに出ていった。涼しい夜気のなかでは、すべてがいつもよりすてきに見えた。ふたりだけで、覆い被さるようなオークの巨木の下に出たり、手をつないで、近くの人気のない通りを歩いたりした。ときには、大学の四角いキャンパスを横切って、鐘楼にのぼり、そこから眼下に広がる町を見下ろしたりもしたものだった。

「草に埋もれた小道があって、それをたどっていくと、面白い地層が見られるところがあるの」と彼女はつづけた。「ドーヴァー峡谷の内側だけど」

「最近あそこに行ったのかい？」

「そういうわけではないけれど」

「どういう意味だい？」

「それについて書いたものを読んだのよ」とダイアナは答えた。「その地層について。何度もそばを通ったことがあるはずだけど、気づかなかったのね」彼女は笑みを浮かべた。「またあそこに行ってみるべきよ。むかしみたいに」

「わたしはいつでもだいじょうぶだよ」とわたしは請け合った。

彼女はそれにはなんとも答えなかったので、一瞬、間があいた。なんとなく気まずい空気が流れた。彼女は秘密の任務に着手していて、それをわたしには教えたくないのかもしれないと思った。一瞬、空想的ではあったが、映画のなかのスパイになった彼女を想像した。トレンチコートに身を包んで、雨の降りしきる街路を歩いていくダイアナ。上陸地点に赤い×印をつけた、敵の侵略計画書をわきに抱えて。

「姉さんは……」と言いかけて、わたしは口をつぐんだ。髪を耳のところで切ってボーイッシュになり、都市ゲリラ風のブラウスを着ている姉を、何と表現していいかわからなかったからである。「変わったね」と言って、ごまかした。

そう言われても、彼女はとくにこれという反応を示さなかったが、なんだか警戒させてしまったようで、ふたりのあいだの距離が広がったような気がした。あたかもわたしたちが太いロープでつながれている宇宙飛行士で、そのロープのかぎりなく細い繊維がすこしずつ擦りきれていくかのように。もしもロープが切れたら、どんどん遠くに流されていき、しまいには同じ宇宙に止まっていられなくなるかのように。すぐにも絆を修復して、この姉をかつての親密さの輪のなかに引き戻す必要がある、とわたしは感じた。

「あれからはなにも送ってこないんだね」とわたしは言った。「ファックスで送ってきたあの写真みたいなものは。チェダーマンだったっけ。あれは事務所ではちょっとした騒ぎになったんだよ」

彼女は問いかけるような目でわたしを見た。

「チャーリーはあれを脅しだと受け取ったんだ」とわたしはつづけた。「そういうことをする人がいるから。『ゴッドファーザー』みたいに。馬の頭をベッドに入れておいたり。ちょっとしたメッセージとしてね。『気をつけるんだな。こっちはおまえの住んでいるところを知っているんだから』とかなんとか」

ダイアナはわたしの顔をじっと見た。「それがわたしとどういう関係があるの？」

「いや、べつに関係はないけど」とは言ったが、たったいま言ったことのなにかが、黒い触覚をもたげさせたことを悟った。「じつはあの前にちょっとした事件があってね」とわたしは説明した。「ビル・カーネギーのところに郵便で不気味な石が送りつけられたんだ」

ダイアナは落ち着かない顔つきになり、妙に不安そうだった。

「姉さんはビルと話をしたんだろう、違うかい？」

「そうよ」

わたしが彼女を崖っぷちに追いつめているかのように、一歩ごとに、じりじり不安が高まっていくような顔だった。

「ビルが姉さんを非難したわけじゃないんだよ」とわたしはあわてて言った。

彼女の視線には人を突き刺すような、殺人光線みたいな光があった。「もう行かなくちゃ」と彼女は言った。

「ああ、そうだね」とわたしは言った。「連絡するよ」

彼女はすぐにくるりと背を向けて、図書館に向かって歩きだした。一瞬後、彼女の姿は見えなくなったが、家に向かってふたたび車を走らせながら、その目の乾ききった光がいつまでもわたしの脳裏から消えなかった。宙に浮かぶ埃みたいに、それはいつまでもふわふわと漂っていた。

「そのとき、あんたは何を怖れていたのかね？」とピートリーが訊いた。

「よくわかりません」とおまえは答える。「不安というのは……」ふいに文学的なイメージが出てきたのは驚きだった。「……メドゥーサの頭みたいなものだと思います。何本もの触角がヒラヒラしているんです。愛もそういうものかもしれませんが。憎しみも。ほんとうに強烈な感情はどんなものでも」

「どんなものだというんだね？」

「移り変わっていくもの。もつれたもの。たがいに絡み合っているものなんです」

ピートリーはふいに、漂い流されていく人みたいな顔をした。ねじくれ曲がりくねる地図のない川。淀みや浅瀬の深さもわからず、自分が流されていくのがアケロン川か、レーテ川か、それともプレゲトン川か、コキュトス川か、ステュクス川か、あるいは、それらが神話的な湖で合流して、一体になって流れだす、もっと濁った川なのかもわからずに。

彼はすぐに猛烈に漕ぎだして、必死に揺るぎない陸地に戻ろうとするだろう、とおまえは思った。

すると、たしかに、彼はそうしはじめた。

「ダイアナに不安を抱きはじめていたのは、当然ながら、あんただけではなかった」

彼が言っているのはマークのことだった。マークがスチュアート・グレースの事務所に行ったという事実を、彼はすでに知っていた。それこそピートリーが頼りにする固い大地、この事件の不動の岩だった。それとも、これらの事件というべきだろうか？　というのも、彼が解明しなくてはならないのは複数の死、おそらくは複数の殺人なのだから。だが、それはいくつなのか？　一つか？　二つか？　三つか？　四つか？

「ええ、わたしだけではありませんでした」とおまえは認めた。

「よろしい」とピートリーは言った。「では、こう質問させてもらおう。その時点で、正確にその時点で、あんたはどんなことを考えていたのかね？」

「ダイアナのことです」

ピートリーはいつものコースに戻れて、あきらかにほっとしているようだった。ガラスのように透明な動機の流れから、犯罪が魚みたいに跳ね上がる世界。彼自身がその世界の無駄のない流線型の生きものなのだろう。効率的で、正確で、なによりも証拠を重んずる生きものなのだ。

「なるほど」とピートリーはつづけた。「ダイアナのどんなことを？」

「彼女は二歩目を踏みだした、とわたしは思っていました」とおまえは答える。「初め、彼女はジェイソンの死を事故だと認めることを拒否しました。そして、こんどは、あの朝のことを、あの朝何が起こったかを考えだしたんです。彼女はいくつかのことを思い出しました」高く茂る草のあいだからキラリと光るものがあった。「ほかのだれも知らなかったこと、知るはずもなかったことです」

「たとえば？」

「その日、マークが家にいたという事実です」とおまえは答える。「ダイアナを休ませてやりたいということで」出かける前に、家の戸口で足を止めたダイアナの姿が目に浮かんだ。彼女が振り返ると、ジェイソンはソファに坐っていた。大きな張り出し窓に背を向けて。遠くにドルフィン池が見えたはずだった。

「なぜそれが彼女に疑いを抱かせたのかな？」とピートリーが訊ねる。

「それまでは一度もそんなことはなかったからです」

「職場に行かずに家で仕事をすることが？」

「ええ、過去五年間に一度も」

「それは物的証拠にはならないが」とピートリーが言う。

「何ならなるんです？」

「なんらかの証拠能力のあるものだ」とピートリーは答える。「足跡とか、凶器とか」

「目撃者とか？」

「そう」とピートリーは穏やかに言った。

いまや彼がそのことを、おまえの宿命の閉じられた環のことを考えているのはわかっていた。おまえが何を「証拠」と見なすか、結局のところ、おまえがどれだけ「父親に似て」いるか。

「わたしは頭がおかしいわけじゃありません」とおまえは言って、ダイアナの言葉を引用する。

「人の頭が狂っていると言えるのは、自分のやっていることがわからないときだけです」

ピートリーは束の間黙りこんだ。これまでに判明したすべてをあらためて分類し、整理しているかのように。

「よろしい」と彼はふたたびはじめた。「ダイアナと会ったときのことに戻ろう。図書館の外で会ったときのことだ」椅子に深く坐りなおして、「それまでに聞いたこと。ビル・カーネギーからの話やダイアナから聞いたことから、あんたは疑いを抱くようになったのかね？」

「そうです」とおまえは答える。

ふと疑問を抱いたにすぎなかったが。というのも、いまから振り返ってみれば、脅威はまだおまえには迫っていなかったのだから。

「それで、どうしたのかね？」とピートリーが訊く。

「わたしは……調査をはじめました」

ピートリーはあきらかにおまえの答えが気にいったようだった。

「どんなふうに？」と彼は訊く。

「あなたもそうするにちがいないことからはじめたんです」

これはもっとピートリーの気にいった。「それは何かな？」と彼は訊いた。

「犯行現場に行ったんです」とおまえは答える。もっとも、いまでは現場がひとつではないことと、犯罪がひとつではなかったことがわかっているが。

だが、どの犯罪の現場かとはピートリーは訊かなかった。だから、おまえは自分がたどった道筋を順にたどっていくことにする。それが最後にはこの場所につながっていたとはいまだに信じられなかったが。

7

翌朝、わたしはいつもの時刻に事務所に着いたが、小さな砂利敷きの駐車スペースには車を停めなかった。過去十五年以上にわたって、ウィークデイの朝には、かならずそこに駐車していたのだが……。その日はそこでは停まらずに、そのままメイン・ストリートを走りつづけて、町を抜け、オールド・ファーム・ロードへ向かった。その道へ出て、しばらく走ると、舗装道路が赤土の道に変わった。

さらにそのまま走りつづけているとき、姉の家がどんなに町から離れているかをあらためて悟り、なんだか妙に落ち着かない気分になった。隣の家まで数キロもあり、周囲は深い森に囲まれている。覆い被さるような木が隙間なく立ち並び、下生えがびっしり茂っていて、狭い無舗装のドライヴウェイに差しかかるまで、まったく切れ目がなかった。この家の場所そのものにひどく不吉なところがある、と考えるのは容易だった。ここを選んだのはマークだったが、それは前もって陰険に計画されたことではなかったのか。周囲の樹木や池、そのほとりの大きな灰色の石でさえ、あとになって初めて本来の意図が判明する、陰湿な企みの一部だったのではないか。

前庭の芝生に〈貸家〉という看板が立っていたが、人の気配はなかったので、わたしは車をドライヴウェイの奥まで乗り入れた。ダイアナが何時間となくジェイソンと過ごした花壇には、貧弱な茎が数本残っているだけだった。あたりには雑草がぼうぼうと生い茂り、はるかむかしに打ち捨てられた場所に見えた。敷地全体が妙に死に絶えているようで、建物は干からびた骨格にすぎず、灰色の窓は空っぽで明かりもなく、ふとチェダーマンの目を連想させた。

わたしは車から降りて、家の裏手へまわり、庭を囲む高い暴風柵に沿って、ゆっくりと歩いていった。柵の向こう側では、背の高い雑草がかすかな風に揺れたかと思うと、すぐにまた静止した。まるで目に見えない手が草を揺すり、すぐそのあとでその揺れを止めたかのようだった。わずか数カ月前にここに住んでいた人たちの名残はなにひとつなく、すべてが完全に片づけられていた。ジェイソンの玩具も、マークの複雑なギアつきのマウンテンバイクも、夏にはよく野外料理パーティをした木のピクニック・テーブルも、いまや影も形もなかった。そういうパーティのときには、マークがグリルを担当して、バーガーをひっくり返し、ダイアナはジェイソンを抱いて歩きまわり、わたしはダイアナの横に並んでぶらぶら歩き、アビーはパティといっしょに門を出て、池のほうに行ったりしたものだった。

あの池へ。

わたしは振り向いて、ジェイソンが死んだ日にたどったにちがいない狭い小道を歩きだした。それは木立のなかを通り、それから池のほとりに百人隊長みたいに立っている大石の前を通過する。わたしは岸辺に立ち止まって、きらめく池の水面を眺め、水でできた心臓みたいに、静かに規則的に脈打つさざ波の音を聞いた。

ジェイソンが溺れた日、わたしは郡内の遠く離れた場所に向かっていた。そのため、家に着いたときには、すでに警察が到着して、周囲を捜索し、水辺にボートが引っ張り出されていた。ダイバーが装備を身につけ、岸から五十メートルほどの、突然深くなる場所までボートを出そうとしているところだった。

ダイアナは、マークに抱きかかえられるようにして、池のほとりに立っていた。ふたりはダイバーがボートに乗りこみ、池の深みに漕ぎだすのを見守っていた。わたしの姿を見ると、マークは彼女を抱いていた腕に力をこめた。彼はとても暗い、悲しげな目をしていた――少なくとも、わたしにはそう見えた。ダイアナは目を真っ赤に泣き腫らして、まるで自分が水中に引きこまれかけているみたいに、目に動物的な恐怖を浮かべていた。

「ジェイソンが」と、わたしがそばに近づくと、彼女が低くささやいた。

「あの子は掛け金を外したにちがいない」とマークが言った。「裏の門の」

「森はもう捜索したの」とダイアナがつづけて、ゆっくりとわたしに目を向けた。「池のなかにいるんだわ、デイヴィ」

「家のなかに入ろう、ダイアナ」とマークが静かに言って、彼女を家のほうに連れていった。

「ここで待っていてくれないか、デイヴ？」

わたしは言われたとおり、ダイバーが作業をしているあいだ、池のほとりに立っていた。その恐ろしい静けさのなかにどのくらい立っていたのだろう。やがて、いきなり、ひとつの声が静寂を破った。

「お名前をうかがってもかまいませんか？」

振り向くと、ネイビー・ブルーのスーツに、ワイシャツと赤いネクタイといういでたちの、背の高い男が立っていた。六月のなかばで、非常に暑かったにもかかわらず、男は上着を脱ごうともせず、つけ入る隙のないプロ意識をまとっていた。

「デイヴ・シアーズです」とわたしは言った。

彼はわたしをじっと見つめた。「ダイアナの弟さんですね」

そのとき、わたしはその男を思い出した。名前は知らなかったが、親父が死んだ日に家に来た男だった。その当時はまだ若い刑事だったが、同じようにクールな、抜け目なさそうな雰囲気だった。

「わたしもあなたを覚えていますよ」とわたしは言った。「名前は知らないが――」

「ピートリーと言います」と彼は言った。「サミュエル・ピートリー。いまでもこの近くにお住まいですか？」

「ええ、この地域にいます」とわたしは答えた。「あなたもそうだと思いますが」

「二つ三つ向こうの町ですが」とピートリーは言った。彼は上着の内側に手を入れて、身分証明書を取り出した。「いまでも郡の警察にいるんです。あなたは？」

「弁護士です」とわたしは言った。

「刑事事件は扱っていないんでしょうな」とピートリーが言った。「さもなければ、顔を合わせているはずですから」

「ええ、民事専門です」とわたし。「主に離婚ですが」

彼は一瞬口をつぐんだが、じっとわたしを見つめたままだった。人を落ち着かない気持ちにさせるほど落ち着き払っていた。「あの日のことを覚えていますよ。あなたのお父さんは……名前を知られた人でしたから」

「父はちょっと物を書いていましたからね。そのことを言われているのなら」とわたしは言った。「詩でしたが」

ピートリーは池のほうをちらりと見て、それからまたわたしに注意を戻した。

「ジェイソンのことで、二、三うかがいたいんですが」

映画のなかの警官みたいに、手帳を取り出すのではないかと思ったが、そうはしなかった。

「あの子は以前にも迷子になったり、家出をしたことがありましたか？」

「いいえ」

「一般的に言って、どんな子だったと言えますか？」

わたしはふいに痛いほどの挫折感に襲われた。考えてみると、ひどいことに、ピートリー刑事に話せることはほとんどなかった。わたしはジェイソンを知らなかった。生まれたときにはその場にいたし、彼が成長するのを見守ってはきたが、彼がどんな子で、何を感じていたのかは見当もつかなかった。とりわけ、何が原因であの子が池に入ったかは、わたしにはうかがい知れぬ内面の世界であり、いわばドラゴンの棲息地でしかなかった。

「あの子は……」と言いかけで、わたしは首を振った。「わたしは……」

ピートリーはわたしのディレンマを理解したようだった。そういうことが理解できるこの男が、わたしの目にはじつに屈強で、経験豊かな男に見えた。こういう場面にはすでに何度も直面しており、行方不明者に関する人々の長たらしい悲痛な話の曖昧さにさんざん付き合ってきたようだった。

「ミスター・リーガンによれば、ジェイソンにはちょっと問題があったようですね」とピートリーが言った。「あなたなら、どんなふうに説明しますか？」

「マークから聞いていないんですか？」

「事柄によっては、いくつかの別々の角度から見てみるというやり方をしたいんです」とピートリーは言った。「ジェイソンには知的障害があったと思いますか？」

「いいえ」とわたしは言った。「かならずしもそうは言えないと思います。最初にそれに気づいてから、いくつか異なる診断が出ていたはずですが」

「最初に何に気づいてから？」

「あの子の行動です」

「どんな？」

「それは、たとえば、ほかのこどもたちと部屋にいるとき、ほんとうの意味で関係をもとうとはしないということです」

いまや、ピートリーは初めにわたしがそうするだろうと思っていたことをした。上着のポケットから小さな手帳と飾り気のない青いペンを取り出したのである。

「ずっとそんな感じだったんですか？」と彼が訊いた。

「ええ」

「それじゃ、その状態はある特定のときからはじまったわけではないんですね？」

ピートリーは虐待がなかったかどうか探りを入れているのだろうか、とわたしは思った。ジエイソンがひどい虐待を受けて、その結果心のたががはずれて、ほかの人たちと切り離されてしまったのではないかと。ピートリーはこれまで何度もそういうケースを見てきたにちがいなかった。彼の目のなかに、そういう数々の記録の残像がちらりと浮かんだような気がした。

「そういうこともあるんですよ、おわかりでしょう？」と彼は言った。「人が急に……」

「ジェイソンは違います」とわたしは請け合った。「ジェイソンは生まれつき問題があったんです」

「いくつかの異なる診断があったと言いましたね？　どんな診断が出ていたんですか？」

わたしは診断が出た順に早口で列挙した。「自閉症。アスペルガー症候群。最後は統合失調症でした」

「それはかなり幅広い意味をもつ用語ですね」

「あの子の父親が最初に疑ったのがそれですが」

「なぜです？」

わたしは自分の口からかつてダイアナの言った言葉が洩れるのを聞いた。「わたしたちのなかにあるからです。統合失調症が。わたしたちの家系に」

ピートリーのペンがページの上でささやいた。「で、ジェイソンですが、なにか薬を服用していましたか？」

「知りません」とわたしは穏やかに認めた。「ある時期には薬を飲んでいたこともある、と思いますが」

「いつだったか覚えていますか？」

そのときだった。ピートリーはすでにこういうすべてをマークやダイアナに質問しているにちがいない、とわたしが悟ったのは。彼は情報を求めているのではなく、食い違いを見つけようとしているのだろう。嘘を発見しようとしているにちがいない。

「ジェイソンはどこにいると思いますか?」とわたしはずばりと訊いた。

ピートリーは手帳から顔を上げた。「わたしは……」と彼は穏やかに切りだしたが、ふいに耳には聞こえない、正式な命令によって制止されたかのように口をつぐんだ。「わかっていると断言できるのはすでにわかっていることだけなんです、ミスター・シアーズ」と彼は言った。「事実の向こう側は、危険地帯ですから」

ダイバーのひとりが水面に浮上して、池の底を指さしたとき、ダイアナとマークはまだ家のなかにいて、わたしだけが池のほとりに立っていた。ダイバーはゆっくりとうなずいた。その仕草の重々しさが、発見の重大さを物語っており、わたしはジェイソンが見つかったことを悟った。

ピートリーはその合図を見て、数人の警察官といっしょにいた場所から、わたしのそばに近づいてきた。

「わたしから知らせましょうか?」と彼は訊いた。

「いいえ、わたしが知らせます」

驚いたことに、彼は家のなかに行くわたしについてきた。ダイアナとマークは小さな居間にいた。マークは空っぽの暖炉のそばに、ダイアナは表側の窓際にいて、わたしたちに背中を向けていた。わたしの声を聞くまで、彼女は振り返らなかった。

「ジェイソンは……」とわたしはそっと話しだした。「あの子は」

「池のなかだったのね」とダイアナがきっぱり言い切った。

わたしは彼女が泣きくずれるのではないかと思っていた。がっくりとひざまずいて、映画のなかの女たちみたいに号泣するのではないかと。顔を天井に向けて、もっと別の結果を要求したり、もはや変えられない事実をののしったりするのではないかと思っていた。だが、彼女は一瞬体をこわばらせただけで、それから、ゆっくり回転する車輪に乗っているみたいに滑らかに体の向きを変え、黙って二階に上がっていった。

マークは疲れきったように立ち上がった。ひどい重荷を負わされているせいか、立ち上がったにもかかわらず、沈みこんでいくように見えた。

「お世話になりました」と、彼はピートリー刑事に言った。「部下のみなさんにも感謝しているとお伝えください」彼は手を差しだしたが、奇妙なことに、一瞬、刑事はその手をにぎりたくなさそうに見えた。それから、彼は手をにぎって、ゆっくりと振った。

「身元の確認が必要なんですが」と彼は言った。

「わたしがやってもいいよ」とわたしはマークに言った。「そのほうがよければだが」

「そうしてくれるかい、デイヴ？　ありがとう」

「それから、解剖も必要になるんですが」とピートリーが付け加えた。

「わかります」とマークは言った。

それから、ピートリーは出ていき、マークとわたしだけが部屋に残された。

「何と言っていいかわからないよ、マーク」とわたしは言った。

マークはもとの椅子に戻った。「なにも言うべきことはないんだよ」

わたしはちらりと階段に目をやった。「ダイアナの様子を見にいかなくてもいいのかい？」

彼は首を横に振った。「彼女は彼女なりの反応をするだろう」

ほとんどその瞬間だった。二階のベッドルームから恐ろしいうめき声が聞こえたのは。それは長い、原始的な号泣になり、やがて低い、動物的なうめき声に変わった。

「あれが彼女の反応さ」とマークは言った。

わたしがふたたび池のほとりに立ったとき、ダイアナのうめき声がまだ木々のあいだに漂っているような気がした。わたしは思い出せるかぎり正確に、ダイバーが浮き上がって、まっすぐ下を指さした場所に目を凝らした。ジェイソンの遺体はただちに引き揚げられ、近くの葬儀場に運ばれた。その後、そこで解剖が行なわれ、正式な報告書が作成された。その報告書に基づいて、のちに、裁判所はジェイソンの死が「偶発事故」だったと決定したのだった。

裁判所でそう言い渡された瞬間、ダイアナの体がこわばったことを思い出す。ジェイソンの死を知らされたとき、ふいに体を硬直させたのとそっくりだった。まるで体がいきなり硬くなり、すべてをその内側に閉じこめて、階段をのぼっていくあいだずっとそのまま固まっていて、完全にひとりきりになったとき、初めて号泣が解き放たれたかのようだった。

いま、ふたたび、その声が聞こえた。ただ、それは数メートル上の階上から聞こえるのではなく、空そのものから降ってくるようだった。声が物質になり、湿った冷たいものになって、暗い永遠の雨みたいに際限なく降りつづいているかのようだった。

いま、向かい側の椅子は空になり、ピートリーは窓際に立って、おまえに背中を向けている。たったいまおまえが語った日のことを思い出しているにちがいなかった。あの日、おまえたちはドルフィン池のほとりに立ち、静かに話をしながらダイバーの作業を、彼らがボートの舷側から身を乗り出して、水中にもぐっていくのを見守っていた。あとでふたたびあの池に戻った日にも思い出したように、おまえは思い出していた。あのとき、ボートは池の中央付近に浮かんでいた。水深はそのあたりでふいに深くなっているが、そこまではどのくらいの距離があったのだろう、つまり、ジェイソンが岸からどれくらい歩けば、彼の腰や肩にまで水が達するのだろう、とおまえは考えていた。

「浅い《シャロウ》」とおまえは静かに言った。

見ていると、ピートリーの肩が、なにかにチクリと刺されたかのように、わからないくらいこわばった。

「では、ダイアナが何を言おうとしていたか、あんたにはわかっていたんだね？」と彼は言った。「あの日、法廷で」

「浅い」と、おまえはもう一度ダイアナの言葉を繰り返した。「彼女は二度そう言ったんです」

ピートリーは依然として窓の外を眺めていた。「しかし、あのとき、彼女はどういう意味でそう言ったのかね？」

「あのときは、どういう意味かわかりませんでした」とおまえは答える。「強《し》いて言えば、裁判所のやり方や決定のことを言ったのだろうと思ったでしょう。そういうすべてが……浅薄《シャロウ》だと」

ピートリーは肩を上げて、ゆっくりと息を吐き出した。

物語の大きな流れのなかに生じた新しい流れを感じているにちがいなかった。見馴れた湖でスケートをしていたのに、滑っているうちに、知っているという感覚が薄れはじめ、あそこに木が、向こうには小さな小屋が見えてきたが、どちらも以前の位置とは異なり、風景にずれが生じたかのように。

「かなりの距離がある」とピートリーは言った。池の岸とジェイソンの遺体が発見された場所のあいだには距離がある、という意味にちがいなかった。彼の考えていることはわかっていた。ドルフィン池は静かな池で、流れはなかった。遺体が流されるはずはないのである。

「なぜ池のまんなかまで歩いていったのか？」とおまえは訊く。「たぶん、ダイアナにはそれが疑問だったんだと思います。ジェイソンは水に入ったことがなかったからです」

「なぜ入ったことがなかったのかね？」

「水を怖がっていたからです」おまえはジェイソンの目つきを思い出す。突然の動きやふいの物音に、彼の目がどんなに容易に跳ね上がったか。「ジェイソンはなにもかも怖がってびくびくしていました」

ピートリーはおまえのほうに向きなおった。「池から立ち去ったとき、あんたはそう考えていたのかね？」と彼は訊いた。「それが証拠になると」

「いや、かならずしもそうではありません」

ピートリーはそれを聞いて、あきらかに驚いたようだった。「それじゃ、どんなふうに考えていたんだね？」

「どんなに容易だったかということです」

ピートリーは訝しげにおまえの顔を見た。「容易だった？」

おまえはゲームを思い出す。ずいぶんやったものだった。わたしはだれでしょう？　宝の箱。ヴィクトル・ユゴー・ストリートの家は、ゲームの家だったのだろうか？　チェッカーではなくて、チェスの。親父がキングで、ダイアナがナイト、そして、おまえは永遠に下っ端のポーンだった。

「何が容易だったというのかね、ミスター・シアーズ？」

おまえはふたたび池のほとりに立っていた。そして、家を振り返って、〈なんと孤立しているのだろう〉と思った。それからまた池に向きなおって、静かな水面を透かして見ながら、〈浅い、浅い〉と思ったものだった。

「ダイアナの……考え方に引きこまれることがです」とおまえは答えた。頭のなかにパティの声がひびいた。〈わたしは想像力が豊かだってダイアナに言われたのよ〉。「彼女に誘惑されるのがいかに容易かということです」おまえは苦痛の波に襲われるのを感じた。それは驚くほど肉体的な痛みに近く、熱か強烈な圧力にさらされたかのようだった。「ダイアナ」とおまえはささやいた。その名前に引きずられるように、手から手へ渡される小さな赤いボールが目に浮かび、ダイアナの目の暗い輝きや、おまえの手を取って、階下に引っ張っていく彼女の手の感触がよみがえった。

「ダイアナは……」と、おまえはふたたび話しだしたが、先をつづけられずに、口をつぐんだ。おまえは首を横に振った。「移り変わっていくんです」と、ようやく小声で言った。「もつれ合って」

ピートリーはじっとおまえを見つめていた。深く抉《えぐ》るような視線。もはや教科書どおりに観察する目ではなく、習い覚えた見方ではなく、ほとんど本能的な目つきだった。

「すべてが移り変わっていくんです」とおまえは言った。

ピートリーの目にかすかな困惑の光が浮かんだ。「よろしい、ミスター・シアーズ」と彼は用心深く言って、もう一度おまえを堅固な地上に引き戻そうとした。「池に行ったあと、あんたはどうしたのかね？」

そうやって、彼はおまえをこの事件に引き戻そうとした。

おまえが進んでそれに従うと、ふたたび懐かしい重力が、足の下に馴れ親しんだ地面が感じられた。「池に行ったあと……」

8

池に行ったあと、わたしは事務所に戻って、仕事をすることですべてを忘れようとした。リリーが持ち場に戻っていたので、いつものように法律上の手紙の口述をした。それから、各種の書類に目を通して、何件か電話をかけた。さらにそのあと、エド・リアリーの件に関する手紙を、彼が出した和解条件やその受けいれを拒否するエセルからの手紙を読み返した。最後の手紙は前日に来たばかりだった。ビル・カーネギーの特徴的なレターヘッド付きの——すこし大きすぎる盲《めし》いた正義の女神の肖像入りの——便箋だった。手紙の内容は簡潔だった。「当方の依頼人はミスター・リアリーの和解条件を受けいれることはできず、したがって、法廷における離婚請求を行なう所存であることをお知らせする次第であります」

妻側が彼の最後の申し出を拒否したことを、わたしはただちにエドに通知した。そして、わたしの意見では、彼は公正な和解に達するためにできることはすべてやったこと、さらに、やはりわたしの見たところでは、これ以上どんな寛大な条件を出してもけっして受けいれられないだろうとも言ってやった。

そのとき、わたしがエド宛に書いた手紙の最後の一行が目にとまった。数十行にわたって独得の礼儀正しい、法律家的な文章をつづけたあと、ふいにがらりと調子を変えて、わたしはこれがいかに非妥協的で、和解不可能で、きわめて非論理的な状況であるかをズバリと指摘していた。そのときでさえ、その一行は妙に予言するような言い方だと思ったものだった。〈古くからそうであるように、解決には血が要求されることがあるものです〉
そして、それが合図だったかのように、一通の手紙が届いた。

封筒はわたし宛だったが、差出人の住所はなかった。それでも、その小さな、ぎくしゃくした筆跡から、ダイアナから来たものだとわかった。

封筒のなかには手紙はなく、説明があったわけでもなく、ただ十代らしい少女の写真が入っているだけだった。おそらく十四か十五くらいだろう。滑らかなピンクの肌をして、輝くような赤毛のカールした髪がじつに豊かだった。黒い太字で〈YDE　GIRL〉というタイトルがつけられ、その下にただ一行、〈彼女は殺されたのだろうか?〉と記されているだけだった。

少女の顔は完全に現代人で、中西部の農場の娘みたいに、ほんのりと健康的な赤みを帯びた顔色をしており、チェダーマンの剝きだしの骨とは似ても似つかなかった。一瞬、理由はともかく、ダイアナの「調査」の対象がもっと新しい時代の犯罪に移って、聞いたこともない名前だったが、「イーデ」出身の十代の少女の殺人事件に関心をもっているのかもしれないと思った。

そして、あらためてその少女の顔を見た。表情は穏やかで、かすかにかわいらしい笑みを浮かべている。目はあけていたが、とくになにかを見ているようではなく、音楽を聴いている人みたいに、ただぼんやりと見ひらいているだけだった。写真には暴力を暗示するものはなく、暴力を怖れている気配すらなかった。それなのに、なぜ殺されたかどうかが問題になっているのだろう？

わたしはこどものときダイアナとやったゲームを思い出した。彼女は「わたしはだれでしょう？」と呼んでいたが、それは人物の名前を当てるゲームだった。交替で、一度にひとつずつ、その人物に関するヒントを出していく。ダイアナの場合は、たいていは悲劇的か恐ろしい最期を遂げた人物だった。たとえば、答えは悲運の北極探検家、チャールズ・フランシス・ホールで、第一のヒントは〈凍りつく最期〉だったり、マーラーが答えだったときには、第一のヒントが〈血染めの入浴〉だったりした。

いままた、そのこども時代のゲームをやろうとしているのだろうか、とわたしは思った。もちろん、少なくとも情報の検索という点では、むかしとはずいぶん時代が変わっており、いまでは参考図書を求めて図書館に駆けつける必要はなかった。わたしはインターネットに接続して、検索エンジンに「イーデ・ガール」という単語を入力した。

すると、たちまちその少女が現われた。ダイアナが送ってきたのと同じ写真だったが、こちらのほうがもっと鮮明で、肌の色合いにも変化があり、髪の毛にも光っている部分があった。写真の下に一行、「科学的復元」というキャプションがついていた。

つまり、ダイアナが送ってきた写真はイーデ・ガールの実際の顔ではなく、おそらくこんな瑞々《みずみず》しさはすこしもない遺骨に基づいて造られた模型だったのである。そのページの説明文がさらに詳しいことを教えてくれた。イーデ・ガールはオランダのイーデ村の泥炭湿地で発見され、首には毛織りの紐が巻きつけられていた。紐はすごき結びで結ばれ、非常に強く締めつけられており、死んだ少女の首にはっきり跡がついていた。したがって、イーデ・ガールが殺されたのかどうかは、あらためて問題にするまでもなかった。問題は少女が処刑されたのか、生け贄にされたのか、それとも、単に殺害されたのかということだったが、その答えが出る見込みはなかった。というのも、イーデ・ガールが殺されたのはすでに二千年近くも前のことだからである。

わたしはダイアナが送ってきた写真を明かりにかざして、艶のあるきれいな髪や、ガラスの目を入れてていねいに造られた顔をじっくりと観察した。いまでは、それは人間というより人形の顔みたいに見えた。よく見ると、傷のない額のあたりに、ゴツゴツした字体で文字が刻まれているのが透けて見える。ダイアナが写真の裏になにか書きつけたのだろう。そういえば、むかし〈わたしはだれでしょう?〉をやっているとき、彼女はよくじつに巧妙なヒントを出し、そういうヒントに誘われて、わたしは夢中になって答えを探したものだった。こどものときと同じような好奇心に駆られて、わたしはその写真を裏返すと、ダイアナが書きつけた言葉を読んだ。

〈原罪《オリジナル・シン》〉

「原罪」とわたしはそっと繰り返した。そして、むかしこのゲームをやっていたときの、ダイアナ独得のやり方を思い出した。彼女のヒントはたいてい、滑稽だったり皮肉だったりするキーワードを遠回しに結びつけたものだった。たとえば、ロスコー・アーバックル（無声映画時代のデブの人気俳優だったが、新人女優殺害の嫌疑をかけられた）の最初のヒントは〈ありえない《ファット・チャンス》〉で、この俳優が肥っていたことと、まったくの偶然から強姦殺人の嫌疑をかけられたことの両方に引っかけたものだった。

独得な罪《オリジナル・シン》か、とわたしは思った。この場合、罪という言葉が意味するのは殺人でしかありえなかったが、殺人になにか独得なところがありうるだろうか？　もちろん、そんなことはありえない。では、イーデ・ガールにどこか「独得な」ところがあるのだろうか？　こどものころゲームをしていたとき、よくそういうことがあったが、まるで頭のなかで言葉にならない言葉がささやかれたかのように、答えがふいにどこからともなく湧いてきた。イーデ・ガールに独得なところがあるとすれば、それは遺体に関するなにかだろう。それに基づいてまったく独得でない顔が復元された遺骨。その遺骨が彼女の殺害という「罪」の「独得な」証拠だったにちがいない。

コンピューターの画面の記事に戻って、カーソルをページの下まで移動すると、そこに「最初の発見」と題されたリンクが光っているのを見つけた。

それをクリックすると、またもや彼女が現われた。

イーデ・ガール。

即座に画面に現われたグロテスクな写真には、あの愛らしい、化粧を施した顔を思わせるところはなにもなかった。豊かな赤毛の髪は、ここではボロボロの紐みたいなポニーテールで、それがすっかり剝げた頭蓋骨から生えているだけだったし、バラ色の頬もかわいい人形の目もなかった。実際には、イーデ・ガールの「もともとの《オリジナル》」遺骨にはほとんど顔らしきものはなく、少なくとも、目鼻立ちがわかるような顔はなかった。彼女の「肌」は、それが肌と呼べるとしてだが、灰白色だった。鼻は完全につぶれており、頬と頰骨は砕かれて形のない塊になっている。その結果、イーデ・ガールの「顔」は多かれ少なかれ融解しているように見え、目は垂れさがった隙間にすぎず、口は粘土の塊に穿《うが》った穴でしかなかった。

〈わたしはだれでしょう？〉

それはダイアナの声だった。もちろん、彼女がそこにいたわけではないが、彼女の唇とわたしの耳のあいだのなにもない空間が、妙に電気を帯びているようだった。あたかもそこに束の間なにかが生じて、すぐに消え去り、空っぽの空中にピリピリする刻印を残していったかのように。わたしは目に見えない手に引っ張られて立ち上がり、窓際に歩み寄ると、そこにしっかりと立って、窓の外のキラキラ光る、きわめてふつうの、秋の日を眺めた。

〈わたしはだれでしょう？〉

ふいに、わたしの目に映っているものは、窓の外に実在する風景ではなくなっていた。丈高い葦《あし》がゆっくりと揺れるなか、わたしの視線は狭い小道をたどっていく。目に見えないカメラみたいに、十代の少女が湿地に近づいていくのを追っていた。早朝の霧のなかに見え隠れする、燃えるような赤毛だけを頼りにして。それから、いきなりそれが切り替わり、わたしが追っているのは、池に近づいていくジェイソンになった。彼の影が夏草の上を流れるように移動して、ふいにそこに出現した暗闇に、近づいてくる死の暗闇に滑りこんでいく。

ダイアナのねらいはこれだったのだ、とわたしは悟った。わたしをジェイソンのところに引き戻すこと、イーデ・ガールと同じくらい痛ましい、未解決な――と彼女が信じている――殺人事件へ、わたしを引き戻すことだった。

その日の夕方、わたしが職場から出ていくと、不気味なテレパシーで呼び出されたかのように、車のそばにダイアナが立っていた。後部バンパーに寄りかかって、彼女はリンゴをかじっていた。ダーク・レッドのシャツを着て、襟を立てていたので、その先端が喉元に生えた小さな翼みたいに見え、いまにも羽ばたきそうだった。

「こんばんは、デイヴィ」と彼女は言った。「わたしが送ったものを見た？」

「イーデ・ガールのことかい？」とわたしは答えた。「ああ、受け取ったよ」彼女の企みを見抜いたと思っていることは匂わせなかった。「あの……殺された少女のどこに興味をもっているんだい？」

「わからないけど」とダイアナは答えた。「父さんがやっていたことなのよ。むかしの犯罪について読みあさるのは」

「そんなことをしていたという記憶はないが」

「あら、やっていたわ」とダイアナは言った。「たとえば、犯罪学者、ウィリアム・ラフヘッドの本や、トマス・ド・クインシーの『藝術の一分野として見た殺人』なんかも。犯罪のことを読めば、正義について学ぶことができると言っていたのよ」

「正義についてどんなことを？」と、わたしはあえて突っこんだ。

「それを達成するのはむずかしいが……その価値はあるということよ」

わたしはクックッと冷たく笑った。「そのくらいなら、わたしだって教えてやれたのに」

「父さんはド・クインシーのある独得な考え方が気にいっていたの」ダイアナは、単に思い出したのではなく、自分の過去を丹念に調べていたかのように、いかにも懐かしそうにつづけた。

「殺人を目の前にしたとき、人は目を凝らす必要はないということよ」

「それはどういう意味なんだい？」とわたしは訊いた。

「殺人者と面と向かいあえば、はっきりそうとわかるということよ」とダイアナは答えた。

わたしはにやりと笑った。「それは法廷では認められない意見だな」

「それだけならね」とダイアナは言った。

彼女はそれ以上なんとも言おうとしなかった。親父のことも、ド・クインシーや、殺人や、「それとわかる」という漠然とした考え方についても。そうはせずに、ぐっと反り返って、思いきりリンゴを放り投げた。それは弧をえがいてドライヴウェイを超え、反対側の木立のなかに飛んでいった。

「ドライヴに行きましょう」と彼女は言った。

「どこへ？」とわたしは訊いた。

「ドーヴァー峡谷よ」と彼女は答えた。

「なぜそこへ？」

「わたしが父さんと最後にゆっくり話したのがそこだったからよ、デイヴィ」とダイアナは言った。「だから、もう一度、こんどはあなたとゆっくり話したいの」


さまざまな色がちりばめられた景色のなかを、わたしたちはドーヴァー峡谷へ向かって車を走らせた。途中、わたしはこどものころのドライヴを思い出した。親父がハンドルをにぎり、どんな天気でも窓を全開にしていたので、ビュービュー吹き抜ける風が親父の髪をめちゃくちゃに乱したものだった。車は小さかったが、親父は狭いところに押し込められるのが嫌いだった。そのため、わたしは後部座席に追いやられ、ダイアナだけが前に坐って、親父がその日のテーマに選んだ深淵な思想——死とか、死後の生とか、歴史の教訓とかについてしゃべりつづけたものだった。わたしはもはやそういう会話には加わろうとしなかった。

「ラスコー」と、しばらくすると、ダイアナが言った。「聞いたことある？」

「洞窟だったっけ？」旅行雑誌で見た覚えのある名前を思い出しながら、わたしは聞き返した。

「フランスにある洞窟よ」とうなずきながら、ダイアナは言った。「前史時代の絵が千五百点くらい残っていて、なかにはきれいに彩色されたものもあるの。植物性の顔料や黄土を使っていたのよ。人類初の絵描きたちね」

彼女は笑みを浮かべた。わたしはよくいっしょに親父の書斎に坐ったことを思い出した。彼女が明かりの下に坐って、新しく興味をもったあれやこれやについて説明する。すると、鳥の巣とか、松ぼっくりとか、そういうごくありふれたものが、この世のものとは思えない魅力的なものに思えてくるのだった。

「描かれているのは主に動物で」と彼女はつづけた。「人間は描かれていないんだけど、それは前史時代の美術ではめずらしいことではないの」彼女はまっすぐ前を見つめて、ドーヴァー峡谷が見えてくるのを待ちかまえているようだった。「ラスコーでめずらしいのは、洞窟の床が無数のトナカイの骨で覆われていたことね」こどものときよくそうしたように、彼女はそこで一度口をつぐんだ。そうやって興味をそそり、ドラマチックに強調して、知的なサスペンスを付け加えるのだった。

「でも、ラスコーにはトナカイの絵はひとつもない」とダイアナは言った。「それはどうしてだと思う、デイヴィ？」

「さっぱりわからないな」とわたしは答えた。

一瞬、自分でその質問に答えるのではないかと思ったが、彼女はそうはせずに、肩をすくめた。「わたしにもわからない。でも、考えてみる価値はあるわね」

「姉さんはずっとそのことを考えていたんだろう、違うかい？」とわたしは用心しながら訊いた。

「ええ」

「とくにラスコーについて？」

「いいえ」とダイアナは答えた。「それより、トナカイがまったく描かれていなかったという事実そのものについて」

「それで、結論は？」

「結論はないわ」とダイアナは言った。「ひとつ考えられるのは、自分たちが食べた動物を描かなかったのは、それを自分たちから切り離す必要があったからかもしれないということくらいね」

「どうしてそうする必要があるんだい？」

彼女の目が、まるで邪悪なことを考えているところを見つかったみたいに、妙にギラリと光った。「なぜなら、殺す前には、それを自分自身から切り離す必要があるからよ」

ドーヴァー峡谷に着いたのは青みがかった黄昏時《たそがれどき》で、あたり一帯が幽霊でも出そうな雰囲気だった。さもなければ、感覚をもたない物たちの、時間を超越した雰囲気とでもいうべきか。花崗岩の壁は非常に高く、上からのしかかってくるように見えた。石でできた巨人が、完全に自分たちの支配下にあるちっぽけな、怯えた生きものを見下ろしているかのようだった。

ほとんど空っぽの駐車場に車を停めると、車から降りて、いちばん近い崖を見上げた。

「向こうに割れ目があるのよ」ダイアナが自信たっぷりに言ったところを見ると、頭のなかにこの峡谷の地図が入っているのはあきらかだった。彼女は片手を上げて、森に入っていく小道を指した。「あの小道がそこにつづいているの」と彼女はつづけた。「割れ目はとても狭くて、人間がやっと通れるくらいなんだけど」

「どうしてそんなことまで知っているんだい?」とわたしが訊いた。

「書いてあるものを読んだのよ」

わたしたちは駐車場を横切って、森に入り、しだいに狭くなる小道をたどって、石の壁に近づいていった。壁のふもとに着くと、ダイアナは左右を見まわした。それから、頭を振って方向を示すと、先に立って第二の小道に入っていった。この道は使われておらず、手入れもされてなかったので、しだいに濃くなる下生えを掻き分けながら、ゆっくり進まなければならなかった。やがて、ギザギザの裂け目が岩壁のふもとからはるか天辺までつづいている場所に出た。

「ここよ」と彼女は言った。「彼が聞いたのはここなのよ」

「聞いたって、何を?」

一瞬、彼女はどう答えるべきか迷っているようだった。それから、「石のつぶやきよ」と言って、ブラウスのポケットから小さな四角いパンフレットを取り出した。非常に古い、紙が黄ばんだ小冊子で、いまにもバラバラになりそうだった。

「ダグラス・プライスは」と彼女はつづけた。「一九四七年にここに来たの」パンフレットをひらいて、そっとページをめくりだした。「戦争中は空軍のパイロットで、三十七回出撃したそうよ」

それが何を意味するのか想像できるくらいには、わたしも戦争映画を見たことがあった。三十七回離陸して、急激に上昇し、それから水平飛行に移って、湖や農地の上空を長時間飛行し、対空砲火のネットワークを張り巡らせて待ちかまえている標的に向かっていったのだろう。

「そのあと、彼は大きな音に耐えられなくなった」とダイアナはつづけた。「音が怖くなってしまったのよ」

激しく振動する飛行機に乗っている若者、プライスの姿が目に浮かんだ。機体があまりにも大きな音を立てるので、空中分解してしまうのではないかと思ったにちがいない。やがて、炸裂する砲弾の音が飛行機の非人間的な振動音を呑みこみ、標的の上空を飛んでいるあいだ、世界は耳を引き裂くような耐えがたい大音響でしかなくなった。

「彼はブリガムで仕事するようになったの」とダイアナが言った。

ブリガムといえば、親父が二度運びこまれた病院だ、とわたしは思った。一度目はわたしが五歳のとき、それから二度目は、それから何年もあとだったが、ダイアナが大学をやめて家に連れ戻さなければ、親父は死ぬまでそこにいたかもしれなかった。

「一九四七年には、ブリガムにはかなりの数の兵士がいて」とダイアナはつづけた。彼女は戦後まもないその時代に、負傷した体や傷ついた心の大波が押し寄せ、大量の残骸が次々に流れ着いたあの時代に戻ったような顔をしていた。「プライスは兵士たちの話を聞く仕事をしていたようね」彼女はパンフレットに目を落として、すでにしるしをつけてあったページをひらき、そこに書かれている文章を読んでから、ふたたびわたしの顔を見上げた。「ある日、彼は散歩に出かけて、ドーヴァー峡谷のこの場所にたどり着いたのよ」

いまや、彼女はプライスといっしょに歩いていた――わたしにはそれがはっきりとわかった。ダイアナは彼といっしょにしだいに細くなっていく小道を歩いて、巨大な石の壁の裂け目にたどり着いた。

「よく晴れた夏の日だった」と彼女は言った。「あたりは一面に緑で、ところどころに白い花が咲いていた」

なにかを引用しているような言い方だった。だから、彼女がパンフレットをちょっと持ち上げて見せても、わたしは驚かなかった。「彼の文章はかなりの悪文ね、実際のところ」と彼女は言った。「ひどく気取った文章だという意味だけど」

それから、彼女は読みだした。

風景の単純な青々しさが日頃の生活に浸透している刺々しさからわたしの意識をそらして、怒りのあまり枝が振り上げられ石が投げつけられる以前に、わたしは心地よく調和のとれた幻想的な世界へと引きこまれるのを感じた。

彼女は顔を上げて、にっこり笑った。「文章についてわたしの言ったことがわかったでしょう?」

それから、彼女はまた読みつづけた。そうやって読むのを聞いていると、わたしはふたたび彼女の魔術的な力を感じた。そのとき興味をもっているものが何であれ、彼女はいかにやすやすと人をその深みに引きずり込んでしまうことか。

いまや、わたしは彼女といっしょにプライスのそばにいて、わたしたちは三人いっしょに「両側に白い花の細い流れがつづく、濃密な、緑の小道を」歩いていた。わたしたちはしだいに森の奥へ奥へと入りこみ、やがて崖のふもとをまわりこんで、プライスがなぜかそこに「悲劇的な、石の絶望」を見る、ギザギザした割れ目に到達した。

「彼はここに立ち止まったの」とダイアナは言った。「わたしたちが立っているちょうどここに」彼女はパンフレットを下ろして、花崗岩の壁が無惨にも引き裂かれたギザギザの割れ目を下から上まで目でたどった。「ここで彼は聞いたのよ。声を」

彼女はプライスの文章を暗記していて、それを暗誦した。「下生えのカサコソいう音、そして無数のかすかな叫び」彼女はわたしの顔に視線を戻して、こどものころと同じやさしい声で暗誦をつづけた。その声は、こんなに長い歳月のあとでも、じつに魅力的に聞こえた。

そのときわたしを包んだ感覚は、なんらかの降臨あるいは憑依《ひょうい》とでも表現するしかないものだった。にもかかわらず、わたしは森のなかや廊下の奥のこどもみたいに、宙に浮かぶ幻影を見たわけでもなければ、泣き叫ぶ声を聞いたわけでもない。そのぼんやりとした感覚には、その性質や正体を示す視覚的手掛かりはまったくなかった。それはただつぶやいているだけ、静かに泣いているだけ、低い声で途切れなくむせび泣いているだけだった。それがわたしに伝えてきたのは、癒えることのない太古の傷、恨みを晴らされることのない太古の不正、したがって、太古の石の硬い地肌から永久に泣き声を洩らしつづけることを運命づけられている、深い苦悩を前にしての諦念、もしくは無力感だった。

彼女は、説教を終えた司祭みたいに、ゆっくりとパンフレットを閉じた。「ダグラス・プライスはまだ生きているの」と彼女は言った。「わたしは話を聞きにいくつもりよ」

「なぜだい？」

彼女は花崗岩の壁に顔を向けて、不思議な、ありえないような優雅さで手を伸ばすと、ギザギザの割れ目を指先でなぞった。いつだったか、ジェイソンの頬をさするのを見かけたのとまったく同じ手つきだった。「彼が何を知っているのか知るためよ」と彼女は言った。

ピートリーはわたしたちがドーヴァー峡谷へ行ったときのことを考えていた。その散歩には気になるところがあるようだった。

「では、そのとき、ダイアナはマークやジェイソンのことはなにも言わなかったんだね？」と彼は訊く。

「ええ」

「ただダグラス・プライスと、彼が書いたパンフレットのことしか話さなかったのか」

なにも付け加えることはなかったので、おまえは黙ってうなずいた。

「ジェイソンの死に疑惑を抱いていたことについては、なにも言わなかったんだね？」とピートリーが訊いた。

「ええ、一言も」とおまえは認めたが、父親がよく引用したエミリー・ディキンソンの言葉を思い出した。真実を語れ、ただし斜めに語れ、という言葉である。それはダイアナの戦術だったのだろうか、といまになっておまえは思った。はぐらかしたり、人の注意をそらしたりするのも、彼女の才能のひとつだったのだろうか？

「なにかを企んでいる気配もなかったんだね？」とピートリーが訊く。

ピートリーはあくまでこの訊問のためにあらかじめ決めた計画を守ろうとしており、あきらかに証拠能力のある証拠だけを集めようとしていた。

「ええ、ありませんでした」とおまえは答えた。

「では、ダイアナが何をしようとしているかは、散歩のあともそれ以前同様に、まったくわからなかったわけだ」

「そのとおりです」

「なにも得るものはなかったんだね？」

「なんとなく不気味な感じがしただけでした」とおまえは答えた。ピートリーの気にいらない答えなのはわかっていたが。

物語が、とりわけこの物語がどんなふうに展開していくかを考えると、奇妙な気がする。物語はまだ三分の一くらいしか進んでいないが、おまえはすでに下り坂に差しかかっているのを感じている。ここからあとはずっと下り坂、しかも、ますます急な下り坂になっていくはずだった。ピートリーもそれを知っているのだろう。おまえの目のまわりに苦しげなしわが寄るのを見て、彼も悟ったようだった。おまえにとっては、ここからほんとうの不幸がはじまるという紛れもない事実を。

「それに、挫折感もありました」とおまえはつづけた。「町へ戻る車のなかで、わたしは挫折感を味わったんです」

静かなドライヴだった、とおまえは思い出す。ダイアナはだんだん陰気になって、なにも言わずに、前方の道路をじっと見つめているだけだった。それで、おまえはそれまでずっと父親を失望させてきたように、自分の役割を適切に果たせないことで彼女を失望させてしまったのだとふいに感じた。

「ドーヴァー峡谷については、彼女はそれ以上なにも言わなかったのかね？」とピートリーが訊いた。「なぜあんたを連れていったのかとか？」

「いいえ」とおまえは答えた。それにもかかわらず、彼女の態度になにかを感じたのは事実だった。言葉には出さなくても、彼女の目がなにかを語っていた。

「なんとなく、ドーヴァー峡谷に行ったのはテストだったのではないかという気がしました」とおまえはピートリーに言った。

「何の？」

「わたしのです。わたしが信用できるかどうかということの。彼女がわたしから離れていくような感じがしたんです」父親とダイアナが書斎で話している姿が目に浮かぶ。ふたりが静かに話しこんでいるあいだ、チェスである彼女に対してチェッカーでしかないおまえは、部屋の入口でぐずぐずしていた。「以前にも同じような感じをもったことがありました。父親とのあいだでですが。父親の関心がわたしから離れて、すっかりダイアナに移ってしまったときです」

まるで目に見えない荷物を降ろすかのように、おまえは肩をすくめた。が、その瞬間、ふと真実が顔を出し、忘れられないのは失われるもの一般ではなく、まばたきひとつで失われてしまうものだということを悟った。おまえのなかを震えが走り、それが肉体的なものになる。手が震えだし、おまえはその手をさっと膝の上に引っこめた。

「ダイアナと別れたあと、わたしは家に帰りました」とおまえはつづけた。「いつもの夜とまったく同じでした」家族はいつもの席に坐っていた。アビーは楕円形のテーブルの反対の端に、パティはふたりのあいだに。そして、ミートローフとグリンピースとマッシュ・ポテトというごくふつうの夕食。

「夕食の席で、わたしはさっきまでダイアナといっしょだったと言いました」とおまえは言った。「いっしょにドーヴァー峡谷へ行ったことや、あなたに話したのと同じことを話したんです。ある男が戦後まもなく書いたパンフレットをダイアナが持っていたこと、そのダグラス・プライスという男がブリガムにいたということも」アビーの目がさっとおまえの顔に向けられ、その目が問いかけているのがわかった。〈それはあなたのお父さんがいたところでしょう?〉そのとき、パティが口をひらいて、〈ダイアナ伯母さんから面白いEメールをもらったのよ〉と言った。

「ダイアナからなにか送ってきた、とパティが言ったんです」とおまえはピートリーに言う。「その夜、家に戻ってすぐ送ったにちがいありません。Eメールでした。インターネット上のサイトを教えてきたんです」

「それはどんなサイトだったのかね?」

「わたしはパティに同じことを訊きました」

ピートリーはペンを立てて、すぐにメモできる準備をした。「で、彼女の答えは?」

9

「ヴィンドビー・ガール」とパティは答えた。「ヴィンドビー・ガールに関するサイトなの」

「だれなんだい、それは？」とわたしは訊いた。

「正確には知らないけど」とパティは言った。「ただ伯母さんが興味をもっているっていうだけで」

「で、それをおまえにも知らせたいと思ったわけだ」とわたしは言った。「キンセッタ・タブーみたいに」

「だと思う」

パティがまったく隠し立てをしていないのか、それとも、警戒して秘密にしている部分があるのか、わたしにはわからなかった。ダイアナが送ってきたインターネットのサイトがまったく罪のないものなのか、それとも、背後になにか隠されたものがあるのか。

「彼女はわたしにもインターネットのサイトを教えてくれたよ」とわたしは言った。「イーデ・ガールだ」

パティの目がキラリと光ったのは、それを知っているからだという気がしたが、わたしはなにも言わなかった。

「聞いたことがあるのかい?」とわたしは訊いた。

パティは首を横に振った。

〈この子は嘘をついている〉とわたしは思った。ふいに、パティはそこにおとなしく坐っているままの彼女ではなく、チャーリーの吸血鬼じみた娘、以前ナイフを片手に暗い廊下をふらふら歩いているのを想像した娘と同類に見えた。

「殺されたんだ」とわたしは言った。「イーデ・ガールは」パティの反応をうかがったが、その古代の犯罪についてすでに聞いたことがあるようなそぶりは見せなかった。

「ヴィンドビー・ガールには何が起こったんだね?」とわたしは訊いた。

パティは肩をすくめた。「知らない」と彼女は言って、ミートローフを一切れ口に入れ、ゆっくり嚙んでから、つづけた。「まだそのウェブ・サイトを見ていないんだもの。リンクを送ってきただけだから」

自分でも驚いたことに、それがほんとうなのか嘘なのか、まったく見当がつかなかった。パティがほんとうにヴィンドビー・ガールのことをなにも知らないのか、それとも、ダイアナ同様に、なにもかも知っているのか。

夕食後、わたしはまっすぐ書斎へ行って、コンピューターのスイッチを入れ、検索エンジンを呼び出して「ヴィンドビー・ガール」とタイプした。いくつかのウェブ・サイトが現われた。最初のひとつを選んでみると、そこにあった。知りたいと思っていたすべてが、わたしのコンピューターによればモノタイプ・コーシヴァ20という、ちょっと変わった書体で書かれていた。

ゴットルフ城のランデス博物館には泥炭地で発見された五体のミイラ、ならびに特別に保存状態のよい頭部が収蔵されている。ヴィンドビーIとして知られるそのひとつは、十四歳の少女のミイラである。このヴィンドビー・ガールの遺体は一九五二年に泥炭湿地から発見された。死因は溺死であるが、事故死ではなかった。少女は目隠しをされており、体には石や木の枝の重しが付けられていた。この事実に基づき、二千年前のヴィンドビー・ガールの死は偶発事故ではなく、計画的な殺害だった、と専門家は判断している。

すこしもそうする気はなかったのだが、わたしは深く息を吸って、もう一度そのページを読みかえし、ヴィンドビー・ガールのぞっとする殺害の様子を想像していた。殺人が実行された時間の流れを、少女が一歩ずつ死に近づいていくのを感じた。まず目隠しの柔らかい肌ざわり、それから顔が押しつけられた水の冷たさ、そして最後に、恐ろしい息苦しさ。

文章のなかのいくつかの単語が、いまや、小さな爆発みたいにページのなかで光っていた。〈事故死ではなかった。溺死。偶発事故ではなく、計画的な殺害だった〉

こういう言葉を見て、ダイアナがジェイソンのことを思い出さなかったはずはない、とわたしは思った。どんなふうに思い出したかまではわからないが。

「デイヴ？」

顔を上げると、ドアのところにアビーが立っていた。

「どうしたの？」と彼女が心配そうに訊いた。

わたしは手招きして、彼女を机のそばに呼んだ。「これがダイアナがパティに送ったウェブ・サイトだ」とわたしは言って、文章のなかで光っているように見えるいくつかの単語を指で示した。

一瞬、アビーはなにも言わなかったが、その顔に心配そうなヴェールがかかった。「彼に警告する必要があるわ、デイヴ」と彼女は言った。

いったい何のことを言っているのか、わたしにはさっぱりわからなかった。「警告するって、だれに？」とわたしは訊いた。

彼女の答えはわたしがすこしも予期していないものだった。「マークよ」と彼女は言って、それ以上なんとも言わなかった。

わたしはアビーの警告を頭から振り払えなかった。彼女はマークが危険にさらされていると確信していた。そう言ったとき、彼女の目から明るさが消え、声から陽気さがなくなった。まるで巨大な岩が動きだして、わたしたちに向かってころがりだし、轟音をあげてスピードを増しながら、なんの防護柵もない坂をどんどん落ちてくるかのように。

しかし、マークにいったい何を警告しろと言うのだろう？　ダイアナが明け方に歩きまわったり、訪れた人を部屋に入れたがらないという事実だろうか？　彼女が過去のすべてを整理したことや、前史時代や石器時代の殺人に関するＥメールやファックスを送ってくるということだろうか？

そういうすべてにもかかわらず、ドーヴァー峡谷に行ったときにも、ダイアナはマークのことにはふれなかったし、チェダーマンやイーデ・ガールやヴィンドビー・ガールを彼と結びつけようともしなかった。わたしが知っているかぎり、わたしに対してもほかのだれに対しても、彼女がマークを非難したことはなかった。

翌朝、職場に着いたとき、わたしは夜のあいだにダイアナからなにか送ってきていないか、ファックスをチェックした。トレイが空っぽなのを見て、わたしはほっと胸を撫で下ろした。目のない骸骨もなければ、殺された少女の革みたいになった遺骸もなかったし、Eメールも来ていなかった。

十時ちょっと過ぎに、リリーがオフィスに入ってきた。「エド・リアリーがお会いしたいそうです」と彼女は言った。「もう来ているんですけど」

「わかった。通してくれ」

数秒後、エドが現われた。いつもほどしょげかえってはいないように見えた。

「考えが変わったんだ」わたしの机に向き合っている椅子に腰をおろすと、彼はそう宣言した。「エセルにもう一度和解条件を提案したい。どうすれば彼女の気持ちが安らかになるのか訊いてみてほしいんだ」

「安らかさは高くつくかもしれないぞ」とわたしは警告した。「かなり思いきったことを言ってくるかもしれないからね」

「どうすれば彼女が安心できるのか知りたいんだ」とエドは言った。以前よりかすかにだが、心を決めたような口調だった。「安らかさ、それこそ人がほんとうに求めているものだろう。

そうは思わないかね？」

〈人がほんとうに求めているもの〉について、あらためて考えてみたいとは思わなかった。それはあまりにも範囲がひろすぎる。ただ、意外なことに、親父が高らかに宣言していた台詞のひとつが頭に浮かんだ。〈降伏した国王の望みは一頭の馬だけだったが、アレクサンダー大王には知られているかぎりの全世界でもまだ足りなかった〉

「なぜ考えが変わったんだね？」とわたしは訊いた。

「あんたの姉さんのせいさ」

わたしは不吉な胸騒ぎを感じた。たぶん、前の晩にアビーも同じように感じたのだろう。わたしたちのあいだで、なにか悪意あるものがふくらみかけているような気がした。永遠に渦を巻いている、どんよりと濁った深み。わたしたちはたまたまそこへ落ちこんで、どんどん深みにはまっていく。

「ダイアナと話をしたのかね？」とわたしは訊いた。

「そうさ」とエドは明るく答えた。彼らしくもない陽気な口調だった。あたかもダイアナが彼の喜びか、安心か、霊感か、あるいはその三つすべての源になり、暗闇に取り巻かれていた彼の生活に一条の光が差しこんだかのように。

わたしは身を乗り出した。「どこでダイアナに会ったんだい？」

「おれの店は図書館のすぐ近くにあるんだが」とエドは説明した。「ある晩、彼女が店に入ってきたんだ。たぶん、帰る途中で寄ったんだろう。石を見たいということだった」

「しかし、ジェイソンの墓石はもうあるはずだが」とわたしは言った。葬式の日の午後、ダイアナがずっと黙っていたことを思い出した。墓地では一言も口をきかず、農場の家へ帰る車のなかでもしゃべらなかった。そのあともほんの一言二言しか物を言わず、裏のドアからふらりと出ていくと、庭を囲む暴風柵を抜けて、わたしたちからどんどん遠ざかり、ドルフィン池の岸にある大きな灰色の石のそばでようやく立ち止まった。

「デイヴ？」

エドに呼ばれて、わたしは小さな四角いオフィスに引き戻された。短い灰色のファイリング・キャビネットや慎ましい机のかたわらに。

「ああ」とわたしは言った。「ダイアナのことだが、あんたは何と言おうとしていたんだっけ？」

「彼女は墓石に興味があるわけじゃなかった」とエドが言った。「磨かれた石には、という意味だが。未加工の石材に興味をもっていたんだ」

「どうして？」

「彼女は絵の写真を持っていたが、それが石に描いた絵みたいに見えたからだ」

「何の絵だったんだい？」

「青い線が何本か引いてあるだけの絵だ。波打つような線が、水平方向に引いてあった」彼は一瞬考えて、それからつづけた。「それに、青い部分のまんなかに、小さな赤い撥《は》ねたような点があった」

「その絵がどこから来たものか、言ったかい？」とわたしは訊いた。

「いや、ただとても古いものだと言っていた」とエドは言った。「何千年も前のものだとね」

それから、ダイアナが言ったにちがいない言葉を繰り返した。「人類の黎明《れいめい》期の」彼は窓の外をちらりと見て、それからまたわたしに視線を戻した。「ともかく、わたしたちは話しはじめた。わたしは彼女の息子のことを知っていた。わたしはいま自分がどんなに苦労しているかを打ち明けて、そのことについてもいろいろ話した。わたしがエセルのことでどんなに苛立っているか、彼女にもわかったのだろう。そういう怒りから逃れる方法はふたつしかない、と彼女は言った。エセルの言いなりの金額を支払って、忘れてしまうことがひとつ」

「もうひとつは？」

彼は笑って、「彼女を殺してしまうことだ」と言った。

わたしはナイフの先を突きつけられたかのように、ゆっくりと体を後ろにずらした。

エドは左の肩を手で揉んで、かすかに顔をしかめた。「それで、わたしは決心した。だから、エセルにもう一度和解条件を申し出てほしいんだ」片目をつぶってみせて、「殺すわけにはいかないからね、そうだろう？」

わたしは黙って彼を見つめていた。頭のなかで、次々に殺人の場面が浮かんでは消えていった。頭にビニール袋をかぶせられ喉に紐を結ばれて、擦りきれた東洋段通《だんつう》の上に倒れているエセル。血の色をした浴槽の湯に浮いているエセル。椅子にがっくりとくずおれて、眉間にあいた穴から鼻梁に沿って血が滴っているエセル。胸にナイフを突き立てられたエセル。棍棒で殴られて、顔が完全につぶされたエセル……。

「イーデ・ガールだ」とわたしはつぶやいた。

「何だって？」とエドが訊いた。

「なんでもない」とわたしは答えて、当面の問題に話を戻そうとした。

しかし、エドはなんでもないとは思わなかったようだった。わたしの目になにか尋常でないものを見て取ったのだろう。「彼女は本気で言ったわけじゃないんだぞ、デイヴ」と彼は言った。「わたしが妻を殺すべきだと言ったわけじゃない」

「もちろん、そうじゃないだろう」とわたしは言った。だが、そう請け合いながらも、頭のなかでは、こんどはダイアナのことを考えていた。彼女がエドに言ったことや、それがどんなに極端だったかということ、彼女が挙げた選択肢がどんなに限定されたものかということを。わずかふたつの選択の余地しかなく、降伏するか、恐ろしい復讐をするかのどちらかだなんて。

そんなことを考えているとは、エドは想像もしていなかったのだろう。彼は大きな重荷を降ろしたかのように、軽やかに立ち上がった。「それじゃ、エセルが何と言ったか知らせてくれ」

わたしはエドを彼のトラックまで送った。できれば、もっと話を聞いて、ダイアナに関する細かいことをすこしでも知り、彼女の考えがどんな方向に向かっているのか、ヒントを得られないかと思ったのだ。というのも、いまや、わたしが心配していたのは彼女の頭の状態だったからだ。彼女が「親父に似ている」のかもしれないという不安が湧きだし、しだいにふくれあがって、どうしても抑えつけられなかった。

「ダイアナのことだが」エドがトラックに乗りこんで、出ていこうとしているときに、わたしが言った。「最後に会ったとき、だいじょうぶに見えたかね？」

「だいじょうぶ？」とエドが聞き返した。「どういう意味だい？」

考えるより先に言葉が口から出てしまった。「正気に見えたかということだ」

エドは笑った。「正気かだって？　ダイアナが？」彼はもう一度笑って、エンジンをかけた。「あれ以上正気な人間がいるものか、デイヴ」

しかし、エドがどんなに請け合っても、その疑問はわたしの頭のなかで渦巻きつづけた。それにつづく数時間、机で仕事をしているあいだにも、エド・リアリーと会ったときのことが、晴れ上がった青空に舞う不気味なハゲタカみたいに、しきりに記憶によみがえった。人を殺すとか、殺人がなにかの解決になるとか、ダイアナが言うのを聞いたことはなかった。そもそもわたしは、ほんとうに人が激怒するのを見たことは、生まれてからこのかた一度しかなかった。誇大妄想に陥っている最中に、親父がいきなり爆発したのだが、それがわたしのこども時代のもっとも恐ろしい記憶だった。それが起こったのは、親父が家から連れていかれる前の日だった。昼ちょっと過ぎに、わたしが書斎のドアをあけると、親父は床に、本の山に囲まれて坐っていた。そして、こちらを見上げた。その瞬間、彼の狂気が剝きだしになり、燃え上がるような怒りが彼を立ち上がらせた。その目つきとそのとき親父の口から出た言葉を思い出すと、いまでもわたしは恐怖に震える。〈おまえか〉。それから、自分のなかで燃えさかる怒りを冷まそうとするかのように、親父は階段をのぼっていき、数秒後、風呂に水をためる音が聞こえた。あの日、親父はどんな煮えたぎる怒りにとらえられていたのだろう。風呂場に駆けこんで冷やさなければならないようなどんな怒りに。そういう妄想的な、猛烈な怒りが、いまではダイアナのなかで燃えているのだろうか？

もしもそうだとすれば、その怒りが向けられている対象はマークにちがいない、とわたしは思った。

だから、わたしは電話をかけた。

「リーガン博士です」とマークが答えた。

「マーク、デイヴだ」

沈黙。

「ちょっと話ができないかと思って」

「何について？」

「ダイアナのことだ」とわたしは答えた。

またもや沈黙が流れた。束の間ではあったが、張りつめた沈黙が。姉の名前を出したことで、わたしたちのあいだの空気が熱をもったかのように。

「彼女のことが心配なんだよ、マーク」とわたしはつづけた。彼に危険を知らせようとする口調だったにちがいない。「なんだかちょっと……変なんだ」

「もちろん、それは遠まわしな言い方でした」とわたしはピートリーに言った。「わたしが〈変〉だと言ったのは、〈狂っている〉とは言いたくなかったからです」

ピートリーはそのコメントをメモ帳に書きつけた。あとでそれが法廷に現われ、自分に不利な証拠として提出されるのだろうか、とおまえは思った。

「うちの家系にそういう血が流れているのではないかと心配だったんです」とおまえはつづけた。「わたしたちのうちのひとりが、父みたいになるんじゃないかと」

「あんたたちのうちのひとり？」とピートリーが聞き返した。

「ええ」

「それじゃ、あんたは自分のことも心配していたのかね？」

「そうです。むかしから」とおまえは答える。「危険なんですよ、この病気は」

手に赤いゴムボールをにぎっている感触がよみがえり、玄関のドアがあくのが見える。そこに立っているのはダイアナだった。長い金髪の幼い少女。その少女が怯えた声でおまえに言う。

〈父さんはどこ？〉

「だれでも直視するのを怖れているものがあるものです」とおまえは言った。自分の怖れのほんとうの性質や、そこから生まれる恐ろしい結果である重大な錯乱のことは悟られないように注意しながら。

「それはそうだが」とピートリーは言った。片手がすでに緩んでいるネクタイを這い上がって、さらにすこしゆるめた。「あんたは何を怖れていたのかね、デイヴ？」

四つの死が頭のなかで渦巻いていた。別々の死ではあるが、同じものだとも言えるのかもしれない。それらはすべて、いま、おまえを捕らえている蜘蛛の巣の糸の一本でしかないのかもしれない。

「だれのことを心配していたか」とおまえは答える。「そう訊いたほうがいいでしょう。わたしはだれのことを心配していたのか？」

ピートリーは、船べりから身を乗り出して、禁じられた水域に潜ろうとしているダイバーみたいに、深く息を吸った。

「いいだろう」と彼は言う。「だれのことを心配していたんだね？」

質問を提起したのは自分だったが、それに正確に答えるのはむずかしかった。正しい答えがいくつもありそうだった。なぜなら、おまえは不安の川であり、それがいくつもの支流に分かれて警告を発していたからだ。

「だれのことを心配していたのかね、デイヴ？」とピートリーが訊いた。

「マークです」と、支流のひとつを選んで、おまえは答えた。「マークのことが心配だったんです」いま、おまえはダイアナのアパートのなかに立って、壁から壁へと見まわしていた。

「ダイアナが彼についてどんなことを考えているのかが」頭のなかをコウモリみたいにいくつもの神話が飛び交い、なんの意味もない名前が一瞬すべてを意味するように思えた。ガイア、ウラノス、クロノス。恐ろしいイメージが空から急降下しては、ひらりと身をかわしていく。血だらけのナイフ、切断された性器。「彼女がマークにどんなことをするかが心配だったんです」頭のなかのぞっとする震えを抑えつけて、おまえはほとんど冷静に言った。

「で、彼に警告したんだね？」とピートリーが言った。「わたしでも同じことをしただろうが」

「そうですか？」

「ああ」

おまえは静かに笑みを浮かべて、話をつづけた。耳を傾けるピートリーの顔を見つめ、とうとう雲のなかに足を踏み入れたなと思いながら。

10

その夜、マークと会う約束をした小さなレストランに向かって車を走らせているとき、わたしはまた映画のことを思い出した。『恐怖のメロディ』や『危険な情事』は、古くからの悪夢をごく最近になって翻案したものにすぎないという気がした。はるかむかし、古代の王の時代から、女を揺り動かし行動に駆り立てる情熱を男たちは怖れてきたのではなかったか？　わたしが代理人をした男のうち何人が、怒り狂う妻やガールフレンドのもとを去ろうとするとき、ドアにたどり着くまでに、ピストルの撃鉄を起こす音やキッチンの引き出しのナイフをガタガタいわせる音が聞こえないことを祈ったことか。彼らは暴力を怖れると同時に、戸惑っていた。〈おとなしく受けいれられないのだろうか？〉というのが男たちの永遠の疑問であり、〈だめよ〉というのが男たちがけっして理解できない女の答えだった。

マークはちょっと遅れて到着し、ドアの内側で立ち止まって、店内を見まわしていたが、やがて奥のボックス席にいるわたしを見つけて、決然とした足取りで近づいてきた。テーブルに歩み寄ると、彼は手を差しだした。わたしは躊躇なくそれをにぎったが、手をふれた瞬間、この手がジェイソンを水際に連れていき、水中に引きこんで、じっと押さえつけ、やがてジェイソンが暴れだして、手足をバタバタさせたあと、最後にじっと動かなくなるまで待っていた――とダイアナは想像したのだろうかと思った。

「また会えてうれしいよ、デイヴ」とマークは言って、ボックスの向かい側に滑りこんだ。「しばらく話をしていなかったからね」

「調子はどうだい、マーク？」

「ま、これ以上は期待できないくらい元気ではあるよ」彼は肩をすくめた。「ほとんどいつも忙しくしているんだ。研究センターから遠くないところに小さいアパートを借りた。車ですぐのところだ。非常に便利だよ」彼は悲しげな笑みを浮かべた。「しかし、むかしの家が懐かしいな。あの池や、池のほとりのあの大きな石でさえ」妙に抑えつけたような低い笑い声を洩らした。「大地の耳。ダイアナはあの石をそう呼んでいた。ジェイソンはあそこへ行くのが好きだった。ダイアナといっしょに、という意味だけど。あるときから、急に行かなくなったんだが」

「なぜ変わったのかな？」

「知るものか」とマークは答えて、小さく肩をすくめた。「なにかを見て怖くなったのかもしれない。水中のなにかを。魚とか。あの子がどんなふうだったか知っているだろう？　いつも怯えていたんだよ」彼はなにかしら具体的な出来事を思い出しているようだった。ひょっとすると、わたしの姉の目のなかに恐ろしいものを見た瞬間を思い出しているのだろうか、とわたしは思った。「いいことじゃないからね、不安というのは」

ウェイトレスがやってきて、わたしたちはそれぞれビールを注文した。

彼女が行ってしまうと、マークは小さいガラス製の塩入れを取って、手のひらの上でころがした。「ちょっと前に研究論文を読んだんだ。精神病患者についての。彼らはいろんな種類の妄想に圧倒されることがある。完全におかしくなってしまうんだ。ただ、最後まで失わないのは、最後まで残る知覚は、恐怖の感覚らしい」彼は塩入れをもとの場所に戻した。「どうやら、脳のメカニズムがそうなっているらしい。非常に原始的だけど。しかし、わたしたちが町で見かける狂人が、なぜ女こどもにはどなるのに、大きな男にはどならないのか、それで説明がつく。頭は狂っているけど、一抹の正気が残っているんだ。だから、なにかを見て、『自分より大きくて強そうだ』と思うと、そういうものは避けるんだよ」

わたしはうなずいた。「それで、恐怖心が最後まで残っているというわけか」

「そうさ」とマークは静かに言った。「そういうことになると思う」

ビールが来ると、彼は一口長々と飲んでから、まるでハンマーを板に打ちつけるみたいに、乱暴にグラスを置いた。「それで、ダイアナのことだが、何が問題なんだい？」と彼は訊いた。

「変な行動をしているとか言っていたが」

「それは適当な言い方じゃなかったかもしれない」

「しかし、そう言ったのにはそれなりの理由があったんだろう、デイヴ？」

それには直接答えないで、わたしは言った。「スチュアート・グレースを雇ったと聞いたが」

「そうだよ」とマークは答えたが、ちょっとよそよそしい口調で、あまり詳しいことは説明したくなさそうだった。

「彼は刑事事件専門の弁護士で、大物だが」

「ああ、そうだ」

「費用も高くつく」

「いまのところまだ依頼料を払って予約してあるだけだ」

「それでも高くつくにちがいない」

「いったい何を言いたいんだい、デイヴ？」

「なぜそんな弁護士が必要なのかと思ってね」

「いちおう予防措置という意味で雇ったんだ」とマークは答えた。「ひょっとして自分を弁護する必要が出てきた場合にそなえて」

「ダイアナに対してという意味かい？」

それを聞くと、彼はショックを受けたようだった。「そうじゃないよ、もちろん」と語気を強めて言った。「じつは研究センターにいる男なんだ。ガレスピーという名前だが。この男がだんだん精神が不安定になってきているんだよ。そのうち研究センターをクビになるにちがいないが、それまでのあいだに、告訴したりするかもしれない。わたしが彼のアイディアを盗んだとかなんとか。何を言いだすかわかりゃしない。そのくらい精神が不安定になっているんだ」彼は冷たく笑った。「ビル・カーネギーに石を送りつけたのもそいつなんだ。想像できるかい？　ヴードゥー教のしるしみたいなものをつけて。おそらくわたしの人形をもっていて、針で刺したりしているんだろう」彼は肩をすくめた。「ともかく、万一にそなえて、スチュアートを雇っておくことに決めたんだよ」彼はふたたび笑った。「スチュアートに相談したのはダイアナのことだと思ったのかい？」

「ああ、そうかもしれないと思ったんだ」

「なぜなんだい？」

わたしが答えをためらっていると、マークは身を乗り出した。「ひとつ訊いていいかね、デイヴ？　ダイアナは助けを必要としていると思うかい？　専門家の、という意味だけど」わたしの頭のなかに湧きだした暗い雲が彼にも見えるかのようだった。「彼女は恐ろしい夢を見るようになっていたんだよ。ジェイソンが死んだあと。あのころからだった。もしかすると精神的な問題があるのかもしれないと思うようになったのは」彼はわたしの顔をじろりと見た。「そういう病歴がないわけでもないんだから。家系的には、という意味だが」

親父の精神錯乱の陰惨な全歴史がわたしの頭のなかによみがえった。と同時に、マークがわたしたちを、ダイアナやわたしやジェイソンをどう見ているかがはっきりとした。わたしたちはそれぞれ別のＤＮＡを受け継いでいるが、そのＤＮＡには共通の欠陥があると思っているのだ。

「わたしが言っていることの例をひとつあげてみよう」とマークはつづけた。「ある夜、ダイアナはあの池までずっと歩いていったんだ。寝間着のままで、恐怖映画に出てくる女優そっくりの恰好で。ほんとうにそっくりだったよ。あの大きな石の、〈大地の耳〉のそばに立っているところは。彼女は池のほうを向いて立っていた。下ろした髪が肩にかかって水面には月が映っていた。ほんとうだよ、デイヴ、映画のシーンそっくりだった。一瞬、夢を見ているのは自分のほうじゃないかと思ったくらいだ」彼はそこで口をつぐんで次の言葉を探していたが、数秒間考えて、ようやく見つかったようだった。「わたしがそばに行ったとき、彼女はまだぼんやりしていた」

「なにか言ったのかい？」

「いや」とマークは答えた。「背後から近づくのが聞こえたんだろう。いきなりさっと振り向いたが、そのときの彼女の目つきがすごかった。恐ろしい目つきだった」

「恐ろしい？　どうして？」とわたしが訊いた。

「わたしを憎んでいるような目つきだったからさ」

「そう言ったのかい？」わたしは目撃者に質問する弁護士みたいに質問した。

「いや、彼女はなんとも言わなかった」とマークは答えた。「一言も。それから家に戻ったんだが、ベッドに来ようとはしなかった。階下のソファで眠ったんだ。そして、その翌朝、家を出ていけとわたしに言った。それで、わたしは言われたとおりにした。なんといっても、なにかがうまくいかないときには、それを認めてしまうのが賢者の知恵というものだからね、そうだろう？」

どういうものが〈賢者の知恵〉かなどとは考えたこともなかったので、わたしはあえてなんとも答えなかった。

「なぜダイアナがあんたに対してそんな感情を抱いているかもしれないと思うんだい？」とわたしは訊いた。「憎んだりする、という意味だが」

「そのときにはまったく訳がわからなかったが、その後、ジェイソンのことと関係があるんじゃないかと思うようになった」とマークは答えた。「彼女はビル・カーネギーに会いにいったんだ。わたしがジェイソンについて何と言ったか知ろうとして」彼は首を横に振った。「かわいそうなジェイソン。彼は何時間もじっと壁を見ていたんだ、デイヴ。壁の小さな疵《きず》とか、染みやなんかを」ゆっくり息を吸った。「そうしているとき、何を考えているのだろう、と一度ダイアナに訊いたことがある。すると、彼女は言ったものだった。彼はなにかを考えているわけじゃない。ただ苦しんでいるだけだ。その苦しみは純粋なもので、強烈な麻薬みたいなものなんだって」彼はグラスを持っていた手を放して、テーブルの下に引っこめた。「だから、あの子が死んだとき、あの子にはこれがいちばんよかったのかもしれない、とわたしは言ったんだ」いまでもまだ、彼女の反応の激しさがどうしても解せないような顔をした。「すると、彼女は爆発したんだよ、デイヴ。いまにもわたしに跳びかかってくるかと思った」

「しかし、そうはしなかったんだろう？」とわたしは言った。

「ああ」とマーク。「ダイアナはすぐには行動しない。ひそかに計略をめぐらせるんだ。ほかのだれかにやらせることもあるかもしれない」

「ほかのだれかに？」

「わかるだろう、殺し屋を雇うとか、そういうことさ」

「本気でそう思っているのかい？」

彼は首を横に振った。「もちろん、違うよ」と彼は言った。「わたしが言いたかったのは、ダイアナは感情に駆られて突っ走るタイプじゃないってことだ」

わたしは親父が死んだ日のことを思い出した。彼女は一滴も涙を流さずに、ただ急いで親父の身のまわりのものをまとめた。親父が着ていたパジャマ、室内履き、バスローブ、肩にかけていたショール。親父の頭を支えていた緑色の枕をわたしに渡して、「火葬してあげましょう、デイヴィ。きっとそのほうが喜ぶから」と言った。それから、わたしたちは裏庭に出て、雨が降っていたにもかかわらず、そういうものを山積みにして燃やした。その火がまだくすぶっているとき、彼女はようやく当局に電話して、親父の死を報告したのだった。それから、わたしたちは書斎に戻って、彼らが到着するのを待った。わたしはいまでも彼女の目を、それが乾ききっていたことを覚えている。目よりも彼女の言った言葉のほうがさらにもっと乾いていたが。〈もうそろそろ死んだほうがよかったのよ〉と彼女は言ったのだ。

わたしがわれに返ったとき、マークはまだじっと考えにふけっていた。

「彼女は一匹狼だった」と、彼は結論をくだすかのように言った。「いつもひとりだった。家で使っていたあの小部屋に閉じこもっていた。ジェイソンといっしょでないときは、いつもあそこにいたんだ。近所の人のところに出かけたりはしなかった。ほんとうに、友だちがいなかったんだよ。あの小部屋にひとりでこもって、父親から受け継いだ古タイプライターをたたいていた」

親父が仕事をしている姿が目に浮かんだ。時代がかった黒いロイヤルの上にかがみ込んで、メモや古典からの引用や、おびただしい告発の手紙を延々とタイプしていた。

「ふつうの人が眠っている夜中にさえ」とマークはつづけた。「カタカタ、カタカタ」彼はビールを一口飲んでから、グラスをテーブルに戻した。「彼女は何を書いていたんだろう、デイヴ？」

彼の質問に答える代わりに、わたしは自分のほうから質問した。「ダイアナからなにか連絡がなかったかい？」

「連絡？　どういう意味だい？」

「ファックスとか、Ｅメールとか」

彼は首を横に振った。「しかし、あんたにはあった、ということかね？」

「ああ」とわたしは言った。「パティにも」

「パティ？」と彼は聞き返した。わたしの娘の名前を聞いて驚いたようだったが、どうしてなのかはよくわからなかった。「彼女はパティと連絡をとっているのかい？」

わたしはうなずいた。「娘にＣＤをプレゼントしたよ。キンセッタ・タブーの」

マークは名前を聞いたこともないようだった。

「それから、彼女が研究しているものの資料も送ってきた。前史時代や、鉄器時代」そこで間をおいてから、つづけた。「古代の殺人のことなんかだ」

マークはかすかに深く坐りなおした。「古代の殺人？」

ジェイソンの死が事故ではなかったかもしれないとダイアナが言ったことはないのか——そう単刀直入に質問して、彼女が考えているかもしれないことについて注意をうながすとすれば、このときしかなかった。だが、そんな疑惑を抱くのはダイアナの頭がほんとうに狂っている証拠だと受け取られかねなかったし、そうなれば、恐怖に駆られて、マークはなんらかの対抗手段を講じるかもしれない。

だから、わたしはただ黙って見守っていた。彼は空のグラスを右側に滑らせ、片手の上にもう一方の手を重ねると、わたしの顔を見上げて、反対にこう警告した。

「気をつけたほうがいいぞ、デイヴ」と彼は言った。「パティもだが。ダイアナはすぐに協力者をつくる。人を誘いこむのがうまいんだ」

こどものころ、いつもゲームやいろんな企みに誘いこまれたことを思い出した。彼女は秘密の合図や合い言葉を使って、孤立した、妙に非現実的な世界をつくりだしたものだった。いままた、彼女は同じことをやろうとしているのだろうか。

「ああ」とわたしは言った。「そうだね」

八時になって明かりが消えるまで、ずっと図書館の外で待っていたのは、わたしの不安が高じていた証拠だろう。

数秒後、ダイアナが両腕にたくさん本を抱えて、裏口から出てきた。すぐには車のそばに立っているわたしに気づかなかったが、気づいたとたんに、ぴたりと立ち止まった。あきらかに顔をこわばらせている。現行犯でこそないが、犯行を計画しているところを見つかった女みたいだった。

「こんばんは、ダイアナ」と、彼女が近づいてくると、わたしは言った。

「こんばんは」と彼女は静かに言った。そして、ほかのこどもに玩具を盗られるのを心配しているこどもみたいに、抱えていた本をギュッと抱きしめた。

そうやって近づきながら、わたしの顔をじっと観察しているようだった。口の形や目の細め具合まで見て取って、わたしが来た理由を探り出し、どんな質問をされても、答えを用意しておこうとしているかのように。

「だいじょうぶ？」と彼女は訊いた。「なにか起こったの？」

「いや」とわたしは言った。「べつになんでもない。ただ、ちょっと話をしたかっただけなんだ」

彼女はわたしに小さい木のベンチを示して、ふたりのあいだに壁をつくるみたいに本の山を置いた。「何なの？」彼女はじっとわたしを見つめた。そういう目で見つめられると、わたしはコルク板にピンで留められて、むなしくもがいている昆虫の気分になった。

「いや、ただちょっと……」

「マークと話をしたのね」と、彼女がいきなり言いだした。むかしからいつもこうだった。ダイアナには非人間的な洞察力があって、テキストのごく狭い行間からじつに多くのものを読みとることができるのだった。

「そうだよ」とわたしは認めた。

「それでわざわざここに来たのね」とダイアナは静かに言った。「わたしが『進歩している』かどうか見るために」

それを聞いて、わたしはマークがダイアナについて「進歩」という言葉を使っていたことを悟った。おそらく彼はそれを測定し、それが足りないと判断して、彼女にそういう考えを受けいれるように説いたのだろう——いまや、彼女は以前にも増して受けいれる気がなくなっているようだったが。

「彼は分析結果を持ち出した？」とダイアナは訊いた。「わたしは分裂気質でもあるの？ ジェイソンみたいに？ 父さんみたいに？」

わたしはそれには答えなかったが、わたしが躊躇すればするほど、彼女は是が非でも答えを引き出そうとした。

「教えてよ、デイヴィ」と彼女は執拗に迫った。「専門家の診断はどうだったの？」

「わたしは診断と呼ぶつもりはないけど」とわたしは言った。

彼女は首をかしげた。「それじゃ、わたしは不安定なの？　ただ精神的に不安定だというだけ？」わたしの顔をじっと見て、「彼はわたしを閉じこめる必要があると考えているの？　父さんみたいに、ブリガムに？」

「もちろん、そんなことはないよ」

彼女の目がふいに冷たく光った。「彼はジェイソンを閉じこめようとしたのよ、知ってるでしょう？」

そんなことは聞いたことがなかった。そのうちマークがジェイソンを病院に入れたがるだろう、とダイアナが言っていたのは知っていたが、彼が実際にそういう提案をしたという話は聞いてなかった。

「みんな放りこんでしまえばいい、というのが彼の考え方なのよ」とダイアナはつづけた。「邪魔者は厄介払いしてしまえばいい。面倒を引き起こす人や、配慮が必要な人、『進歩』の妨げになる人は」彼女は荒々しいと言っていいほどの勢いで坐りなおした。「わたしはマークが何をしているか知ってるわ、デイヴィ。なぜそういうことをするのかも。わたしがジェイソンのことで疑問をもっているのを知っているからよ」

わたしは黙って彼女の顔を見守って、待っていた。しかし、わたしにうながされるまで、彼女はなにも言おうとしなかった。

「あの子の死についての疑問かい？」とわたしは訊いた。「あれは事故ではなかったと思っているんだね？」

ダイアナは、とてもゆっくりと、不承不承だったが、うなずいた。間違っているわけではないが、他人には理解してもらえない考えを認める人みたいに。

「そして、マークがそれに関わりをもっていると考えているんだね？」とわたしは訊いた。

彼女はやはり同じようにうなずいたが、こんどはもっと不本意そうだった。しかし、それは問題ではなかった。事実は事実であり、たとえどんなに弱々しい肯定ではあっても、ダイアナが疑惑を抱いているというアビーの考えが正しかったことに変わりはなかった。それが事実である以上、わたし自身が彼女の取調官の役割を果たさざるをえなかった。

「どんな証拠があるんだい、ダイアナ？」とわたしは訊いた。

唐突な、予期しない質問だったかもしれないが、答えないわけにはいかなかった。急いで答えを探したが、満足な答えがないことは、彼女自身よく承知していた。ダイアモンドを見せろと言われた人が、そんなものは持っていないので、人造ダイアに手を伸ばし、それでなんとかならないかと思っているようなものだった。

「バッジよ」と彼女は言った。

どういうことか、わたしにはさっぱりわからなかった。

「マークのお父さんは警察官だったの」とダイアナは言った。「それでバッジをもっていて、亡くなったとき、マークがそれをもらったのよ。それが彼がもっているただひとつの父親の形見だったわ」まるで法廷で宣誓するみたいに、彼女は本の山の上に右手を置いた。「それを池のほとりで見つけたのよ」

「いつ？」

「ジェイソンが死んだ翌日」と彼女は答えた。「夜だったわ。わたしは散歩に出かけたんだけど、そのときそれを見つけたの」

マークが〈大地の耳〉のそばにいるダイアナを見つけた夜にちがいなかった。

「マークは、ジェイソンに言うことを聞かせるために、そのバッジを使っていたのよ」とダイアナはつづけた。「ジェイソンになにかさせたいとき、彼はバッジを取り出して、ジェイソンの顔の前に突きつけた。そうやって、彼に命令したの。たとえば、そのまま椅子に坐っていろとか、夕食をちゃんと食べてしまえとか、なんでもよかった。マークがバッジを見せさえすれば、ジェイソンはそれに従った。バッジに魔法の力でもあるかのように」

「そのバッジはどうしたんだい？」

「マークがもっているわ」とダイアナは答えた。「家に自分の荷物の残りを取りにきたとき、持っていったのよ」

「持っていけない理由はないからな」とわたしは言った。「形見だったんだろう？　彼の父親が残した」

彼女は硬い表情でわたしの顔を見た。「わたしの言うことを信じていないんでしょう？」

「姉さんがバッジを見つけたことは信じる」とわたしは言った。「しかし、それがマークに不利な証拠になるかどうか」

「状況証拠にすぎないから？」

「少なくともそうは言えるね」

「でも、ほとんどの証拠は状況証拠でしかないでしょう？」とダイアナが訊いた。

「それはそうだが、しかし――」

「それじゃ、証拠というのは何なの、実際のところ？」

いまや、彼女は親父にそっくりだった。親父と同じ容赦ない目でわたしをじっと見据えた。そういう目で見つめられると、わたしはふいに、彼女にはかなわないだろうという気がした。わたしはつまずいて、ドジなことをやり、降参することになるのだろう。

「犯罪の、という意味かい？」と、時間を稼ぐために、聞き返した。

「いいえ、犯罪の証拠じゃないわ」と、そんなわかりきったことを訊くなんてと言いたげに、ダイアナは答えた。「犯罪の証拠を云々《うんぬん》する前に、まず何の証拠がなければならないの、ディヴィ？」

親父に質問されたときみたいに、迅速かつ正確に答えを言えずに、わたしは彼女の顔を見た。

「まず疑惑のための証拠がなければならないのよ、そうでしょう？」とダイアナが訊いた。

わたしはしぶしぶうなずいた。

「だから、どんな犯罪捜査においても、まず最初に来るのは疑惑のための証拠なのよ」とダイアナは言った。「たとえば、あるアパートで、女とふたりのこどもが殴り殺されているのが発見された場合だけど。夫は生きていて、侵入者に攻撃されたと主張したとしましょう。食堂の椅子はひっくり返されている。しかし、侵入者と争った証拠がたくさんあるにもかかわらず、それとは別の証拠もある。クリスマスのシーズンで、食堂のテーブルにあったクリスマス・カードがひっくり返っていなかった。きちんと立てたまま飾ってあったのよ。それは何の証拠になると思う、デイヴィ？　犯罪の？　もちろん、違うわ」彼女はわたしの顔をまともに見つめ、ゆっくりと落ち着いた声で訊いた。「それはその夜、侵入者との争いはなかったのではないかという疑惑の証拠なのよ、そうじゃない？」

わたしはなんとも答えられなかった。少なくとも、ダイアナにたちまち粉砕されてしまわないような答えは思いつけなかった。犯罪の証拠とその犯罪の嫌疑は事実上同じようなものだとも言えただろうが、違いがないわけではなく、ダイアナはその微細な差異を荒れ狂う痛烈な議論の大河に変えてしまうにちがいなかった。同じように、マークを疑うのは奇妙だし根拠薄弱なことだと主張しても、疑わないほうがおかしいと決めつけられ、彼女はわたしの単純さを攻撃して、疑惑の正しさを弁護するにちがいなかった。わたしに可能なただひとつの戦術は、話題を変えてしまうことだった。

「やりきれないだろうね」とわたしは言った。「そんな疑いをかけられたりしたら」

彼女の目に底知れない同情の色が浮かぶのを見て、わたしは驚くと同時に、非常に奇妙に感じた。というのも、彼女がマークに同情しているはずはないのだから。

「たしかに、やりきれないわ」と彼女は言った。

「ダイアナ、いいかい、わたしが知りたいのはただ……」

彼女は片手を上げて、わたしを制止した。「いまはそこまでにしておきましょう」と彼女は言った。「彼女が来たわ」

一瞬、ぞっとして、わたしは先まわりして考えた。この〈彼女〉というのはじつは存在せず、なんの現実性もない、わたしの姉の暗い幻覚にすぎないのではないかと。それから、彼女が示したほうに目をやると、驚いたことに、夕闇のなかを非常に現実的な若い娘が歩いてくるのが見えた。全身が見えたわけではなく、スカートがちらつき髪がキラリと光るのが見えただけだが、それだけでも、だれかははっきりとわかった。

「パティ」とわたしはつぶやいた。

パティが近づいてくると、ダイアナは立ち上がった。さっきまで怒り狂っていた顔がたちまち溶けて、満面に明るい笑みを浮かべた。

「こんばんは、パティ」と彼女は言って、腕を振った。

数秒後、パティがわたしたちのそばに歩み寄った。

「こんばんは、父さん」秘密の任務についているところを見つかったかのように、彼女は驚いて警戒している声で言った。

わたしはうなずいた。「こんばんは」

長袖のアイボリーのブラウスに裾長のプリーツ・スカート。四〇年代の妖婦《ファム・ファアタル》を思わせるいでたちで、模造ダイアをちりばめたバッグのなかに、ハンドルに真珠層をあしらった小型拳銃を忍ばせている女を思わせた。

「パティと食事に行くのよ」とダイアナが告げた。

「母さんも知っているわ」とパティが付け加えた。

「わかった」とわたしは言った。

ダイアナはわたしの顔をじっと見据えて、「それじゃ、またあとで話しましょう」と言った。

「ああ、いいだろう」とわたしは言った。「またあとで」

彼女はパティの腕を取り、ふたりは後ろを向いて歩きだした。ゆっくりと、ダイアナの車のほうに向かって。ふたりは街灯の光のなかに浮かんだり、影のなかに消えたりしながら、しだいに小さくなり、やがて夜の闇のなかに消えていった。

ピートリーの顔が、束の間、湯気の雲にうっすらと覆われた。たったいま彼が注いだコーヒーのカップからくねくね立ち昇る湯気を見つめながら、おまえは思った。〈ちょうどこんなふうだった。一瞬、あたりがぼんやりとして、それからすべてがはっきりした〉世界がもう一度はっきりと見えるようになったとき、そこに並んでいる死体が見えた。土手の上に仰向けになり、かたわらを恐怖の川が流れていた。

雲は現われたときと同じくらい急速に消えて、それが消えると、ふたたびピートリーの顔がはっきりと見えた。なんだかかすかに歳をとり、心なしかやつれたようで、目もしょぼしょぼしているようだった。いずれそのうち、肉がそげ落ちて、生命が抜け、チェダーマンと区別できない代物になってしまうのだろう、とおまえは思った。

ピートリーがカップを持ち上げた。「ほんとうに要らないのかね?」

おまえは首を横に振る。

「わかった」と彼は静かに言った。顔立ちと同じように、彼の声も歳をとり、凹凸の激しい地面を引きずられたかのように、擦りきれた声に聞こえた。おまえの話を聞いているうちに、妙に疲れてしまったようだが、あくまでも最後まで見届けるつもりなのだろう。どんな結末にたどり着くかはまだ推測できずにいるにちがいないが。

「その時点では、あんたはダイアナについてどんな感じをもっていたのかね？」と彼は訊いた。

彼女の姿が目に浮かんだ。まるで幻のように空中に浮かんでいるダイアナ。下方には木々が茂り、はるか彼方には池の水面が光っている。そのぞっとする瞬間に、彼女が想像したものの恐ろしさ。それがどんなに親父のそれに似ていたかを思うと、一瞬、おまえは言葉を失った。

「その夜、図書館の外で、彼女と別れたときのことだが」とピートリーはつづけた。

「気がかりでした」とおまえは答える。「気がかりでならなかったんです」

しかし、気がかりだからといって、おまえに何ができただろう？　何をすればよかったのか悪かったのか、おまえは確信をもてずにいる。死を通しておまえが学んだのは、あるひとつの方向を選んだとき、それが最後にはどこへ行き着くか、その結果がいいのか悪いのか、ささいなことか恐ろしいことか、人間にはけっして見通せないということであり、その決定的な盲目性が悲惨な事件の輪郭を描き出していくということだった。わたしたちはみんなそれを承知しているつもりでいるが、じつはすこしもそうではない。なぜなら、わたしたちが知っているもっとも陰惨なものは、海上の嵐にすぎず、それがどんなに破壊的なものかは上陸するまでわからないからである。

「どんなことが気がかりだったのかな？」とピートリーが訊いた。

おまえはその質問について考える。そして、自分がどんなにほんとうのことを答えたくないと思っているかを悟って驚いた。

おまえは時間を稼ごうとする。

「いろいろなことがわたしの頭をよぎりました」とおまえは言う。

「たとえば?」

「ダイアナのことをどうすべきかということです」

「ということは?」

「彼女がマークを疑っていたこと。そのせいで、彼女がするかもしれないこと」

「彼女がなにか暴力的なことをするかもしれないと思ったのかね?」

「何をするかはわかりませんでした。わたしは雲のなかにいるようなものだったんです。そう、そんな感じでした。まるで雲のなかにいるような」

「しかし、ダイアナに関するかぎり、あんたが主に心配していたのはマークではなかったんじゃないかね?」とピートリーが訊いた。獲物をねらってうろつきまわり、地面の匂いを嗅ぎながら、しだいに距離をつめていく猫みたいに、彼の目が鋭さを増していく。

「ええ、マークではありませんでした」とおまえは答える。自分を覆い隠している雲の一部が薄れ、恐るべき真実の片鱗が見え隠れするのを、おまえは止めようとはしなかった。「心配だったのは彼ではなくて、パティのことだったんです」

11

わたしがドライヴウェイに車を乗り入れたとき、アビーは玄関のポーチに坐り、ショールにくるまって、ほとんど人気のない通りを眺めていた。

「パティはいないわ」と彼女は言った。「あの子は食事に……」

「ああ、知ってるよ」わたしは彼女の隣の椅子に腰をおろした。「図書館でダイアナといたとき、パティが現われたんだ」わたしは先ほどの会話を、ダイアナが挙げたばかげた〈証拠〉のことを思い出した。「ダイアナが親父と同じにならなければいいんだが」

恐ろしい結末を迎えた最後の日々のことが、コウモリの翼に乗って運ばれてきたかのように、暗がりのなかをさっとかすめて飛び去った。親父はますます必死になって、狂ったように本を読みあさり、自作の貧弱な詩句を口走ったり、他人の偉大な詩句を暗誦したりしていたが、最後には完全に手の届かない狂気に陥って、もはや直接自分の言葉では話さなくなった。何を言うときでも引用句でしか言わず、しかもいちいち出典を挙げるので、よけい狂気じみて見えたものだった。

「マークは彼女をどうしていいかわからないようだ」と、わたしはつづけた。「わたしにも気をつけるように言っていたけれど」

「どんなことに？」

「ダイアナがやっていることに引きこまれないようにさ。誘いこまれないように。彼がそういう言い方をしたんだ。ダイアナは人を誘いこむのがうまいからって」

「あなたがマークと話したことをダイアナは知っているの？」

「ああ、話した。彼女に嘘をついたり、隠し事をしたりはしたくないからね。そんなことをすれば、よけい……」と言いかけて、わたしは口をつぐんだ。すぐにはその言葉が言えなかったが、ほかに言いようもなかったので、結局は言うしかなかった。「妄想症《パラノイア》を助長するようなものだから」

そんな冷たい、分析的な言葉をいきなり使ってしまったことが、自分でも驚きだった。なんだか希望を捨ててしまったような気分だった。

アビーはわたしの目のなかの怯えを見て取った。それが彼女の怯えを深めたのはあきらかだった。

「あなたがマークと話したと言ったとき、ダイアナは何と言ったの？」と彼女は訊いた。

「わたしが言う前に、彼女は察していた」とわたしは答えた。「どうやら、すべてきみが言っていたとおりだったようだ。ダイアナは、ジェイソンの死が事故ではなかったと思っている」

「でも、なぜそう思っているのかしら？」とアビーが訊いた。

「バッジのことを言っていた」とわたしは答えた。「マークのバッジだ。彼が父親からもらったものだそうだ。ダイアナによれば、マークはそれを使って、ジェイソンにいろんなことをさせていたらしい。食べろとか、静かにしろとか。魔法の杖みたいに使っていたそうだ」

「魔法の杖?」とアビーが聞き返した。

「彼女はそれを池のそばで見つけたんだ」

わたしは考えられる唯一の結論を引き出した。「それで、事故ではなくて、殺人だと考えたというわけだ」


車がドライヴウェイに入ってくる音が聞こえたのは、夜中の十二時ごろだった。アビーはわたしの横でぐっすり眠っていた。わたしがベッドから起きだしても、彼女は身じろぎもしなかった。わたしは窓に歩み寄って、カーテンをすこしだけあけてみた。

下では、パティがダイアナの車の運転席側に立ち、車のほうにかがみ込んで、なにごとか話していた。ダイアナは運転席に坐っており、わたしがパティのためにつけ放しにしておいたポーチの明かりで、短い金髪がかすかに光っていた。しばらく、ふたりは顔を寄せあって話していたが、話し声は聞こえなかった。なぜかわざと声をひそめて話しているような、ふたりの女が暗闇のなかで秘密会議をひらいているような気がした。

それから、パティが体を起こして車から遠ざかり、白っぽい片手を上げて、さようならというように手を振った。車はゆっくりと通りまでバックして、走り去った。漆黒の闇のなかで、赤いテールライトが小さな狂気じみた目みたいにまたたいた。

わたしは急いでローブをはおると、パティが玄関のドアを入ってきたときには階下に下りていた。

「遅かったね」とわたしは言った。

彼女はまるで不品行を咎められたかのような目でわたしを見た。「でも、男の子と出かけていたわけじゃないのよ。ダイアナといっしょだったんだから」

〈ダイアナ伯母さん〉ではなくて、ただの〈ダイアナ〉だった。ふたりの関係がこれまでどういうものだったにせよ、いまやもっと親しげな呼び方をする関係に変質した証拠だ、とわたし思った。

「どこで食事をしたんだい?」とわたしが訊いた。

「イタリアンよ」彼女はあくびをする真似をして、後ろを向くと、階段に向かった。

「どんな話をしたんだ?」わたしは思わず口走った。

彼女は立ち止まって、わたしのほうに向きなおった。「個人的なことよ」

「個人的? どういう意味だい?」

「個人的なことなのよ、父さん」とパティは語気を強めて言った。

「個人的って、秘密ってことかね?」

「個人的というのは個人的という意味よ」とパティは答えた。断固とした、かすかに好戦的でさえある口調だった。わたしにそんな口調で話したことはなかったのに。

「わたしはただおまえのことが心配なんだ、パティ」とわたしは言った。「彼女の頭は、彼女が考えていることはかならずしも……理性的だとは言えないから」

パティは、わたしが自分で怪物をつくりだして、それを攻撃しようとしているかのような顔をした。「何を怖がっているの、父さんは?」

それに直接答える代わりに、わたしは言った。「もしもなにか知っているなら、パティ、わたしに教えてほしいんだ」

パティの声にはいまや苛立ちがにじんでいた。「なにか知っているって、何について?」

「ダイアナがやっていることについてさ」

「彼女はなにもやっていないわよ、父さん」とパティは言った。「毎日図書館に行って、それから自分のアパートに帰ってくるだけなんだから」

「彼女の日常生活のことを言っているわけじゃない」

「それじゃ、何なの?」

「たとえば、ヴィンドビー・ガールのことだ。いったいあれは何なんだ?」

彼女はばかばかしいと言いたげに笑った。「ダイアナはいろんなことに好奇心をもっているだけよ、父さん」と彼女は言った。「たとえば、音響考古学という分野があることを父さんは知っていた? ダイアナによれば、最初の人間にはわたしたちには聞こえない音が聞こえていたかもしれないというの。文字を書くことができなくて、なにもかも覚えなければならなかったから、彼らの頭はわたしたちとは違っていたかもしれない。ドルイド教の祭司みたいにね。彼らはものすごい数の儀式を覚えなきゃならなかったでしょう? なにひとつメモできなかったから、とんでもない頭脳をもっていたにちがいないのよ」

パティはさらにしばらく話しつづけたが、その言葉の一言ひとことに、わたしは姉の支配力を、彼女がどんなふうに熱い好奇心を吹きこんだかを感じた。

「ドルイドというのは『オークの木』を意味するの」とパティはつづけた。「でも、同時に

『知恵』という意味もあるのよ」

「パティ」と、やがてわたしは彼女を制止して言った。「ダイアナには気をつけなくちゃいけない。わたしはよく知っているが、彼女はとても……人を誘いこむのがうまいんだから」

パティは黙ってわたしの顔を見た。

「それから、彼女はジェイソンの死が事故じゃなかったと信じていることも、わたしは知っている」とわたしはつづけた。「マークが関わりをもっていたと思っているんだ」

パティはすぐには答えなかったが、言葉を探しているのがわかった。しばらくしてから、彼女が言った。「彼女の思っているとおりだったら、どうなの、父さん？」

「よく聞くんだ、パティ」とわたしは冷静に言った。「ジェイソンの死が事故死以外のものだったという証拠はこれっぽっちもないんだぞ」

パティは真っ向から挑戦するような顔をした。「それじゃ、それをダイアナに証明してみせてよ」

手袋が投げられたからには、それを拾わざるをえなかった。「よし」とわたしは言った。「そうしてやる」


しかし、どうやって？

翌朝、夜が明けかけるころになっても、わたしはまだ眠れずにいた。空に明るみが差すと、わたしは外に出て、まだ寝静まっている近所の家々のあいだを歩きまわった。

一日のほかのどんな時刻より、明け方は世界が落ち着いているという錯覚を与える。しんと静まりかえっているのが、そういう錯覚を強めるのだろう。閉ざされたドアは一度も乱暴に閉められたことがないように見えるし、なにも動くものがないので、騒ぎが起きることなどありえないような気がする。

長いあいだ、わたしはこの幻想的な静けさのなかを歩きまわり、そうしながら、みんなが安全でいられるようにする方法はないものかと考えつづけた。

わたしは最近の出来事をあらためて思い浮かべてみた。まずジェイソンの死があり、それからそれが事故死だったとする裁判所の決定があった。それから、ダイアナがその決定を受けいれることを拒否したのだった。

裁判所の決定をダイアナが拒否したとき、ある程度理性が働いていたのだとすれば、理性の働きによってそれを受けいれるということも、ありえないことではないだろう。

そんなふうに考えていくと、証拠の問題に、証拠とは何であり何ではないのかという問題に行きついた。ダイアナは「疑惑のための証拠」などと言いだしてわたしを煙に巻いたが、そういう証拠は、それが実際に犯罪の証拠になるのでないかぎり、問題にならないのはあきらかだ。マークのバッジは、ドルフィン池で見つかろうとそうでなかろうと、犯罪の証拠になる可能性はない。

ただ希望がもてるのは、たとえどんなに貧弱な証拠であれ、彼女がまだ証拠という領域で考えているということだった。その意味では、彼女は「親父と同じ」ではなかった。これは心強い違いであり、わたしはその細い巻きひげに必死ですがりつこうとした。

一時間後に家に戻ったとき、わたしはある計画を思いついていた。

「それで、あなたのところへ行ったんです」

おまえの声を聞いて、ピートリーが何を感じるかはわかっていた。苦労してようやくたどり着いたひとつの真実——希望より強いただひとつの感情は失われた希望だということ——だろう。

「当時は、それが理にかなったことだと思えたんです」

ピートリーが物語に登場したことは、本人にもよくわかっていた。顔にはっきりそう書いてある。彼は自分の歯でこの物語を一口かじりとったが、おまえと同じように、できれば吐き出したいと思っているにちがいなかった。

「当時は、たしかにそうだった」とピートリーは言った。

おまえは窓の外に目をやった。遠くの空で、鷹が大きく輪を描いている。「奇妙ですね、何が理にかなったことに見えるかというのは」

ピートリーは黙ってうなずいた。

ピートリーは何を見ているのだろう。比較しているのだろうか——あのころはまだ、おまえは困惑していたが、ボロボロになってはいなかった。それとも、ダイアナのことを思い浮かべているのだろうか。スチュアート・グレースの言葉を借りれば、「火のついた猫みたいに」走りだしていた彼女のことを。

ピートリーは身を乗り出して、空の発泡スチロールのカップの縁を指でなぞった。「話をする前には、あんたはまったく知らなかったのかね？」

「ええ、すこしも」とおまえは言う。

「彼女は隠していたのかね？」

おまえは親父の書斎に坐って、ダイアナが親指と人差し指で彼のまぶたを閉じるのを見守った。〈火葬してあげましょう、デイヴィ〉と彼女は言った。コネティカットの小さな町で、バイキングまがいの葬式をやって親父に敬意を表するなどというのは、荒唐無稽な考えだった。しかし、ダイアナはすでに親父のバスローブや、室内履きや、ショールや、パジャマや、古い毛織りの靴下を掻き集めており、おまえはあえて異をとなえようとはしなかった。そして、立ち上がって、親父の頭の下から緑色の枕を抜き取った。

「ひとつの死」と、いま、おまえはつぶやく。

「え？」とピートリーが聞き返した。

おまえは首を横に振る。「いや、なんでもありません」

ピートリーはメモ帳のページをめくった。すでに一冊の半分近くまで来ている。几帳面な字で埋まったページが一瞬ひらめいて、静止した。いずれ、彼はこの物語を再構成して、証人席からひとつずつ質問に答えていくというかたちで、物語らなければならないのである。おまえはそれがどんなふうに進行するか知っている。

〈で、あなたはミスター・シアーズから話を聞く機会があったんですね、ピートリー刑事？〉

〈はい〉

〈そのときの会話を記録しましたか？〉

〈はい、記録しました〉

〈どんな手段で？〉

〈録音機を使いました〉

〈メモも取ったんですね？〉

〈はい、取りました〉

おまえはそのメモに目をやった。じっと静止している黄色いページ。これが証拠になるのだろう。


メモ帳から目を上げると、ピートリーの目をまともに見つめることになった。

「彼女が証拠に反応を示すかもしれないと思ったんです」とおまえは言う。「ただそれだけの、単純なことでした」

ピートリーはうなずいて、物語を一口かじりとり、認めたくないが認めざるをえない事実をしぶしぶ受けいれる——明快さと混沌、正しさと誤解を分かつ境界線がどんなにか細いものかということを。自分が支配しているという重々しい幻想を支えているのは、曖昧で空疎なこの一本の糸にすぎないということを。

「で、あんたはわたしに会いにきた」と彼は言った。

「ええ」とおまえは言う。「ほかに行くところがなかったんです」

12

わたしが警察本部を訪ねたとき、ピートリー刑事は自分の部屋にいた。

「ああ、ミスター・シアーズ、どうぞ」と彼は言った。

わたしたちは握手を交わし、彼はわたしに椅子を勧めた。「お掛けください」

わたしは腰をおろした。「こんなにすぐに会っていただいて、ありがたく思っています」

「いや、なんでもないことです」とピートリーは言った。「ジェイソンのことをよく思い出すんですよ」

わたしの頭のなかをジェイソンが幽霊みたいに走り抜けた。水辺に立っているジェイソン。耳の形をした大石の横に立ち、まわりの空気がいろんな声で震えている。そうやってひとりで立っているうちにも、しだいに色が薄れていき、最後には妙に透明になって、静かに波打つ水面に重なって波打ちはじめ、その体が水に溶けていく。

「お姉さんのことも覚えています」とピートリーはつづけた。「とても大変だったようですね」

「ええ、そのとおりです」

「なんとか乗り切れたのならいいんですが」

「いや、そうはいかなかったようです」とわたしは言った。

「そうですか」とピートリーは言った。「それはお気の毒です」

わたしはなにも言わずに、ただ彼の顔を見つめていた。実際にこんなところまで来てしまったことに、いまさらながら驚いていた。ダイアナがジェイソンの死を受けいれられず、その拒絶が心のなかで突然のギア・チェンジみたいに作用して、理性が追い出され、正確にはどんなものかはっきりとしない別のものに入れ替わってしまったのだが、そのせいでわたしがこんなところに、警察の刑事の部屋に来ているなんて。

「力になっていただけるかどうかわかりませんが」とわたしは言った。「ほかに相談できる人が思い浮かばなかったんです」

ピートリーはうなずいたが、なんとも言わなかった。自然に物語が展開されるのを待つことに馴れているのだろう。正面から見つめるには恐ろしすぎることもあり、人々は往々にして断続的に、ときどき思い出したように語りだすものなのだから。

「できることなら、どんなふうにでも力を貸すつもりですが」と言って、彼はわたしが話しだすのを待った。そして、わたしがなにも言わないのを見ると、こう言った。「電話では、ジェイソンの死に疑問があるということでしたね」

「ええ」

「どんな疑問ですか?」

「気になったのは、警察のほうではなんらかの理由から……」わたしはそこで言い淀んだ。それにつづく言葉があまりにも形式的で、笑止なほど芝居がかっていると思ったからだ。「不正行為があったという疑いを抱かなかったかということです」

ピートリーはその質問にすこしも驚いた顔をしなかった。彼自身すでにそういう疑いを抱いていたからか、単にそういう疑いを抱く人たちに馴れているせいかはわからなかったが。

「不正行為？」と彼は聞き返した。

「裁判所がジェイソンの死は事故だったという決定をくだしたことは知っていますが、あなたがそれとは違う考えをもっていなかったのかどうかということです」

「違う考え？」と、彼はためらいがちに訊いた。

「警察は捜査をしたんじゃありませんか？」

「こういうケースではかならず捜査が行なわれます。こどもで、溺死というような場合には。少なくとも、早すぎる死ではあるからです。だから、もちろん、捜査はしました」

「で、ジェイソンの死が事故でなかったかもしれない証拠を捜したんですか？」

ピートリーは身を乗り出した。「なぜとくにそれを気にされるんですか、ミスター・シアーズ？」

「わたしの姉は、ジェイソンが殺されたと思っているようだからです」と、わたしはきっぱりと言い切った。

「だれに？」

「夫のマークにです」

ピートリーの目がかすかに暗さを増した。「それは非常に重大な告発ですが」

「わかっています」

そのときになって初めて、ピートリーはこの問題を本気で取り上げる気になったようだった。「殺人ですか」と彼は言った。「われわれがその疑いを抱いていたとすれば、いや、たとえ抱いていなくても、赤い旗が上がっていることに気づいたでしょうね」

「疑惑の証拠がということですね」と、姉の言葉を借りて、わたしは言った。「たとえば、どんなことがあるんですか？」

「たとえば、それ以前における虐待の兆候です」とピートリーは答えた。「こどもに傷や火傷の痕があれば、われわれは医療記録をチェックします。過去に遡って調べるんです」彼は職業的な笑みを浮かべた。ほんのかたちだけの、当たり障りのない笑みで、すぐにすっと掻き消えた。「しかし、もちろん、現在の状況も調べますが」と彼はつづけたが、台詞を暗誦しているような口調に聞こえた。わたしと同じように、恐ろしい疑惑を抱いてやってきた多くの親類や友人たちの前で、もう何度も同じ説明をしたことがあるのだろう。まもなく彼がこんなふうに結論するのが聞こえるような気がした。〈だから、おわかりでしょうが……不正行為があったという証拠はないんです〉

「たとえば、溺死の場合には、暴力の形跡がないかどうか調べます」とピートリーはつづけた。「打撲傷や縛られた跡がないかどうか。こういうことになると、あまり頭がいいとは言えない人たちがいることがわかるんですよ。たとえば、絞殺が溺死に似ていると思っている人たちがいて、溺死に見せかけようとしたりする。それで、死体を川や池に運んで、放りこんだりするんです。ばかげたことだが、そういうことをする。しかし、水に溺れて死んだ場合には、肺のなかに水がある。水に投げこまれる前に死んでいれば、水中に沈んだときにはもう呼吸していないから、肺にはあまり水が入っていません。そのくらい単純なことなんです」それから、自分が言ったことを振り返って、ちょっと訂正した。「もちろん、いわゆる〈乾性溺水〉というものもある。これはパニックを起こして、呼吸が止まってしまう場合で、肺が機能を停止してしまうから、溺死であるにもかかわらず、肺のなかにはあまり水が入っていないんですが」

「ジェイソンの肺には水が入っていたんですか？」とわたしが訊いた。

「ジェイソンの肺にはたくさん水が入っていました」とピートリーは答えた。

「では、水のなかに入ったとき、彼が生きていたことは疑いの余地はないわけですね？」

「疑いの余地はありません」とピートリー。「ほかにも異常な兆候はまったくありませんでした。いま言ったような打撲傷とか紐の跡とかは。遺体は無傷でした。あなたも見たはずですが」

「わたしが見たのは顔だけです」とわたしは言った。

ピートリーはうなずいた。「ああ、そうでしたね。しかし、お姉さんは見たはずです」

「何ですって？」

「ジェイソンの遺体を見たいと言ってきたんです」とピートリーは説明した。「解剖の直前に電話があって、解剖される前に見たいと言ってきた。もちろん、許可されました」

「姉だけで？　ひとりで来たんですか？」

「そうです」

「いつ来たんですか？」

ピートリーはちょっと天井を見上げて、考えてから、ふたたびわたしに視線を戻した。「土曜日だったと思います。ジェイソンが死んだ翌日でした。遺体はすでに台にのせて、解剖するばかりになっていました。もちろん、シーツがかけてあったが、彼女はそれを引き剝がしました」彼は一瞬ためらって、それ以上言うべきかどうか迷っているようだったが、それからつづけた。「すっかり完全に。頭から足まで」

わたしは自分がその場で宙に浮いているような気がした。じっと動かず、瘴気《しょうき》のように体もなく、透明な目で見下ろしている。ステンレスの解剖台の横に立つダイアナ。解剖室の明るい照明に照らされているジェイソンの裸の遺体。

「ちょっと奇妙な感じでした」とピートリーが言った。「遺体を調べている様子が」

「調べている？」

「わたしはちょっとわきに寄っていたんですが、全身を隅から隅まで詳しく見ているのがわかりました」彼はそこで口をつぐんだ。かつて見たその光景の意味が、いまになってわかったというように。「なにか捜しているような感じでしたね」

「なぜそう思ったんです？」

「じつに丹念に見ていたからです」とピートリーは答えた。「腕に抱き上げたり、そういうことはしなかった。その代わり、両手を、片方ずつ順番にですが、手に取って、じっと見つめていました。とくに手のひらを」

「なぜそんなことをしたんでしょう？」

「法医学について多少学んだことがあるんでしょう」とピートリーは答えた。「検死がどんなふうに行なわれるか、法医学者が何を捜すか知っているようでした。たとえば、抵抗したときの傷とか、注射針の痕とかですが。ジェイソンの遺体を裏返してほしいと言われて、そうしました。うつ伏せにしたんです。そうすると、前と同じように、非常に詳しく調べていました」

「それで、なにか見つけたんですか？」

「いや」とピートリーは答えた。「少なくとも、わたしたちにはなんとも言いませんでした。終わると、シーツを取って遺体にかぶせ、後ろを向いて、部屋から出ていったんです」彼は肩をすくめた。「わたしは車までついていきました。泣きくずれるかもしれないと思ったものですから。あのとき、ジェイソンが池で見つかったという知らせを受けたときみたいに」

わたしの頭のなかにふたたび、あの剝きだしの、容赦のない、原始的な、動物じみた号泣が鳴り響いた。

「車のところで、ほかになにかお役に立てることがないか、と彼女に訊ねたんですが」とピートリーはつづけた。「ないという答えでした」彼はわたしの顔をまじまじと見つめた。「このことをまったく知らなかったんですか？」

「ええ」

「じつを言うと、ちょっと気になっていたんですよ。お姉さんが警察の調査についてあれこれ訊いてくるのが」

わたしはその言葉に衝撃を受けたが、ピートリーの顔にはそれを見て取った気配はほとんどなかった。それにつづく沈黙のなかで、その言葉はますます深くわたしのなかに沈みこんだが、彼は黙って、わたしの顔を見守っているだけだった。にもかかわらず、わたしが消えてしまいたいと思っていること、いますぐなんの痕跡も残さずに、自分とダイアナを彼の頭から消してしまいたいと思っていることは察知しているようだった。わたしは彼がマークに疑いを抱いたことがなかったかどうか知ろうとしてやってきたのに、わかったのは彼がダイアナに疑いを抱いていることだった。

ピートリーは椅子に深く坐りなおして、胸の前で腕を組んだ。「公式な台本に書いてあるんですよ、ミスター・シアーズ、捜査の原則として。妻が失踪したときには、夫を調べること。スコット・ピーターソン事件などですが、ご存じかな？　こどもが死んだときには、母親を調べること。たとえば、アンドレア・イェイツ事件がそうでしたが」

「しかし、ジェイソンが溺死したとき、ダイアナは家にいなかったんですよ」

「そう彼女は言っています」

「しかも、マークがそれを裏付けている」

「夫は妻をかばうものですからね」

「ダイアナを疑う理由はひとつもないはずです」とわたしは言った。

「警察は彼女の過去を知っていました」とピートリーは言った。「少なくとも、わたしは知っていた」

彼がいったい何のことを言っているのか見当もつかなかったので、わたしは待った。

ピートリーは身を乗り出した。「ダイアナは父親を病院から連れ戻して、自宅で介護したんでしたね？」

「そうです」

「彼女は学校を辞めましたね」と彼はつづけた。「大学四年生のときに」

「どうしてそんなことを知っているんです？」とわたしは訊いた。

「そして、亡くなるまで、父親の世話をしました」調査して収集した事実を述べているという口ぶりだった。まるで彼女の個人的な記録をひっくり返して、有罪の証拠になる領収書や手紙を探したかのように。「ジェイソンのときと同じように」

「ええ、彼女はジェイソンに一身を捧げました」とわたしは言った。「同じように、という意味ですが」

「非常に大変なことですよね、ああいうこどもの世話をするのは」とピートリーは言った。「あるいは、老人の世話をするのも。実際、同じことでしょう。そういう状況にある人は鬱状態になることがあるんです。何度かそういう例を見たことがあります。抑鬱状態になり、自暴自棄になることがある」

「ダイアナが鬱状態だったと思っていたんですか？」とわたしは訊いた。

ピートリーはその質問に心から驚いた顔をした。「警察が彼女から話を聞いたことを、お姉さんから聞いていないんですか？」

「何について話を聞いたんです？」

ピートリーの顔を影がよぎった。「お父さんのことですよ。どんなふうに亡くなったのかについて」

「父が死んだときには、わたしもその場にいたんですよ」

「正確にはそうは言えません」

「どういう意味なんです？」

「あなたは部屋にはいなかった」とピートリーは言った。「お父さんが亡くなったときにはね。ダイアナからそう聞いています」

わたしはあの朝、冷たい霧雨のなかをかなりの時間散歩したことを思い出した。おそらく二十分か、もう少し歩いたかもしれない。そのあいだに、親父はこの世を去ったのだった。わたしが部屋に戻ったとき、親父はまだ目を見ひらいていた。

「そうでした。わたしは父のそばにいたわけではありませんでした」

「あなたは気が動転していた、とダイアナは言っていました」とピートリーはつづけた。「お父さんとの最後の面会がいいものではなかったから」

「ダイアナにずいぶん細かいことまで訊いたようですね」とわたしは言った。「なぜなんです？　父は老人でした。しかも、長いあいだ、患《わずら》っていたんです」

「精神的な病気でしたね」

「そのとおりです」

「しかし、それ以外は、きわめて健康だった」

「あのくらいの歳になると、突然死ぬ人はいくらでもいます」とわたしは言った。

「たしかに、そうです」

「だから、ほかの理由があったはずです」とわたしは言った。「あなたが疑いを抱いたからには」

ピートリーはうなずいた。「お父さんの手首と足首に拘束された痕があったんですよ。それであの日、検死官から電話があったんです」

わたしはショックを受けて、彼の顔をじっと見つめた。「拘束された痕？」

「非常にかすかな痕でした」とピートリーは言った。「だから、検死官はかならずしも疑いを抱いたわけではなかった。ただ、義務として、二、三質問をしてきたんです。それで、わたしたちはいくつかのことをチェックして、過去のことを調べ、何人かの話を聞いたんです」

「ダイアナについて？」

「あなたについても」とピートリーは答えた。「あなたはお父さんとあまり仲がよくなかったそうですね。実際、かなり以前から疎遠になっていたと聞きました」

「親父はわたしに失望していたんです。偉大な知識人になってほしかったんでしょうが」わたしは肩をすくめた。「わたしはそういう人間ではなかったから」わたしは彼の顔を平静な目でじっと見た。「父の死について疑わしいことがあると思ったのなら、なぜわたしの話を聞きにこなかったんです？」

「実際のところ、そうするつもりだったんですよ」とピートリーは言った。「そのためにお父さんの家に行ったんです。しかし、あなたはいなくて、ダイアナがいました。それで、彼女に話を聞いたんですが、それですべて説明がついたんです」

だから、親父の死について、ピートリーはわたしには結局なにも訊かなかった。ダイアナに質問しただけだったが、彼女の答えはすべての点で納得のいくものだったのだという。拘束の痕については、親父がブリガム病院にいるとき、病院側がストラップを使ったことがあったからだ、と彼女はピートリーに説明した。自分をコントロールできなくなり、何をやっているかわからなくなってしまったので、拘束したのだということだった。

「ブリガムにも問い合わせましたが、そのとおりでした」とピートリーは言った。「お姉さんが退院させて、家に連れて帰る前に、何度かストラップで拘束したことがあったということでした」

「それで十分だったので、わたしから話を聞く必要はないと判断したんですか？」

「そう、そういうことです」とピートリーは言った。「それ以上調べる理由はまったくありませんでした。保険がかかっていたわけでもないし、多額の遺産があったわけでもない。だれの話を聞いても、お姉さんはお父さんを献身的に世話していた。それで、われわれは報告書を提出して、一件落着したわけです」彼は静かに笑みを浮かべた。「疑惑の証拠はまったくなかったということです」

「父が殺されたという？」

ピートリーはうなずいた。「殺されたという疑惑についてはね」と彼は言った。

そうしようとしたわけではないが、わたしは親父の部屋に戻っていた。ふたたび、目をあけ、口もあけたままの親父の姿が見えた。ダイアナはローブや、古い靴や、火葬にするためのものを集めていた。わたしはそれを手伝うことにして、あのときそうしたように、ダーク・グリーンの枕に手を伸ばした。意外なことに、枕の一部が湿っていたので、わたしは顔を上げて、親父の湿った唇を見た。その瞬間、受話器から聞こえた親父の声がよみがえった。その前夜、眠っているところを起こされて、受話器を取ると、〈助けてくれ、助けてくれ〉というささやきが聞こえたのだった。すぐに電話の主はダイアナに代わって、彼女らしい説得力のある声で、こう言ったのだが。〈だいじょうぶよ、デイヴィ、安心して眠ってちょうだい〉

ピートリーが目を伏せて、自分のカップを見下ろした。

「疑惑というのは移動する影みたいなものですからね」とおまえが言う。

彼はカップをテーブルに置いて、右のほうに滑らせた。「お父さんの死のことだが、あんたがわたしのオフィスに来たとき、わたしが話したことから、それがはじまったのかね？」

おまえの旅路が、という意味だった。緑の墓地のなかを曲がりくねってつづく道が目に浮かぶ。ひとつめの墓石。ふたつめ。三つめ。四つめ？　おまえは最初の死を思い出す。真夜中に親父が嘆願していた。〈助けてくれ〉

「電話してきたんです」とわたしはピートリーに言った。「死ぬ前の日に」

「何と言ってきたのかね？」

「助けてほしいと言っていました。すぐにダイアナが代わって出て、なにも問題はないから、眠るようにと言ったんです。それで、わたしはそうしたんですが」

「それが最後だったのかね？」

「いいえ、最後ではありませんでした」

ダイアナが手にしている書類が目に浮かんだ。ホッチキスで束ねられたおびただしい枚数の紙片。おまえは書斎のなかに立って、彼女といっしょに親父のものを整理していた。彼女がその紙片を掲げて、おまえに見せる。〈あの夜、父があなたに電話したのはこれのせいだったのよ、デイヴィ〉。おまえは紙片の束を彼女から受け取った。長年のあいだに親父が書きためた、恐ろしい被害妄想の敵のリスト。ダイアナがふたたび口をひらいた。〈最後のページを見てごらんなさい〉。おまえはおとなしくページをめくる。ダイアナがそれをじっと見守っていた。〈最後の名前を見てごらん、デイヴィ〉。おまえの目がリストをたどっていく。ジェイコブ・スターン、教授、剽窃者《ひようせつ》。マーガレット・ピカード、評論家、素人愛好家。ラスロー・カパウスキー、編集者、追従者。そして、最後に、親父はその見覚えのある曲がりくねった字体で書きつけていた。ダイアナ・シアーズ、娘、売女《ばいた》。

「父は姉の心を踏みにじったんです」と、おまえは静かに言う。「ひどい悪口を言って」

おまえはふたたび彼女といっしょだった。ふたりで書斎のなかにいる。彼女がおまえの指先から紙片の束を引き抜く感触がある。頭のなかに、彼女の声がひびいた。〈いいのよ、デイヴィ。父さんは自分でも何をしているかわからなかったんだから〉

「あの最後の日々は、彼女にとって非常につらかったでしょう」と、いま、おまえは言う。「わたしはそこにいて彼女を助けてやれなかった。わたしは最後の最後まで距離をおいていたんです」

記憶のなかで電話が鳴る。おまえは家にいて、『ガス燈』のオリジナル版を見ていた。女に自分の頭が狂っていると思い込ませるのはなんと容易なことだろう、とおまえは考えていた。

「ダイアナから電話がありました」とおまえはピートリーに言う。「父が非常に弱っているから、来てほしいということでした。手遅れにならないうちに、仲直りさせたいと思ったのでしょう」

いま、おまえははっきりと彼女の言葉を思い出す。もうこれが最後の機会だと、彼女はしきりに強調し、奇妙なくらい確信しているようだった。

「それで、あの朝、わたしは行ったんです」とおまえは言う。「ヴィクトル・ユゴー・ストリートのあの古い家へ」

ダイアナが先に立って階段をのぼり、廊下を歩いて、背もたれの高い椅子に坐っている親父のところに連れていった。

「わたしが部屋に入ったとき、父は手紙をタイプしているところでした」とおまえは言う。「わたしが来たとダイアナが言っても、顔を上げようともしませんでした」

そこで、おまえは口をつぐんだ。そのあとをつづけるのはむずかしかったからである。おまえは気を鎮めて、もう一度冷静さを取り戻す。「やがて、ようやく顔を上げると、わたしをまじまじと見つめて、『おれにとって、おまえなど塵芥にすぎない』と言ったんです」

ダイアナがおまえの腕に手をふれたのを思い出す。彼女はおまえを部屋の外に連れ出して、廊下を引き返していった。

「ダイアナから散歩にいくように、またあとで戻ってくるように言われました。それで、わたしはそうしたんです」

ピートリーは穏やかにうなずいた。「そうだね。近所の人が何人か、あんたが歩いている姿を見かけている」

冷たい雨が顔にあたるのを感じながら、おまえはヴィクトル・ユゴー・ストリートを重い足取りで歩きまわった。刻々と過ぎていく時間をかぞえながら。

「わたしが家へ戻ったとき、彼女は父に向かって暗誦しているところでした」とおまえはピートリーに言う。

頭のなかで、彼女の声がささやいた。

上都《ザナドゥー》で、フビライハーンは命じた
壮麗な歓楽の館を造営せよと
その地には聖なる川、アルフが流れ
人智の及ばぬ洞窟を抜けて
陽光のささぬ海へとそそいでいる

「コールリッジか」と、いま、おまえはそっとつぶやいた。そして、目を窓の外に向けると、秋の木の葉がふわふわと地面に降りそそいでいる。中空で右に左に揺れて、飛びたとうとしたり、少なくとも、避けられない落下を遅らせようとしているかに見える。

「父はすでに死んでいたんです」と、おまえは静かにつづけた。

それから、自分でも驚いたことに、その殺風景な取調室で、おまえは暗誦しはじめた。コールリッジではなく、それには似ても似つかぬものだったが。

記憶は汚点、
汚れた斑点、
不可解な謎。

おまえは面白くもなさそうに皮肉な笑みを浮かべる。それから、親父のきびしい、過酷な支配からいまだに抜け出せない少年みたいに、従順に、出典を付け加えた。「キンセッタ・タブー、『チェダーマン』」

ピートリーは奇妙な顔をしておまえを見つめていた。おまえが目に見えないカーテンの向こう側に入り込んでしまったかのように。向こう側の別世界からおまえを引き戻すか、さもなければ、自分もおまえについていくしかないと思っているかのように。

「デイヴ」と彼は言った。あきらかに緊張した声だった。溺れる人に手を差し出しながら、自分も引きこまれるのを心配している人みたいに。「デイヴ」

その声がおまえをその部屋へ、窓の外の薄れていく光へ、恐ろしい現在へぐっと引き戻した。

「はい？」

「何を考えているのかね？」

「ダイアナのことです」

「彼女のどんなことを？」

「安全ネットはないということです」とおまえは説明する。「だから、わたしたちはいつも落ちていくということです」

「そうだな」とピートリーは静かに言った。

彼がほんとうにそう思っているのがわかり、その暗い認識が彼の石のようなプロ意識をほんのすこし剝ぎ取ったような気がした。それでも、彼はその落下を最後まで見届けるしかないだろうし、それはおまえにもよくわかっていた。

まだ語るべきことが残っていた。

だから、おまえは語りつづけた。

13

それからの数日、わたしはダイアナのことばかり考えていた。とはいっても、わたしが考えていたのはもっぱら彼女の最近の行動のこと、ビル・カーネギーに会いにいったことや、死体置き場に行ったこと、さらに、これもやはり彼女の調査活動の一環らしい、迷路みたいにつながった奇怪な諸々《もろもろ》——チェダーマン、イーデ・ガール、キンセッタ・タブーの不気味な歌——のことだった。ジェイソンの死に関する彼女の調査は疑似科学的な企てになり、人類学、法医学、神秘主義、バッジの断片を混ぜこんだスープの様相を呈していた。それこそそういうすべてを一緒くたにした、狂った魔女の秘薬みたいなもので、現実の証拠に基づくというより、豚の鼻やコウモリの翼を大鍋で煮込んだようなものでしかなかった。

問題は、こういうすべてに対して、どうすればいいのかということだった。わたしはすでにマークとも、ビル・カーネギーとも、ピートリー刑事とも話をしていた。娘のパティとさえ話していたが、その会話を思い出すと、背筋に冷たいものが走った。わたしは娘から挑戦状を突きつけられたのである。

だから、この問題に関する「証人」はもういないだろうという気がしていた。ダイアナが何を考えているのか、次に何をする気なのか。それを理解するヒントを与えてくれそうな人間はほかにはいない。生きている証人はひとりもいないだろう、とわたしは思った。

それから、〈いや、ひとりいる〉と思いなおした。

ダグラス・プライスを見つけるのはむずかしくなかった。ピープル・サーチで検索してみると、画面に住所と氏名が現われたが、電話番号はなかった。住所を書き写してから、アビーに電話して、夕食には遅れると告げた。

彼女の声はあきらかに不安そうで、自分の家にいても、もはや安心していられないかのようだった。「どこへ行くつもりなの？」と彼女は訊いた。

「ある男に、会いにいく必要がある」とわたしは言った。「ダイアナが話をしにいった男だが、彼女がどんなことを話したのか知りたいんだ」

「何時ごろ帰ってくるつもり？」

「はっきりとはわからない」

驚いたことに、彼女は「寝ないで待ってるわ」と言い、ちょっと間をおいてから、「気をつけてね、デイヴ」とつづけた。

それから二、三時間、わたしは自分の仕事に精を出した。親父によれば「蠅みたいにありふれた」仕事である。ダイアナはそれとは違っていて、あるとき〈あなたは解体の仕事をしているのね〉と言ったものだった。たしかにそのとおりだった。わたしが扱っている法律事務は、主として結婚や企業の解体に関わるもので、少なくともその意味では、わたしはいつも崩壊と破滅を相手にしているのと言えるのかもしれない。失敗した取引や関係の、まだくすぶっている灰に手を突っこむようなものなのだから。メフィストフェレスと同じように、わたしのまわりの空気にもいつも煙の匂いがする、ともダイアナは指摘したものだった。

このところ、その匂いがいちだんと強烈に鼻を刺すようになっていると思いながら、その日の夕方、仕事を終えて、車に向かった。

「家族のもとへ直行かい？」ドアのところでわたしを見ると、チャーリーが言った。

「いや、すぐにじゃない」とわたしは言った。

彼は疑っているふりをして、わたしの顔をじっと見た。「まさかほかにだれかいるんじゃないだろうな、ええ、デイヴ？」にやりと笑って、「どこかに危険な女でも？」

わたしは死んだ父親のあいたままの口と意外な湿り気を思い出した。それから、最後にいっしょにいるのを見たときのダイアナとパティを、ふたりが暗闇のなかに消えていった姿が目に浮かんだ。〈ただの姉にすぎないじゃないか〉とわたしは思った。

プライスの家までは車でわずか十五分しかかからなかった。道路はなだらかに起伏する丘を蛇行し、趣のある木の橋を渡っていった。わたしは田園風景のささやかな喜びを味わい、そのなだらかな曲線や単純な平面を楽しんだ。道路沿いの農家はこぎれいで、きちんとしており、単純な輪郭を描く周囲の畑はそれなりに生き生きとしており、受けいれることで慎ましいバランスを保っているように見えた。

プライスの家は、周囲の農家とは正反対だった。敷地には雑草がはびこり、家のそばには手入れをしていない灌木の大きな茂みが伸び放題だった。前庭は低い木の柵で囲まれていたが、はるかむかしに剝げたペンキがところどころに残っているだけだった。家もそれよりましだとは言えなかった。雨樋は傾いて、がたがきている木製の鎧戸《よろいど》には何年もペンキを塗った気配がなく、トタン屋根を錬鉄性の柱で支えただけのガレージに、古いシヴォレーが停めてあった。窓はたるんだ灰色の網戸で覆われ、なかの窓には分厚い茶色のシェードがぴっちり下ろしてある。あたかも光という敵に対して、この荒廃した城の防備をかためているかのようだった。

玄関まで狭い小道がつづいていたが、この小道でさえあまり使われていない様子で、プライスはめったに外に出かけず、訪問する人もほとんどいないにちがいなかった。

わたしがノックをする前にドアがひらいて、錆びついた網戸の向こうに、とてつもなく歳をとっているように見える顔が現われた。

「ダグラス・プライスさんですか？」とわたしが訊いた。

「そうだが」

弱々しい、息を切らしているような声だった。それだけに、プライスの首から黄色いプラスチック製の酸素マスクがぶらさがっているのが見えても、驚きはしなかった。マスクから伸びているチューブは、自由なほうの手で取っ手をにぎっているステンレス製の台車の赤いタンクに連結されていた。

「デイヴィッド・シアーズといいます」とわたしは言った。

彼は涙ぐんだ青い目で、ぼんやりとわたしを見つめた。肌は牛脂《ぎゅうし》のような色合いで、髪にはほとんど櫛を入れた形跡がなく、自分の家や庭と同じで、荒廃するまま放置されているようだった。

「最近、姉が会いにきたんじゃないかと思うんですが」とわたしはつづけた。「ダイアナ・シアーズですが」

「ああ、そうか」とプライスは言った。夕暮れの光のなかに骨張った手が伸びて、網戸についている四つのアイボルトの掛け金を外した。「網戸が風でバタバタいうんだ」と彼は説明した。「わたしは騒音が嫌いでね」彼はゆっくりと光のなかに出た。肩まである白髪は、教授ならば齢《よわい》を重ねた叡知のしるしに見えたかもしれないが、プライスにあっては、だらしないだけにしか見えなかった。「どうぞ」と彼は言った。

プライスについてなかに入ると、薄暗い廊下を歩いて、意外にもこぎれいな部屋に通された。壁には本棚が並び、大きな木のテーブルとまったくふぞろいな椅子が何脚か置かれている。分厚い詰め物をした椅子があり、剝きだしの木製の椅子もあって、ロッキング・チェアやひどく擦りきれたリクライニング・チェアもある。

「年中動きまわっているんだ」とプライスは説明した。「むずむず脚症候群《レストレス・レッグス・シンドローム》でね」と肩をすくめて、「精神的なものか、生理的なものかはわからないが」と付け加えた。そして、自分ではリクライニング・チェアを選び、わたしにはロッキング・チェアを勧めた。「楽にしてください」

わたしが腰をおろしたとたんに、ロッキング・チェアは甲高い、苦しげな悲鳴を上げたが、背もたれに寄りかかると、その悲鳴は止まった。

プライスはわたしの顔をしばらくじっと観察していた。わたしが心配そうな顔をしていることに気づいたにちがいない。

「使命感をもっている女性だね」とプライスは言った。「お姉さんは」

ダイアナが現在やっていることの説明としては、〈使命感〉というのはずいぶんロマンチックな言い方だと思ったが、わたしはあえてなんとも言わなかった。

「なかなか感心させられたよ」とプライスはつづけた。

わたしは前に乗り出して、片手をもう一方の手でまるく包んだ。「ドーヴァー峡谷で起こったことについてあなたが書いたものを、ダイアナはわたしに読んでくれました」とわたしは言った。

プライスはマスクを顔にあてがって、さっと吸入してから、外した。「彼女は持っていたんだよ、わたしのあのパンフレットを」と彼は言った。「わたしが聞いたと言っているものをほんとうに聞いたのかと訊かれたから、ほんとうだと答えたけれど」

わたしはそれには異をとなえなかった。というのも、プライスがなにかを「聞いた」のは事実だろうと思ったからだ。もっとも、この種のことはすべてそうだろうが、それは彼の内側からの声だったにちがいないとも思っていたが。

「わたしが聞いた声は、あの当時は、現実の声だと思えた、とわたしは説明した」とプライスはつづけた。「わたしは完全な人間ではないからね。あのころもそうではなかったし、一度もそうだったことはない。わたしがドーヴァー峡谷について書いたことは、打ちのめされた《シャタード》男が書いたものなんだ」彼は笑みを浮かべた。「ダイアナにもそう言ってやったんだが、彼女の返事はとてもやさしいものだった。『粉々に砕かれた《シャタード》もののほうが光を通しやすいものです』と言ったんだ」

「それは引用です」とわたしは言った。「わたしたちの父の言葉の」

プライスはにっこり笑った。「そうかね？　べつに驚かないが。お父さんは詩人だったと聞いているからね」

ハムレットの亡霊に呼び出されたかのように、親父がふいに目の前に現われて、わたしが知らず知らず記憶して長年忘れていた、下手くそな自作の四行詩を大声で朗読した。

人生の仄暗い光を通して
これだけはわたしにも見える
悲哀がわたしたちを高めてくれるものなら
わたしたちはよりよくなれるだろう

「たいした詩人ではなかった、と思いますが」とわたしは言った。「姉は息子のことを話しましたか？」

「ああ」とプライスは答えた。「たしかジェイソンだったね？」

「そうです。どんなことを話しましたか？」

「溺死したということだった」とプライスは答えた。「とてもつらかったと言っていた。なにも信じていなかったから。神とか、天国とか。だから、まったく慰めが、心を安らかにしてくれるものがなかったし、どこにも行き場所がなかったそうだ」

「弟のところへは行けたはずですがね」とわたしは静かに言った。「いまでも、行けるはずですが」

プライスはわたしの顔をじっと見た。「形而上的な孤独というものがあるんだよ」と彼は言った。「ほかの人はだれもいない、いることがありえない場所が」彼の目のなかにはほとんど手でさわれそうななにかがあった。「あなたもそういう場所に行ったことがあるはずだが」

わたしは片手を振って、押し寄せてきそうな心理学的たわごとの温かい波を断ち切った。「不躾《ぶしつけ》かもしれませんが」とわたしは言った。「じつは、わたしがここへ来たのは、ダイアナのことを知りたかったからなんです」

「彼女についてどんなことを？」

「あなたにどんな話をしたかです」

「彼女はあまり話さなかったね」とプライスはわたしに告げた。「むしろ聞くのが上手だったよ、お姉さんは。じつに好奇心の強い人だという印象で、わたしがそう言うと、それは父親から受け継いだものだと言っていたが」

わたしは親父の狂気じみた探索を思い出した。必死になって、ほとんどパニック状態で、とらえどころのない真実を永遠に狂ったように追いかけていた。

「ダイアナは、父親が心を病んでいたことも話しましたか？」とわたしは訊いた。

「ああ、聞いた」とプライスは言った。

「恐ろしいんです」とわたしは付け加えた。「彼女が父から何を『受け継いでいる』のかということが」

ふいに、恐ろしい悪意に満ちた人物としての親父が目に浮かんだ。墓のなかからダイアナに命令して、古代の殺人について調べたり、答えのない問いを立てたりするように仕向けている親父。自分自身の狂気じみた探索を通じて、ダイアナにもそういう欲求を植えつけ育《はぐく》んできた親父。彼はよくあのホーソーンの物語を読んでは、それについて彼女と議論していたが、あの物語の毒の沁みこんだ娘みたいに、いまやダイアナは親父の狂気の花園の果実になっているのではないか。

「わたしがここに来たのはそのせいなんです」とわたしはつづけた。「あなたとダイアナがどんなことを話したのか知る必要があるからです」

「わたしのささやかなパンフレットのことさ」と言って、プライスはつまらなそうに肩をすくめた。「全体についてではなくて、ブリガムで会ったある男についてわたしが書いた部分についてだがね。ペンダーガストという男だ。レイ・ペンダーガスト。患者ではなく、雑役夫として働いていた。とてもすてきな男だったが。やさしくて」

「その男について、どんなことを書いたんですか？」

「彼が聞いた声のことを書いたんだよ」とプライスは答えた。

ダイアナは、あの晩、ドーヴァー峡谷で読んでくれたところを除いて、パンフレットのほかの部分についてはふれたことがなかった。

「どんな声のことですか？」

「彼の弟が死んだ日に、彼に語りかけてきた声だ」プライスは一息ついて、マスクからまたたっぷりと酸素を吸った。「レイは、ニュー・ヘイヴンの郊外の小さな農場で、父親と暮らしていた。弟がいたんだが、これが、まあ、あまり知能が高くない子だった、とでも言うか。デニスという名前で、いつも見張っている必要があった。さもないと、ふらふらどこかへ行ってしまって、彼と父親が捜しまわらなければならなかったからだ。ある日、レイは父に言われて、町に買い出しにいくことになった。彼が道路を歩きだしてしばらくすると、それが、その声が聞こえたんだ。『行くんじゃない』とその声は言った。レイによれば、あまりにもはっきりと聞こえたから、父親が呼んだのかもしれないと思って、彼は家に戻った。デニスは父親の仕事部屋にいた。父親の姿は見えなかったが、二階で歩きまわる足音が聞こえた。それで、その声の言ったことは無視して、彼は町に出かけたんだ。家に帰ってくると、デニスがいなくなっていた。そして、井戸のなかから見つかったんだ」

「溺れたんですか？」とわたしが訊いた。

「事故のようだった」とプライスは言った。「しかし、レイはそうは思わなかった」

「なぜですか？」

「なぜなら、デニスは井戸を怖がっていて、ふだんはけっして近づこうとしなかったからだ」

プライスはふたたびマスクを口に当てて、ゼイゼイいいながら長く息を吸った。「彼は弟が殺されたと思ったんだ」

わたしはジェイソンが行方不明になった朝のことを思い出した。ダイアナがどんなふうに買い物に出かけ、息子をマークといっしょに残していったか。

「ダイアナはペンダーガストについていろいろ質問した」とプライスは言った。「彼のこども時代についてわたしが何を知っているか、彼はその後どうなったのか、そのあとも声を聞いたことがあるのかどうか」彼は肩をすくめた。「わたしはどの質問にも答えられなかったがね」

「なぜそういう質問をするのか、理由を説明しましたか？」

「いや」とプライスは答えた。「だから、あんたのお姉さんについてわたしが知っているのは、彼女は真理の探究者だということだけだ」

そういう「探究者たち」が書いたりむさぼり読んだりした、厖大な量の思索的文献——ピラミッドや水晶や五芒星形《ペンタグラム》についての、狂気じみた、実りのない探索から生み出された哀れな文献の山のことを思うと、わたしは苛立ちを覚えずにはいられなかった。

「彼女は具体的には何を探究していたんだと思いますか？」とわたしが訊いた。

「さあね」とプライスは言った。そうやって、一瞬わたしを宙吊り状態にしておいて、わたしの反応をうかがっているにちがいなかった。「わたしは彼女にガイア説のことを話した」と、やがて彼はつづけた。「何だか知っているかね？」

「いいえ」

「ギリシアから来ているんだが」とプライスは説明した。「世界が生きているひとつの生命体で、見たり聞いたりしているという考えだ。わたしはむかしからその聴覚的な側面に興味をもっていたんだよ。とりわけ、石におけるそれに」

「石ですか」とわたしはそっけなく言った。「ドーヴァー峡谷の石のなかからなにか聞こえたからですか？」

「そうだ」とプライスは言った。

わたしは首を横に振った。その仕草を見て、そういう考えがどんなに根拠のない、無意味なものだとわたしが思っているかを、彼ははっきり見て取った。

「そんなに自信をもちなさるな」とプライスは言った。「結局のところ、多くの人は見えることよりはるかに多く、聞こえることに頼っているんだからね。たとえば、ウメダ族の人たちは……」

プライスがパプア・ニューギニアのウメダ族の慣習について話すのを聞いているうちに、わたしはなぜダイアナがここに来たのかを悟った。

「ウメダ族にはある儀式があるんだが――」とプライスはつづけた。

「ダイアナは協力者を探しているんです」と、わたしは彼の話をさえぎった。一連のイメージが頭に浮かんだのである――親父の死、湿った枕、火葬の焚き火、そういうすべてのイメージが、マークのうたうような声をバックにして、わたしの頭のなかに渦巻いた。〈ダイアナはすぐに協力者をつくる。人を誘いこむのがうまいんだ〉

「それで彼女はここに来たんです」とわたしはつづけた。「彼女は探しているんですよ……」

あまりにも不吉な言葉を口にしかけて、わたしは思わずためらった。「共犯者を」

「共犯者？」とプライスが聞き返して、首を振った。「いや、そんなことはないだろう。彼女にはもうそういう人間がいるんだから」

「だれです？」

「娘さんさ」とプライスは無頓着に言った。

「ダイアナには娘はいませんが」とわたしは言った。

「おお、そうか」とプライス。「てっきり娘さんだと思っていた。彼女といっしょに来た娘のことだが」

「パティですか？」とわたしが訊いた。

プライスはうなずいた。「そう、そういうニックネームかもしれない」

「どういう意味なんです、ニックネームって？」

「自己紹介したとき、そうは名乗らなかったからさ」

「どんな名前を使ったんですか？」

答えを聞くのを怖れる気持ちと、どうしても聞きたいという差し迫った気持ちの両方をわたしがもっていることを、プライスは見抜いたようだった。その答えを聞いたとき、その両方の気持ちが一気に跳ね上がった。

「ヒュパティアだ」と彼は言った。

おまえはその言葉を思い浮かべたが、口には出さなかった。〈ふたつの死〉

ピートリーはシャツの袖をまくり上げながら、じっとおまえの顔を見つめた。「パティ」と彼は言った。「それがパティだと信じて疑わなかったんだね？」

おまえはあのとき頭に浮かんだイメージを思い出す。ふたつの顔がひとつに溶け合い、同じひとつの考えと目的をもつようになる。「疑いませんでした」とおまえは言う。「いまやパティがその一部になっていることを、彼女が誘いこまれたことを疑いませんでした」

「誘いこまれたって、何に？」

「ダイアナの『研究』にです」

「しかし、それが何かはまだ知らなかったはずだが」

「ええ」とおまえは認めた。「しかし、いくつかの手掛かりはありました」

「手掛かり？」

「彼女がプライスに話したこと。彼の本に書かれていたこと。ペンダーガストの話。息子を殺す父親の話。そういうすべてがダイアナの心を毒していました。そして、彼女はその同じ毒をパティに注ぎこもうとしていたんです」しゃべるテンポがどんどん速くなるのがわかった。矢継ぎ早にほとばしる言葉に、どこか狂おしいものがある。「ダイアナは狂った関係をつくろうとしていた。それだけはわかっていました。彼女は間違った方向へ向かっていたんです」

「どんな方向だったのかね？」

頭に浮かんだのは「堕ちていく」という言葉だったが、そう言ってしまえば、おまえの話も間違った方向に向かってしまうだろうと思った。

「どんな方向だったのかね？」とピートリーが繰り返した。

脅したり、執拗に迫ったりする口調ではなかった。いまや、ピートリーもこの不可解なものにはまり込み、濁った水はおまえだけでなく、彼の胸元にも上がってきていた。彼は浮いている丸太につかまるように、訊問という形式にしがみつき、なだめすかすような口調でおまえに話しかけていた。慎重に探り針を使って、ぬらぬら光る肉のなかから冷たい灰色の銃弾を抜き取ろうとする、注意深い外科医みたいに。

「死に向かっていたんです」とおまえは答え、そこでふいにぴたりと止まった。

それにつづく沈黙のなかで、おまえは自分がその方向にどこまでも落ちていったこと、ひとつの死からもうひとつの死へ、恐ろしい斜面を落ちていったことを悟った。そのなかには防ぐことができた死がいくつあったのだろうか。

「何が起こっているのか、はっきりとはわからなかったんです」とおまえは言う。

アビーの声が、切羽詰まった、怯えた声が聞こえた。〈なんとかしなきゃいけないわ、デイヴ〉

「どうすればいいのかわからなかったんです」

〈なんとかしなきゃいけないわ〉

「助けが必要でした。アドバイスが必要だったんです。しかし、ダイアナのことを話せる人には、もうすべて話していました。わたしの妻。パティ。ビル・カーネギー。マーク。あなた。死にもの狂いでした。だれでもいいから、話したかったんです」彼女の姿が目に浮かんだ。実際に現われたままの姿ではなく、不気味な、透明な幽霊のような姿で。

「そして、実際、そうしたんです」

「だれかに話したのかね？」

「ええ」

ピートリーが前に乗り出した。「だれに？」

記憶のなかで、彼女がおまえのほうに振り向いた。言いようのない異様な衣装に身を固めたことも。

「ニーナです」とおまえは言う。その瞬間、おまえのなかの古い秩序が砕け散り、煙を上げる破片が地上に降りそそぐのがわかった。それこそ致命的な混乱だった。「わたしはニーナに話したんです」

14

町へ戻ったころには、夜の帳《とばり》が降りていた。ひんやりとした秋の夜で、郊外の村を通り抜けるとき、服や絵葉書を呼び売りしている小さな店を見かけた。どんなレベルの生活であれ、生活を維持するために必要なもの以上の、とらえどころのないものはなにひとつ追い求めようとしない人々。そういう人々の単純素朴な生活は、いかにすばらしく安定していることか。だが親父は、そんな生活は恥ずべきものだと考えていた。なぜなら、彼によれば、そういう生活は物事の上っ面をかすめているだけだからだった。にもかかわらず、わたしの目には、そういう表面的なところでこそ、生活が賑わい栄えているように見えた。わたしたちに安定感を与えてくれるのは、そういう表面的なものだけではないか。わたしたちはその薄い氷の上を滑っているのだが、それでもその氷があるからこそ、さもなければ必然的に引きこまれることになる、その下の冷たい、底のない深みに落ちこまずに済んでいるのではないか。

町のメイン・ストリートでは、ほとんどの店がすでに閉まっていた。靴屋やパン屋の明かりは消え、暗闇のなかにそこだけ明かりのついている広場が目立っていた。通りがかりにそっちに目をやると、あるウィンドウのポスターが目についた。首のないバービー人形を積み重ねたグロテスクな小山の下に、キンセッタ・タブーが裸で寝そべっている。

わたしはダイアナが聞かせてくれた不気味な歌詞を思い出した。〈渦巻く世界は世界の渦〉。もちろん、わたしにはなんの意味もない歌詞だったが、ダイアナにはあきらかになにかを語りかけているらしく、どんな奇怪な意味かは知らないが、彼女はそれをパティにも伝えたにちがいなかった。

わたしがキンセッタ・タブーのCDを買って、店から出ていこうとしたとき、ドアからニーナが入ってきた。向こうはわたしには気づかなかったので、そのまま黙って見守っていると、彼女は左に曲がって、店の反対側の奥まで歩いていき、こちらに背を向けて一群のCDを指先でたどりはじめた。

とてもほっそりとした、青白い肌の娘で、頭から足まで黒ずくめだった。ありとあらゆるボタンやベルト通しから、いろんな太さと長さの銀色のチェーンをぶら下げ、揺らめくブルーの髪には深紅の細かいエンジェル・ダストを振りかけて、それが店のまばゆい照明のなかで、不気味にキラキラ光っていた。

わたしはニーナの関心をひきたいと思ったことはなかったし、彼女のことを考えたことがあるとすれば、さいわいにもパティとは対照的な娘としてでしかなかった。しかし、いまや、ふたりの娘のあいだの距離は縮まり、パティも同じようなものの影響下にあるような気がした。ニーナにチェーンで盛装させ、髪にきらめく真っ赤な薄片を振りかけさせる——わたしにとっては、不気味かつ予測不可能な——力の影響下に。

「ニーナ」とわたしは言った。

彼女は振り向いて、警戒するようにわたしを見た。まるでジャングルの奥からふいにさまよい出た生きものを見るかのように。

「こんばんは」と彼女は言った。

わたしはどうしていいかわからずに、黙って彼女を見つめていた。いったい彼女から何を聞き出したいのか、パティの何がわかると期待しているのかと思いながら。

「ちょっとCDを買いにきただけなんだ」と、わたしはぎごちなくつづけた。そのCDを袋から出して、「キンセッタ・タブーだ」と言った。

予想外に現代的なCDを買ったことに驚くかと思ったのに、彼女は黙って軽蔑するような目で見ただけだった。ボブ・ディランや、フランク・シナトラや、区別もつかない遠い時代の、過去の遺物を見るときとまったく同じ目つきだった。

「パティが好きなんだ」とわたしは付け加えた。

ニーナはうなずいた。「ええ、知っているわ。そう言っていたから。最近いかれてるみたいね」

「いかれてる？」

「年中聴いてるってことよ」

「でも、きみはあまり好きじゃないようだね」とわたしは言った。「キンセッタ・タブーは」

ニーナは肩をすくめた。「グラミーに出たのよ。偽物だわ」

「わたしはまだあまり聴いたことがないんだけど」とわたしはつづけた。「いまも言ったように、パティが……」わたしは口をつぐんだ。恐ろしい不安の波に襲われた。自分の娘が押し流されて、ヒュパティアになり、ダイアナの共犯者になっていく姿が垣間見えた。「パティが」とわたしは口ごもった。「彼女は……」

ニーナはふいに気分が悪くなった人を——心臓発作を起こした老人を——見るような目でわたしを見た。それから、突然、わたしがなぜ口ごもっているのか悟ったようだった。

「彼女のことを心配しているのね」とニーナは言った。

わたしは依然として声を出せずに、黙ってうなずいた。

ニーナは繊細な笑みを浮かべた。「すてきね」と彼女は言った。「すてきなことだわ」驚くべきことに、彼女の目がキラリとうるんだ。「父親なのね」

一瞬のうちに、すべてが変わった。彼女という人間が逆転し、期待すべきものも変わって、人生が驚くべき大変動を遂げた。そのまばゆい、澄みきった閃光のなかで、ニーナは不気味に漂う存在ではなくなり、その不気味さのなかにしっかりと根を下ろしているように見えた。奇怪なドレスや光る薄片を振りかけた髪は、浮わついた性格のしるしではなく、個性そのものの証明であり、彼女の倫理観のコンパスの重みのある針は、しっかりと真北を指しているような気がした。

「パティはきみと話をするのかい？」とわたしは穏やかに訊いた。

ニーナはうなずいた。「以前はね……すこしだけど」

「でも、いまはしないのかい？」

「いまは彼女、だれともあまり話をしないわ」わたしの古びた、張り裂けかけた心臓がどこまで耐えられるかわからないので、さらに重荷を追加するのをためらっているようだった。「いつでも本ばかり読んでいるから」と彼女はつづけた。「貸してくれる人がいるらしくて……」

「伯母だ」とわたしは言った。

「ダイアナか」とニーナは繰り返して、にっこり笑った。「ディアナは狩りの女神だったわね？」ちょっとした神話の知識をもっていたことに満足そうな顔をした。

「そう、狩りの女神だ」とわたしは言った。どんな獲物をねらっているのか、わたしには相変わらず見当もつかなかったけれど。

　図書館には明かりがついていたが、その横の駐車スペースに車を入れたとき、ダイアナの車がないことに気づいた。時計を見ると、まだ六時だった。仕事が終わる時刻までにはまだかなりあるはずだった。いつかだったか、だれかに車で送ってもらったと言っていたことがあるのを思い出した。もしかすると、帰りも送ってもらうつもりかもしれない。

　車から出て、図書館の正面まで歩き、なかに入っていった。何人かの人があちこちにちらばっている。大部分は年配の人たちだが、コンピューター・セクションにはすこし若者の姿も見える。

「デイヴ？」

　振り向くと、アデル・コナーズだった。高校三年生のとき、しばらく付き合っていたことがある。とても頭がよくて、好奇心が強く、強烈に惹かれたものだった。けれども、わたしはその魅力を意識的に遠ざけた。もっと多くを望んだからではなかった。それ以上を望むのは、煮えたぎる、果てしない大洋に飛びこむようなもので、足掛かりもなく大波に押し流されることになりそうだった。だから、わたしはそれ以下を望んだのだ。

「デイヴ」わたしを見てあきらかに驚いたらしく、彼女は言った。「もうどのくらいになるかしら？」

「よくわからないな」とわたしは答えた。

「わたしが結婚して、町を出ていって以来ね」とアデルは言った。「去年戻ってきたばかりなのよ。あなたは図書館にはあまり来ないみたいだけど」

「ああ」とわたしは言った。「どちらかというと、映画のファンでね」ブラウスについている小さな名札が目にとまった。〈図書館長〉と書いてある。「それじゃ、ここで働いているんだね」

「未亡人はなにかしなければならないもの」古い写真を眺めている人みたいに、彼女は微妙な、せつない笑みを浮かべた。わたしはふと思わずにはいられなかった。わたしたちはどんなにしばしば別の可能性——夫が生きていたら、別の場所に住んでいたら、別の仕事をしていたら——というプリズムを通して、自分たちの人生を眺めることか。それ以上のことをすれば、自分たちが泳いでいる単純な浅瀬の深みを覗きこんだりすれば、わたしたちは裸の目で底知れぬ深淵を覗きこむことになるのだが。

「千年も前だったような気がするわ、デイヴ」とアデルはつづけて、満面に笑みをひろげた。

「で、その後どうだったの？」

わたしは肩をすくめた。「結婚して、こどもがひとりいる。娘だ」

「わたしは男の子がふたり、双子なの。ふたりともいまは大学生だけど」

「わたしは大学を卒業したあと、ここに戻ってきたんだ」いまや、肩にあまりにも重くのしかかっている家族のことを話したあと、ほんの付け足すように言った。「法律関係の仕事をやっている」

「少なくともそのくらいは知っているわ」とアデルは言った。「看板を見たから。弁護士さんなのね」彼女はふたたびにっこり笑った。女学生みたいに。「どんどん過ぎていくわね、人生って？」

わたしのささやかな人生の年月が、被告席に引き立てられる被告人みたいに目の前を通り過ぎていったが、時間の進行を押し止める術《すべ》があるわけもなく、それにはあえてふれなかった。わたしはあたりを見まわして、「ダイアナはどこにいるんだい？」と訊いた。「彼女に話があって寄ったんだ。もし忙しいようなら、仕事が終わるまで待つつもりだけど」

アデルは困惑した顔をした。「仕事が終わるまで？」

「ああ」とわたしは言った。「八時だったね、図書館が閉館するのは？」

アデルはゆっくりとうなずいた。「ええ、それが閉館時刻だけど……」と、彼女は言い淀んだ。妙に落ち着かない戸惑いの色が目に浮かんでいる。

「どうしたんだい？」とわたしが訊いた。

「ダイアナはここで働いてはいないのよ、デイヴ」とアデルは言った。「毎日来て、何時間もいるけど、ここで働いているわけじゃない。図書館に勤めているわけじゃない、という意味だけど」

飛行中にいきなり激しい揺れを感じたみたいに、心臓がぐっと恐怖に締めつけられるのを感じた。それまでずっと安定していた飛行機の動きが、一瞬でくずれ去ってしまったかのようだった。「しかし、ダイアナは、彼女は……」

アデルは一本の指を唇にあてると、あとについてくるように身振りで示して、わたしを図書館の裏手の狭苦しいオフィスへ案内した。

「小さい町だから」と、ドアを閉めてしまうと、彼女は説明した。「あまり人に聞かれたくなかったの」彼女は机の後ろにまわって、腰をおろした。わたしは部屋にもうひとつだけある椅子に坐った。

「それじゃ、ダイアナは本を読みにくるだけなのかい？」とわたしは訊いた。

「ええ」とアデルは答えた。「いろんなセクションをまわって、棚から本を選んでいるわ。八冊か九冊集めると、窓際の個人用閲覧席に持っていって、一日中そこにいるのよ」

それはダイアナのこどものときからの勉強の仕方だった。親父もまったく同じやり方をしていたが。机に本を積み上げるか、床に何冊もひろげておいて、あちこちのページをめくりながら、厖大な量の情報をため込んでいくのだった。

「そして、メモを取っているわ」とアデルはつづけた。「ノートにではなくて、バッグに小さな四角い紙片をたくさん入れてくるのよ。黄色い、ポストイットみたいな紙で、それにメモを取っているの」

「メモの中身を読んだことがあるかい？」

アデルはふいにそれ以上教えるのをためらっているようだった。他人の秘密を教えるのをしぶっている女みたいに。「ええ」と彼女は静かに言った。「ちょうどきょうの午後、いつもの机の下に何枚か落ちているのを見つけて、拾ったの。あした来たときに、渡してあげるつもりで」

「それを見せてもらえないか？」

彼女はわたしを値踏みするような目で、じっと見つめた。「そういうことはすべきではないのよ、デイヴ」

わたしは前に乗り出した。「アデル、お願いだ。わたしはダイアナが何をしているのか知る必要があるんだ」

「彼女になにか問題があるの？」

「いや、いまのところはまだない」とわたしは答えた。「でも、そのうち問題が起きるかもしれない」

アデルはそれでもメモを取り出そうとはしなかった。

「うちの家系のことを知っているだろう、アデル」とわたしは言った。「父のことを。父がどんなふうになったか」

「ダイアナの問題というのはそういう種類のことなの？」とアデルが訊いた。

「そうだ」

それ以上は異議をとなえずに、アデルは机の引き出しをあけて、小さな白い封筒を取り出した。「あなたに渡してしまうわけにはいかないわ」と彼女は言った。「ただ見るだけよ」

わたしは封筒をあけ、数枚の黄色い紙片を取り出して、メモを読んだ。ひどく細かい文字で書かれていて、目を凝らさなければ焦点が合わず、読むのは簡単ではなかった。

最初の紙片にはこう書いてあった。〈スカンディナビアの立石《メンヒル》では、音響的作用が記録されている〉

二枚目のメモは、最初のメモとはなんの関連もなさそうだった。〈音楽原性てんかん――脳波の発生――六ヘルツ〉

三枚目には〈墓石は九五ヘルツと一一二ヘルツで共鳴するが、これは人声の周波数の範囲内である〉とあった。

わたしはダイアナのメモを封筒に戻して、アデルに返した。「きょう、彼女がここに来ていたと言ったね？」

「ええ。開館と同時に来て、一時間くらい前までずっといたわ」

「ひとりだったかい？」

「しばらくはね」とアデルは言った。「それから、ほかの人がいっしょに坐っているのを見かけたわ。十代の少女で、いっしょに勉強しているようだった」

「十代の少女」とわたしは繰り返した。「金髪の？」

アデルはうなずいた。「ダイアナが恐ろしい悲劇を経験したということは、わたしも知っているわ」

「息子を亡くしたんだ」

しかし、わたしがいま考えているのはパティのことだけだった。彼女がいかに傷つきやすく、身を守る術を知らないかということだった。

「恐ろしいことね」とアデルは言った。「息子さんを亡くすなんて」

わたしはうなずいて、娘を亡くすことも、と胸のうちでつぶやいた。

まっすぐダイアナのアパートまで車を走らせたが、通りにも建物の裏の駐車場にも、彼女の車はなかった。アパートの窓にはきっちりカーテンが引かれ、下から明かりが洩れている様子はなかった。何度か時計を確かめながら、かなりのあいだ待ってみたが、ダイアナが現われる気配はなかったので、彼女に関係のある場所を、夜の「調査」のとき、行きそうな場所をまわってみることにした。

それは彼女の最近の過去をたどるようなものだった。最初にわたしが向かったのは、明け方彼女が歩いている姿が目撃されたという坂の道。それから町のメイン・ストリートへ出て、図書館の前を通り、わたしの事務所を通りすぎて、町の外へ出た。オールド・ファームハウス・ロードの家まで行くと、車から降りて、あたりを見て歩いた。晴れ上がった夜空に満月が浮かび、遠くにドルフィン池が明るく光っていた。池のほとりの耳の形をした大石が、地面から噴き出したように見える。プライスにならって、それが単なる大石ではなく、不気味に生きている大地の一部だと想像しようとしたが、実際のところ、わたしのごく限られた想像力では、どうすればそんな広大な生命体を想像できるのかわからなかった。ダイアナも同じならいいのだが、とわたしは思った。それでなくとも沸騰している彼女の頭に、いつ爆発するかわからないこんな要素が付け加わらないでくれたのならいいのだが……。

家にも池にもダイアナの気配はなかったので、そのあと、わたしたちがこども時代に住んでいた家に行ってみた。車を停めて、待っていると、あの最後の雨の日みたいに、いまにもドアがあいて、ダイアナが現われ、手招きするのではないかという気がした。だが、ドアがあくことはなかったし、たとえあいたとしても、そこから出てくるのはまったくの別人――別の問題をかかえた、別の家族のメンバー――だったにちがいない。

しばらくしてから、わたしは町に引き返したが、その前に、家の近くの大学のキャンパスをひとまわりした。こどものころダイアナと遊んだ中庭、彼女が空を指さして星の名前を教えてくれた古い時計台、いっしょにベンチに坐った――ジェイソンは数メートル先でほかのこどもたちをぼんやり見つめていた――小さな公園のそばをゆっくりと走り抜けた。

突然、頭のなかで〈マークはあの子を閉じこめようとした〉という声が聞こえた。現実のダイアナの声みたいにはっきりした声だった。

〈マーク〉

わたしは胸にチクリと不安を感じた。灌木の陰にしゃがみ込んで、マークが職場から出てくるのを待ちかまえているダイアナの姿が脳裏に浮かんだ。

わたしはアクセルを踏みこんで、古い大学のキャンパスの堂々たる連邦主義的な建築が、ハミルトン研究所の現代的なガラスと鋼鉄のファサードに変わるまで走った。

ほとんど空の駐車場は広々として、明るく照らし出されていたので、「マーク・リーガン博士」専用の駐車スペースを見つけるのは簡単だった。

マークの車はまだあったが、べつに驚くことではなかった。彼は毎晩のように帰りが遅かったのだから。そういう長い夜のあいだ、ダイアナはジェイソンと遊んだり話したりして、なんとかして絆を強めようとしていた。そうやって息子の世界に入りこみ、彼の内側に巣くう悪魔の声を追い払えないかと思っていたのだ。息子を生きながら食い尽くそうとする目に見えないピラニアを追い払うみたいに。

わたしはマークの車の前の空きスペースに車を停めて、外に出た。月明かりに照らされた人気のない駐車場を見渡し、それから薄暗い車の内部を覗きこんだ。

いったい何を探しているのだろう？

そう自問すると、われながら、ぎょっとする答えが浮かんだ。

わたしはダイアナの根拠のない疑惑の証拠がないかと思っていたのだ。車を覗いたとき、わたしは、ひょっとすると、後部座席に人殺しの凶器が投げ出してあるのではないかと思っていた。ばかげた考えに基づくばかげた行為なのはわかっていたが、いつの間にかそうしていた。たしかにマークが言ったとおりだと思うと、彼の警告の言葉が耳元によみがえった。〈彼女は人を誘いこむのがうまいんだ〉

たしかにそうだ、とわたしは思った、彼女は誘いこむのがうまい。わたし自身あやうく誘いこまれるところだった。だとすれば、もっとはるかに抵抗力のない人間を圧倒するのはどんなに容易なことだろう。そういう人間の信頼を勝ち取って、頭のなかに自分の声を住まわせること。非現実的な証拠を押しつけ、疑惑を植えつけて、新しい人格を形成させ、新しい名前を与えるのはどんなに容易なことだろう。

わたし自身の暗いつぶやきが耳に聞こえた。〈ヒュパティア〉

わたしはさっと後ろを向いて、自分の車に引き返した。いまや、映画に出てくる探偵というよりは、姉の謎めいた妖術の哀れな犠牲者になった気分だった。運転席に乗りこんで、ライトをつけた。二本のライトがまっすぐ前方を照らし、その明るい光線のなかにマークの車のフロントガラスが浮かび上がった。ワイパーに駐車違反の切符に似た、小さな黄色い紙片が挟んである。

エンジンをかけたまま車を降りて、いまや見馴れた黄色い紙片を取りにいった。紙片は折りたたまれてもいなかった。ダイアナは自分が書いたことを秘密にしておくつもりはなかったのだろう。

たしかにダイアナの筆跡だったが、書かれていたのはフランス語で、エミール・ゾラからの引用だった。正義を求める歴史に残る雄叫びのひとつで、時の政府を徹底的に糾弾する公開状の冒頭に、ゾラが記した有名な文句だった。親父が鬱積する怒りをくすぶらせ、敵のリストを振りまわして、部屋から部屋へと足音も荒く歩きまわりながら、何度も繰り返してわめきつづけた文句だった。

書かれていたのは〈わたしは告発する《ジャキューズ》〉というただ一行だった。

ピートリーは振り向いて、椅子の背に掛けてあった上着のポケットに手を入れると、小さいビニール袋に入ったものを取り出して、テーブルの上に置いた。黄色い紙片が封入されている。だれが提供したのか疑いの余地はなかった。スチュアート・グレースでしかありえない。

「物的証拠ですね」とおまえは言う。

ピートリーはビニール袋をおまえのほうへ滑らせた。「存在するただひとつの種類の証拠だ」

おまえは部屋のまんなかに立っている。黄色い紙片がそこらじゅうに貼られて、生きているように見える壁。「わたしたちが想像するものには現実性がないとすればですが」とおまえは言う。

ピートリーは物問いたげにおまえの顔を見た。

おまえは正方形の小さな黄色い紙片をじっと見つめる。一瞬、それが妙に魔術めいたものに見えた。「青い煙と鏡」と、おまえは静かにつづける。「二重底」指先でその紙片にふれて、その恐ろしい意味を自分のなかに沁みこませる。「ブリガムに行ったことがありますか？」

おまえが何を言おうとしているのかわからず、ピートリーはしぶしぶうなずいた。

「隅のほうで、彼らが膝を胸元に抱えて、黙って、体を揺すりながら、坐っている部屋へ」

ピートリーはますます警戒心を強めた。「ああ、それも見たことがある」

「なぜわたしたちはそんなふうにしないんでしょう？」

「わたしたちは正気だからさ」とピートリーは答えた。

おまえは首を横に振る。「違います。わたしたちは逃避しているんです。逃避することだけが、正気を保つことを可能にするただひとつの方法なんです」

ピートリーはいかめしい顔をしておまえを見つめた。「いま、ここに戻ろうじゃないか」と、きびしく指示する口調で、彼は言った。

おまえが何をしたのかはもちろん、おまえが何を考えたのか、ピートリーは依然として推し量れずにいるにちがいなかった。おまえの物語についていくのは、床に窓があり、天井にドアがあって、階段をのぼると平らな壁に行き当たる家のなかを歩きまわるようなものであり、指針になるのは自分自身の傾いた星、位置の決まっていない太陽、不規則な軌道をまわる月だけなのだ。

言葉が、おまえたちのあいだに、精霊みたいに紡ぎ出される。〈三つの死？〉〈それとも四つ？〉

おまえには答えられない。わかっているのは、理性がもはやこのゲームの中心的なプレイヤーではないことだけだ。その意味では、おまえは荒れ狂っているときの親父に似ている。頭のなかには敵のことしかない。おまえたちの血の錯乱をほんとうに担っているもののことしか。

おまえはいまダイアナの部屋にいる。ヴィクトル・ユゴー・ストリートの古い家の部屋。彼女が壁に張り巡らせた、太字で書いた言葉を、おまえは見つめる。〈わたしたちはみんな、壮観なほどの欠陥を抱えている〉。父親から教えられたとおり、彼女はきちんと出典を付け加えていた。〈ジャン＝ポール・サルトル〉

味気ない識見だが、決定的に正しい、とおまえは思う。

「では、つづけよう」とピートリーが穏やかにうながした。

おまえはピートリーの目をまともに見られずに、部屋のなかを見まわした。コーヒーポットはいまや冷めかけた台に置かれている。その上の壁に掛かっているカレンダーには、それを提供した地元の保険会社の飾り気のないレンガ製のファサードが描かれている。その横の鏡はちょっと一拭きしてやる必要がありそうだ。視線をさらに窓に移すと、空にはもはや輪を描く鷹の姿はなかった。夕闇が迫ってくる前に、鷹は獲物を見つけられたのだろうか、とおまえは思う。

それから、ようやく気力を取り戻して、ピートリーの顔を見る。いまや多少染みがつき、中身が減ったコーヒーポットみたいに、疲れているように見える。だが、彼は先に突き進むしかないだろう。

ピートリーはビニール袋に手を入れて、あの黄色い紙片を取り出した。そして、かすかに目を細めて、おまえの顔の前に掲げ、そこに書かれている文字が読めるようにした。

「これがどういう意味か知っているかね？」と彼は訊いた。

15

それから数分後、その小さな黄色い紙片をアビーに渡しながら、「『わたしは告発する』という意味だ」とわたしは言った。「マークに読ませるつもりだったんだろう。彼の車のフロントガラスのワイパーに挟んであった」

アビーは、血のついたナイフを見るかのように、その紙片をじっと見つめた。

「ダイアナが挟んだのは間違いない」とわたしはつづけた。「彼女の筆跡だし、図書館でメモを取るのに、彼女はそういう紙を使っている。ちなみに、彼女は図書館で働いてはいないんだ」

一瞬、アビーはなにも言わなかったが、目を見ると、激しく動揺しているのがわかった。何千もの導火線に同時に火がつけられたかのようだった。やがて、彼女が言った。「パティの部屋で同じ黄色い紙片を見たの。机にもあったし、本にも挟んであったわ。学校の宿題だと思っていたんだけど。レポートのために調べごとをしているのかと」

「あの子は部屋にいるのかね？」とわたしが訊いた。

「ええ」

わたしは後ろを向いて、階段に向かったが、アビーの声に呼び止められた。

「どうするつもり、デイヴ?」と彼女が訊いた。

「あの子がどんな『調べごと』をしているのかはっきりさせるんだ」とわたしは断固たる口調で言った。

数秒後、わたしはパティの部屋のドアをノックして、あくのを待った。

「ハーイ」とパティが静かに言った。

わたしは黄色い紙片を掲げて見せた。

彼女の目が妙に暗くなったが、まるでわたしが来るのを予想していたかのように、不思議なほど落ち着いていた。

「おまえはこれのことを知っていたのかね?」

彼女はそれには答えずに、黙って後ずさりした。ドアが大きくひらくと、部屋に入る前から、壁に貼ってある大きなポスターが目についた。町で見たのと同じキンセッタ・タブーのポスターで、よく見ると、彼女が横たわっているカーペットには点々と血の染みがついている。

「あれをどこで手に入れたんだ?」とわたしが訊いた。

「ダイアナからもらったのよ」とパティは言った。

わたしは部屋のなかに足を踏み入れた。ポスターのすぐ右に、デッサンのようなものが貼ってあった。ごく大雑把に描かれた線画で、なにかを表わしているようにも見えるが、何を描いたものかはわからなかった。

「ダイアナのテストなの」とパティが説明した。

「何のテストなんだい？」

「想像力の」とパティは答えた。そして、わたしの横に並ぶと、「何が見えるか言ってみて」と言った。

「なにも見えないね」とわたしは答えた。「ただ線がねじくれていて、ちょっと色がついているだけだ」

彼女は笑った。「あまり想像力がないんだ、父さんは」

「それじゃ、おまえには何が見えるんだ？」

「それがテストなの」とパティは言った。そして、まるでなにかの表彰状を見るかのように、抑えてはいるが、あきらかに誇らしげな目でそのデッサンを見た。「わたしには柵が見えたのよ」

「柵？」

「ダイアナはたいしたものだって言ってた」とパティは言った。「とても想像力が豊かだって。なぜなら、わたしがこれを人間的なものにしたから」

「人間的なもの？　どういう意味なんだ？」

「人間的な行為ってことよ」とパティは答えた。「わたしが見たのは人間の危うさで、わたしたちがいつも脅かされているということ、だから、まわりに防護柵を築いているっていうことなの。とくに自分たちの心のまわりに」

すべてダイアナからの受け売りにちがいなかったが、わたしはあえてなにも言わなかった。

「こういう絵なら、何を見ることだってできる」とわたしは言った。

「そう」とパティ。「人が何を見るかを決めるのは声なの。想像力というのはそういうものなのよ、父さん。声なの。ただ、ときには、それ以上のものでさえありうるんだけれど」

「それ以上のどんなものでありうるんだ?」

それに直接答える代わりに、彼女はこんなふうに聞き返した。

「ドストエフスキーが『カラマーゾフの兄弟』を書いたのは自分じゃないって言ったこと、知っている?」

「それなら、彼は自分の名前で発表すべきじゃなかったね」とわたしはそっけなく言った。

「彼はあの兄弟自身が書いたんだって言ったのよ」

「そうか。だが、彼らが書いたんじゃない」とわたしは冷やかに答えた。「なぜなら、彼らは登場人物だからだ、パティ。本のなかの登場人物なんだ。実在しなかったんだから、なにも書いたわけがない」

「でも、彼らは実際に存在したのよ」とパティは反論した。「彼らは声だった。そういう声を聞いた人はほかにもいた。多くの大作家が聞いているんだから」

パティが甲高い声を張り上げたのは、わたしと張り合うためというよりは、断固たる信念からのようだった。

「ストー夫人こと、ハリエット・ビーチャー・ストーもそうだったし」と彼女はつづけた。

「それから、詩人たちも。たとえば、ウィリアム・ブレークとか――」

「わたしは詩について論じたいわけじゃない」と彼女をさえぎって、じっと動かない目の前で黄色い紙片を振った。「このメモのことを話したいんだ」わたしは苦労して、なんとか冷静な声を保った。「マークの車のフロントガラスのところで見つけたんだ」その紙片を彼女に押しつけて、「読んでみるがいい、パティ」と言った。

彼女はそれを受け取ろうとせずに、「何て書いてあるのかは知ってる」と言った。

「知っている？」

「ええ」と彼女は言った。現在の天気の状態を認めるのとなにも変わらないと言いたげな、軽い調子だった。

「それじゃ、もしかすると、ダイアナがなぜこんなことをするのかも、説明してもらえるかもしれないな」とわたしは言った。

彼女はキッと顔を上げた。法律にどう書いてあるにせよ、自分のやったことは罪ではないと確信して、裁判官の前に立った人みたいに。「マークがあんなことをやって、うまく逃げおおせるのは許せない、と彼女は思っているからよ」

「どんなことをやって？」

パティの顔に絶対的な不信の表情が浮かんだ。「マークがやったことを知らないふりをしないでよ」と、こどもの世界観を訂正してやるかのような口調で、彼女は言った。「父さんも知っていることはわかっているんだから」

「何のことを言っているのかわからないね」とわたしは抗議した。

「マークのことを言ってるのよ」とパティは言った。「彼が悪人だってことを」

ふいに、わたしの手のなかの小さな黄色い紙片に、世界の全重量がかかっているような気がした。これまでわたしたちが誤った方向へ導かれた厖大な回数の重みがそこに集積して、とてつもない引力で下に引っ張られているかのようだった。

わたしは首を横に振った。「パティ、マークが……おまえの言い方を借りれば……『悪人』だという証拠は、ほんのこれっぽっちもないんだよ」

パティは彼女の確信の高みから見下《くだ》すようにわたしを見た。神が無知蒙昧《もうまい》の哀れな僕《しもべ》を見下ろすかのように。「証拠には一種類しかないわけじゃないのよ、父さん」彼女は机に歩み寄って、乱雑に積み重ねてあったなかから薄い本を引き抜くと、わたしに渡した。

「何なんだい、これは？」と、わたしは苛立って訊いた。

「ともかく読んでみて」とパティは答えた。

わたしはタイトルをちらりと見て、「もう読んだよ」と言った。「じつは、著者とも話をしたんだ」わたしはダグラス・プライスのパンフレットを机の上に投げ出した。「どうやら、おまえもそうらしいが」

彼女はパンフレットを拾い上げ、それまでどんな本に対しても見せたことのないほど恭《うやうや》しい手つきで、机の上の本のなかに戻した。それから、こちらを振り返ったが、わたしにもう少し常識がなければ、彼女の目は冷たい青い氷でできていると断言しただろう。「わたしたちをスパイしているのね」と彼女は言った。

「わたしはおまえたちが何をしているのか理解しようとしているんだ、パティ」とわたしは言った。「ダイアナが……おまえに何をしているのか」

「わたしに何をしているか？」とパティは鋭く聞き返した。

「そうさ」とわたしは答えた。「おまえをこんな……何と呼ぶべきかわからないものに引きこんで」

「彼女がまんまとわたしを引きこんだって言いたいわけ？」とパティが言った。「わたしが彼女の言うことならなんでも信じるから。サンタクロースを信じているこどもみたいに」

自分の娘がどんな危険にどっぷり浸かっているかを悟ったのは、まさにその瞬間だった。彼女が浸かっている有毒な水がひたひた水位を上げていた。

「パティ」とわたしは穏やかな口調で言った。「理解してほしいんだが、常識と非常識のあいだには違いがあるし、その違いはとても大きなものなんだよ」

パティは宇宙の彼方から見るような目でわたしを見た。「ダイアナはいろんなことにとても詳しいのよ、父さん」

パティがダイアナに対して純粋な賛嘆の気持ちを抱いているのはよくわかった。だからこそ、それだけ危険が大きい、とわたしには思えたのだが。

「パティ……」とわたしは切りだした。

彼女は母親譲りの手振りで片手を上げた。「ダイアナの悪口は聞きたくない」彼女は両手で耳を覆った。「もうなにも言わないで、父さん」

たとえ何を言ったとしても、それ以上一言も彼女の耳には入らなかっただろう。わたしの声は彼女の頭から追い出され、どうすればふたたび聞こえるようになるのか、その瞬間、わたしにはわからなかった。

にもかかわらず、わたしは試みた。

「パティ、よく聞くんだ」とわたしは言って、彼女の両手をつかんで、耳から引き剝がそうとした。「パティ、ダイアナは……」

彼女はさっと体を引き離し、窓際の棚のＣＤプレイヤーにつかつかと歩み寄って、ボリュームを上げた。

「パティ」とわたしは言った。「聞いてくれ……」

しかし、そのボリュームはあまりにも大きく、あらゆる音を覆い尽くしてしまった。聞こえるのはキンセッタ・タブーの冷たい脅すような声、その不気味な、悪意をこめたかすれ声だけだった。

父親　姉妹
いかさま師《ツイスター》
父親　娘
人殺し《スローター》

わたしがキッチンに戻ったとき、アビーはこわばった顔をしてキッチン・テーブルに坐っていた。

「何があったの？」と彼女は訊いた。

「パティは、マークについてダイアナが言っていることが正しいと信じこんでいる」と、わたしはうんざりした口調で言った。「彼が『悪人』だというんだ。あの子がそう言ったんだよ」

それはたいしたことではない、と言ってくれるのではないか、アビーが本来の気楽な自分を取り戻してくれるのではないか、と一瞬わたしは期待したが、そうはいかなかった。彼女は一口コーヒーを飲むと、こう訊いただけだった。「それで、パティの部屋の黄色い紙片は何だったの？」

「しおりさ」とわたしは答えた。「少なくとも、そうなふうに見えた。あの子はダイアナと同じものを調べているんだ」わたしは図書館でアデルから見せてもらった三枚のメモを思い出した。これまでのところ、それだけが唯一の証拠だった。「石に関することとか、音のことか」わたしは不安にかられて、長々と息を吸った。「ともかく、それが何であれ、パティはいっしょになって調べているんだ。図書館でダイアナと会っているらしい」

「どうしてわかったの？」

「ニュー・ブラドックで例のパンフレットの男と会ったあと、図書館へ行ったんだ。ダイアナと話をするつもりだったが、彼女はいなかった。どこにいるのかと訊くと、彼女は図書館で働いていないことがわかった。ただずっと図書館にこもっているだけなんだ」隠しておく必要はなかったので、わたしはつづけた。「パティもダイアナといっしょに、ドーヴァー峡谷に関するエッセイを書いた男に会いにいったようだ。あの男は彼女がダイアナの娘で、ヒュパティアという名前だと思っていた」

「ヒュパティア」と、アビーは陰気な声で繰り返して、首を横に振った。頭のなかに大切に取っておいた陽光の最後のいく粒かを振り捨てようとするかのように。「むかしからずっと心配していたのよ」と言って、しばらく彼女はなにも言わなかった。それから、顔を上げたが、そのとき、わたしは彼女がどんなに深い不安を抱いているかを悟った。「なんとかしなくちゃ、

「デイヴ」と、彼女はきびしく命令するような口調で言った。「手遅れにならないうちに」

わたしはパティの机の上に積んであった本の山を思い出した。宣誓する人みたいに、その本の山の上に手を置いている自分の姿が目に浮かんだ。「なんとかするよ、アビー」とわたしは言った。言った。「誓って」

その夜、眠れずにベッドに横たわっているとき、わたしは思った。もしかすると、どんな人生においても、逃げてきたはずのものからじつは逃げられていなかったことを悟る瞬間があるのかもしれない。それまで、わたしは親父の恐ろしい遺産を受け継がずに済んだと思っていた。ダイアナもそう思っていただろう。長年の精神錯乱は親父の死とともに終わり、地中に埋葬されたと信じていただろう。

〈マークはわたしたちのなかにそういう血が流れていると思っているのよ〉と、ダイアナが言う声が聞こえた。

たしかに、彼が思っていたとおりなのだ、といまやわたしは考えていた。この同じ病気がジェイソンに取り憑くのを見て、宿命の恐ろしさというものを彼がどう感じたのかは想像するしかなかったが、父親としての自分の声が息子の頭のなかのほかの声によって掻き消されていくのを、マークは見守るしかなかったのだろう。そして、いま、わたしの声はダイアナの声によって掻き消されてしまった。ほんの少し前にキンセッタ・タブーの狂気じみた歌声によって掻き消されたように、父親としてのわたしの声は、もはや姉の声の壁にあらがう弱々しい無力なつぶやきにすぎなかった。

黒い土の山のなかからキラキラ光る金塊を見つけた人みたいに、ピートリーは目を見ひらいた。

「それじゃ、あんたは怖れていたのかね?」と彼は訊いた。「ダイアナが怖かったのかね?」それが自分を駆り立てた暗い原動力だったのだろうか、といまおまえは考える。怖れ。おまえは策略が具体的になるのを感じ、それを実行するときの陰鬱な快感を思い出す。

「いや、怖がっていたわけではありません」とおまえは答える。

「怒りかね?」とピートリーが訊く。

残酷な真実がおまえの心の水面から顔を出す。鮫のひれみたいに恐ろしくはっきりと。「むかしからずっと怒っていたんだと思います」とおまえは言う。

「どうして?」

「自分がけっして期待に添えなかったからです」とおまえは答える。

「だれだってそうなんじゃないかね?」とピートリーが訊く。

訊問者の声がふいに妙に打ちひしがれた調子になっていることに、おまえは気づいた。ピートリーの目を見れば、彼自身わかってはいても心を痛めずにはいられない数々のいたらなさを抱えていることがわかる——彼もやはり、何度となく、さまざまなかたちで人を失望させてきたのだろう。帰りが遅くなって家族のテーブルの上で冷めてしまった夕食。見にいかれなかった学校の演劇会。応援にいけなかったソフトボールの試合。買うのを忘れたり思いつかなかったりした花束。度重なることで初めて残酷なものになる、ささいなことの長い陰鬱な行列。

「わたしたちはみんな、壮観なほどの欠陥を抱えている」とおまえは言った。

ピートリーは立ち上がった。どうやら、こういう会話をつづけたくはないらしい。

ピートリーが黙って部屋を横切るのを見守り、そのぐったりした猫背の体つきを見ていると、かつて親父が言ったことを思い出した。〈自尊心をもつことができるのは、完全に幻想に浸っているか、幻想などまったくもっていない人間だけだ〉。おまえの親父はなんと鋭い洞察力をもっていたことか。正気を保っていたときにはの話だが。

ピートリーはコーヒーメーカーに歩み寄り、ポットの中身を確かめた。それから、ゆっくりと後ろを向いて、テーブルに戻ると、ふたたびおまえの向かい側に坐った。

「よろしい」束の間失いかけた自信とバランスを取り戻そうと決意したのだろう。彼はそう言うと、青いペンを取り上げて、メモ帳のページの上にかまえた。「それから、どうしたのかね？」

不安、とおまえは考える。おまえは不安の川だった。

「わたしは心配していたんです」とおまえは答える。

「何を？」

おまえはほんとうのことを答えた。「怖れていたすべてがそのとおりだったのかもしれない。そして、ダイアナを止めなければならないのに、わたしには彼女を止められないだろうと」

ピートリーは冷やかにおまえを見つめた。「しかし、ほかのだれかには止められた？」

「そうです」

ピートリーのペンは動かなかった。彼はまず日付と名前を書き留めようとしているにちがいない。

おまえはその両方を教えた。

「十月十四日。ロバート・K・サントーリ」

16

翌朝、わたしは自分のファイルをざっと調べて、彼の名前を見つけた。ロバート・K・サントーリ医師。何年か前、わたしは彼の離婚を扱っていた。調停がうまくいったので、裁判所に出廷する必要はなかった。自分の妻がほかの男の腕のなかにいる現場を発見したにしては、サントーリの振る舞いはきわめて穏健だった。「なかなかいい男なんです」と、あるとき、彼は皮肉を言ったものだった。「まあ、妻はむかしから男の趣味はよかったんですがね」

事件ファイルは短かった。記憶をあらたにするためには、ほんの二、三分しかかからなかった。サントーリは十五年ちかくブリガムで働いたあと、チャンドラー・ビルに自分の診療所を開業していた。郡病院の敷地内と言ってもいい場所にある、低い、いかにも診療所がありそうな建物である。

離婚のあと、サントーリと実際に言葉を交わしたことはなかったが、ブリガムで働いていた時代のいくつかの話は、いまでもよく覚えている。ブリガムでの重症患者の治療は、ときにはある程度成功することもあった、というのが彼の言い方だった。しかし、大半の患者は手の施しようがなく、ただ「落ち着かせる」のが精一杯で、サントーリによれば、「蛾みたいに」わけもわからずにもがいているだけだったという。わたしは親父のことについては一度も訊かなかった。サントーリがブリガムで親父を治療したことがあったのか、親父をストラップで縛ったり、鎮静剤を打ったり、ダイアナが枕元で静かに暗誦して聞かせている病室をちらりと覗いたことがあったのか。

昼休みのあと、サントーリに電話して、受付係に自分の名前を告げ、電話してくれるように頼んだ。彼は一時間以内にきちんと電話してきたが、わたしはごく簡単に姉のことを説明して、「診察」の予約を取りたいとだけ言った。

「いまのところは『話し合い』ということにしておきましょう」とサントーリは言った。「いずれは請求書を出せる部分につながるとしても」

チャンドラー・ビルの彼の診察室はこぢんまりとした部屋で、お定まりの書棚があり、額入りの医師免許や表彰状が掛かっていた。かの有名な精神科医の長椅子は茶色い革製で、あとから付け足したかのように、わきのほうに置かれていた。サントーリは黒いもじゃもじゃの眉毛を生やした、色の浅黒い、恰幅のいい男で、心をこめてわたしの手をにぎると、大きな木製デスクの背後の自分の席に坐った。

「それで、今回はお姉さんのことでいらっしゃったということですね」

サントーリの机の前には、飾り気のない椅子が二脚置かれていた。公共施設の廃品を回収したような椅子で、親父がひどい発作を起こしてこの椅子にストラップで縛りつけられたことがあったのだろうか、と思わずにはいられなかった。

「ええ、姉のことです」とわたしは言って、近いほうの椅子に腰をおろした。

サントーリの髪は鋼鉄みたいな灰色だった。まんなかで分けて、ぴったり頭皮に押しつけているので、額から後頭部に向かって完璧な直線が引かれているように見えた。

「電話でのお話では、お姉さんは最近息子さんを亡くされたということでしたが」とサントーリは言った。

わたしはその死のことを考えた。実際にそんなふうに事が運んだのかどうかはわからないが、少年が丈高い雑草のなかをきらめく池に近づいていく。水辺に近づくにしたがって、声がしだいに高くなり、ますます執拗になっていく。

「そのとおりです」とわたしは答えた。

いま、ジェイソンは草むらを抜け出し、冷たい石の前に立っていた。おそらく彼にはなんの感情もなかったのだろうが、わたしの想像のなかでは、それでも、なにかを待っているような気がした。

「息子の名前はジェイソンでした」とわたしはつづけた。「数カ月前に溺死したんです」

時間がまばたきをして、ジェイソンはいまや水中にいた。動きはなく、すでに死んで、両脚をぴたりとそろえているが、両腕は左右にひろげ、鳥みたいな恰好で、体を前方に曲げると、だんだん下へ、池の底のほうへ沈んでいく。

「事故でした」とわたしは言った。ダイアナの号泣が聞こえた。耳を聾《ろう》するばかりの声なのに、しんと静まりかえっている。あたかも静けさが音を増幅しているか、永遠に聞こえないはずのものを聞こえるものにしているかのように。

サントーリは椅子にやや深く坐りなおした。「息子さんが亡くなってから、お姉さんの行動に変化があったというわけですね？」

「生活全体が変わってしまったんです」

「どんなふうに？」

「夫を家から追い出して」とわたしは言った。「そのあとまもなく離婚しました」

「それはめずらしいことではありません」とサントーリは言った。「結婚生活がこどもの死という嵐を凌《ウェザー》げないことはよくあることですから」

〈嵐を凌《ウェザー》ぐ〉

なぜかはわからないが、その言い方が引っかかった。ダイアナが隣の椅子に坐っていたら、やはりそれに気づいたにちがいない。彼女がそこに坐って、じっと耳を傾けている姿が見えるような気がした。彼女なら〈嵐を凌《ウェザー》ぐ〉という言い方を耳に留めただろう。人生のなかでわたしたちを激しく揺さぶるもの、わたしたちを引きずり下ろしたりとんでもなく危険な高みに押し上げたりする大事件を、〈嵐を凌《ウェザー》ぐ〉という気象にまつわる言葉で表現したことに気づいただろう。それとも、これは風雨にさらされ《ウェザー》、石が風化していくという、地質学的なものを暗示しているのだ、とダイアナなら考えたかもしれない。

「ダイアナは離婚でひどく動揺しているようでしたか？」とサントーリが訊いた。

「いいえ」とわたしは答えた。

実際、とわたしは考えた、彼女はまるでキャンディの包み紙を捨てるように、結婚生活を放棄して、捨ててしまうとすぐに忘れてしまったように見えた。

「ダイアナは捨てられたわけではありませんから」とわたしは付け加えた。

「なぜわたしが訊いたか、はっきりさせておきましょう」とサントーリは言った。「ときには、適当な言葉がないから言うのですが、狂っているように見える行動にも、完璧に合理的な根拠があります。見かけは狂っているように見えても、その理由はそうだとはかぎらないということです。人は注意をひくために、火をつけたりすることもあるし」彼は笑みを浮かべた。「ロック・スターや政治家を殺したりすることもあるんです」

「ダイアナはむかしから特別に目をかけられていたんです」とわたしは言った。「とくにこどものときには。父親から」

「なぜそんなに目をかけられていたんですか？」

「頭がよかったからです」とわたしは答えた。「読書家で、記憶力がよくて、厖大な文章を暗誦できました。その方面では、非常に才能があったんです」

「それは彼女のためになりましたか、その才能は？」

われながら驚いたことに、わたしは「いいえ」と答えた。

その瞬間、ダイアナの強力な頭脳こそが彼女を遊び場の片隅に押しやり、図書館にこもらせた原因だという気がしたからだ。それはほとんど古典的な悲劇であり、それは同時に呪いでもある才能だ、とわたしは思った。

アビーの声がわたしの脳裏によみがえった。〈彼女はお父さんからそれを受け継いだのよ〉

「父親から受け継いだんです」とわたしは言った。「父もそういう才能に恵まれていましたから」

わたしは親父をブリガムから家へ連れ戻した日のことを、ダイアナが病院からわたしの車まで連れていくとき、親父がどんなふうに彼女にしがみついていたかを思い出した。彼女は親父に連れ添いながら、ずっと文章を暗誦していた。
流れ星を捕まえにいけ
こどもといっしょにマンドラゴラの根をさがせ
教えてくれ、過ぎ去った歳月がどこに行ったのか
悪魔のひづめを割ったのはだれなのか
わたしはふたりのあとから歩きながら、彼女がつぶやく言葉を一言残らず記憶に刻みこもうとした。言葉は二本の並行した流れになり、滑らかな調子に乗って、歩道に流れ落ちた。ダイアナはそっとつぶやきながら、親父を車の後部座席に乗せ、自分もあとから乗りこんだ。そして、家に戻るまでずっと、暗誦をつづけた。ただ、もはや詩の全体ではなく、いろんな詩人のさまざまな詩句をつなぎ合わせ、ときにはわずかに韻律を変え、それでもつなぎ目がわからないように、異なる詩句を完璧に意味の通る織物に紡ぎ合わせていた。

それならば、あなたはあらゆる名士よりも
勇気あることをしたことになる
そこから出てくるさらに勇気あることは
それを隠しておくことである

わたしにとっては、それはとてつもない離れ業に思えたが、彼女はいともたやすく、わたしが『ハンプティ・デンプティ』を暗誦するときくらいの注意しか払わずにやっていた。

「デイヴ？」

わたしはわれに返った。その慎ましい部屋に戻ると、サントーリが自分の机の向こうに坐っていた。「はい？」

「わたしの質問が聞こえましたか？」

「どうやら聞いていなかったようです」とわたしは言った。

「ダイアナに問題があるかもしれないと思うようになったきっかけは何だったのか、と訊いたんですが」

「どうしてかはともかく、むかしからずっとそう思っていたんだと思います」

「なぜです？」

「うちの家系には前歴があるからです」とわたしは説明した。「父が妄想症《パラノイド》だったんです」

「入院したことがあるんですか？」

「二度あります」とわたしは言った。

わたしは最初に入院したときのことを思い出した。それは親父が怒りの発作にとらわれて、わたしに向かって〈おまえか〉と叫び、それから二階に上がって風呂に湯を張りはじめた日の翌日だった。どこからともなく、あの「白衣の男たち」がやってきたのだった。

「最初はわたしが五つのときで」とわたしはサントーリに言った。「ダイアナは九歳でした」

「どのくらい入院していたんですか？」

「ひと月くらいだったと思います。ダイアナとわたしは里親に預けられました。すてきな年配の夫婦で、農場をやっている人たちでした」

「それから、ふたりとも父親のもとに戻されたんですね？」

「そうです」

「家族のなかで、ほかに精神病になった人は？」

「わたしが知っているかぎり、ありません」

「あなたの母方ではどうですか？」

「母はわたしたちを捨てたんです」とわたしは言った。「わたしは母を知らないし、どんな人だったのかもわかりません」

サントーリはうなずいた。「お父さんが二度目に入院したのはいつですか？」

「ダイアナとわたしが大学のときでした」とわたしは言った。「わたしは一年生で、ダイアナはイェール大学の四年生でした。彼女は全額給付の奨学生でしたが、父の世話をするためにそれをあきらめました。そして、死ぬまで介護したんです」

「で、そのあとは？」

「しばらくひとりで暮らして、それから結婚しました。その数カ月後に、ジェイソンが生まれたんです」わたしは肩をすくめた。「そんなところですね、彼女の経歴というのは」

サントーリはうなずいた。「わかりました。では、その先に進みましょう」と彼は軽い口調で言った。「最近はどんなことが起こっていたんですか？　ダイアナのことですが？」

わたしはアビーがレオノーラ・ゴールトから聞いたことを話した。ダイアナが明け方に歩きまわったり、人を自分のアパートに入れたがらないといったことを。

「それじゃ、あなたは彼女のアパートに行ったことはないんですか？」と彼が訊いた。

「ええ、ありません」とわたしは答えた。

彼はメモ帳とペンを取り上げて、椅子の背に寄りかかると、持ち上げた膝の上にメモ帳を置いた。「そのほか、あなたはダイアナについてどんなことが問題だと思っているんですか？」

わたしはEメールやファックスのこと、ダイアナがなにかしら研究をしているみたいだということを説明した。

「それはいままでになかった行動ですか？」とサントーリは訊いた。「なにかを研究したりすることは？」

「いや、ありました」とわたしは答えた。「彼女はむかしからとても好奇心が強かったんです」

わたしは彼女が夢中になったあらゆるものを思い出した。こどものとき集めていたさまざまなもの、親父と出かけた小旅行で集めた貝殻やいろんな記念品、ニューヨークの小さな丸石やゲティスバークの土。そういう旅の記念品を取り出して、いつも額にちょっぴりしわを寄せ、じっと見つめたり、耳に押し当てたりするのを、よく見かけたものだった。

サントーリはちょっとメモを取ってから、ふたたび顔を上げ、「どうぞつづけてください」と言って、温かい笑みを浮かべた。「問題は細部に宿っているものですから」

わたしはドーヴァー峡谷へ行ったときのことや、ダイアナがプライスの小冊子の一部を暗誦したことを話した。どんなことが書かれていたかと訊かれたので、内容を説明すると、彼は静かに耳を傾けた。そして、説明が終わると、低い声で笑った。「まあ、たしかに驚くべき芸術作品というわけじゃありませんね？」

「ええ」とわたしは言った。

「なぜその一節が彼女の興味をそそったんだと思いますか？」とサントーリが訊いた。

「わかりません」とわたし。「しかし、それを書いた男にずいぶん興味をもったようです。著者がまだ生きていることを知ると、わざわざ家まで行ったんですから」

サントーリはまたメモをしてから、言った。「その訪問については、どんなことをご存じですか？」

わたしはレイ・ペンダーガストのこと、彼が声を聞いたという話や、弟が井戸に落ちたこと、彼が殺人の疑いを抱いたことなどを説明した。

「ダイアナが何を考えているのかは知りませんが」とわたしはつづけた。「彼女が毎日何時間も図書館に入り浸っていることはわかっています」

「そこで何を読んでいるのか、あなたに話したことはないんですか？」

「ええ。しかし、彼女が書いたメモをいくつか見ました。大部分は、石に関するものでしたが」

「彼女がなにか隠していると思いますか？」

「ええ、そう思います」

ちょっと間があって、それから、「デイヴ、ジェイソンが死ぬ前、あなたとダイアナとの関係はどうだったんですか？　親密でしたか？」

「死んだあとは？」

「ええ」

「いまは、以前ほど親密ではないような気がします」

「そのことについて、あなたはどう感じていますか？」

なんだか『白い恐怖』のなかの質問みたいだった。いまにもグレゴリー・ペックがイングリッド・バーグマンにそう訊く声が聞こえてきそうだった。ともかく、わたしは質問に答えた。

「寂しいと思っています」とわたしは認めた。

サントーリは椅子のなかで身を乗り出して、わたしの顔をじっと見つめた。「彼女はだれかほかの人と親密になりましたか？　ジェイソンが死んだあと、という意味ですが」

「ええ、わたしの娘と」

「なるほど。どんなふうに？」

「パティはダイアナが考えているいろんなことを信じこんでいるようです」

「しかし、ダイアナが何を考えているのか、あなたは知らない」とサントーリが指摘した。

「自分の夫が『悪人』だと思っていることは知っています」とわたしは言った。そして、これが姉に対する証拠物件Aだというかのように、わたしはマークの車のフロントガラスに挟んであった黄色い紙片を取り出して、サントーリに渡した。

「ダイアナはこれを夫の車に貼りつけたんです」とわたしは言った。

「元夫ですね」とサントーリは訂正した。彼はメモに目を通して、わたしに返した。「何を告発しているんだと思いますか？」

わたしの口からこぼれた言葉には血がしたたるような感触があった。「殺人です」

彼は一瞬わたしをじっと見据えたが、つづけてひとつの質問をして、わたしを驚かした。

「あなたもそれを信じているんですか？」

「いいえ」とわたしは即座に答えた。「信じていれば、わたしも協力して、証拠を捜していたでしょう」

サントーリはちょっとためらってから、つづけた。「ほかには、どんな対応策を検討しましたか？」

わたしは肩をすくめた。「どんな対策があるというんです？」

「ダイアナは自分を傷つけたことはないんですね？　さらに言えば、他人を傷つけたことも」

「ええ、ありません」

「わたしに話をしてくれるでしょうか？」

「たぶんだめでしょうね」

「精神鑑定を受ける気になるでしょうか？」

「そうは思えませんね」

「ということは、もちろん、自発的に治療を受けることはありえない、ということになりますね」とサントーリは言った。「べつにめずらしいことではありませんが。精神の病気のひとつは、病気に気づかないということですから」

「それで、どんなことができるんですか？」

「たいしたことはできないでしょう、残念ながら」とサントーリは言った。「彼女はなにもしていないんですから。夫が殺人者だと思っているのはあきらかです。それはたしかにそうでしょう。しかし、あの小さなメモを除けば、なにもやったわけではないんですから」

「それじゃ、なにかやるのを待つしかないんですか？」

「ええ、そういうことになりますね」とサントーリは答えて、わたしが依然として手に持っていた黄色い紙片を顎で示した。「標的がマークなのはあきらかです」わたしの顔をまともに見て、「つまり、ほかにはだれもねらわれていないということになります。そうですね？」

「ええ、ほかにはだれも」とわたしは言ったが、それから思った。〈パティは別だが〉

「それじゃ、あんたの関心の的はもはやダイアナではなかったんだね？」とピートリーが訊いた。

「ええ」とわたしは認めた。

「マークでもなかった？」

「彼は手段でしかなかったんです」とおまえは答える。いったいいつからその企みが形をなすようになったのかはわからなかったが。一瞬、シェイクスピアの劇中のリチャードやイアーゴーのような悪人になった自分の姿が目に浮かんだ。ヴィクトル・ユゴー・ストリートの家を出てから、そんな人物のことは考えたこともなかったのに。半生のあいだ習い覚えてきたものを、おまえはどれだけ記憶の底に埋葬しているのだろう。

ピートリーは長々と息を吸った。最後にかすかにゼイゼイいう音が聞こえると、おまえは彼もやがては死ぬ存在なのだと思った。近づいてくるもうひとつの死。まだずっと先かもしれないが、近づいてくるのは事実だった。

おまえはコクトーの言葉を思い出す。ほんとうに問題なのは死ではなく、わたしが……わた

しが……わたしが死んでいくということだ、と彼は言った。

　わたしが。わたしが。わたしが。

　三つの死。

　おまえの心の小爆発。なんとも奇妙なことではないか。

　ピートリーがペンでメモ帳をたたいた。そうやって、おまえをこの部屋に、自分の訊問に引き戻そうとしているのだろうか。おまえは漂い流れだし、自分の想像世界に流れこもうとしているのだろうか……親父みたいに？

「コーヒー」とおまえは口走った。あまりにも突然、激しい口調で言ったので、ピートリーはあきらかに驚いたようだった。

「コーヒーが欲しいのかね？」と彼は訊いた。

「ええ」とおまえは答える。ほんとうに欲しかったのは、現実に根を下ろしているもの。なにかの味とか、手のなかの温かいカップの感触とか、そういうものでしかなかったのだが。「お願いします」

　ピートリーは立ち上がって、ポットに歩み寄り、残っているコーヒーを発泡スチロールのカップに注いだ。

「ありがとうございます」それを手渡されると、おまえは礼儀正しく言った。

　彼は腰をおろして、ペンをとりあげた。「ええと、どこまで行ったのかな？」メモ帳を見て、「ああ、そうか」と彼は言った。「マークのことだったね」

　マークの顔が目に浮かんだが、それは彼の顔ではなかった。それはダイアナが彼のことを考えるとき、目に浮かべる顔、恐ろしい仮面でしかなかった。

「サントーリは彼を標的と呼んだんだね？」とピートリーが訊いた。

「実際そうでした」

「マークはなんの罪もない人間だったのに」

「そんな人はどこにもいません」とわたしはにこりともせずに言った。

「濡れ衣を着せられていたんだ」

おまえはカップからコーヒーを一口飲んだ。口のなかの生ぬるい液体を感じて、ほんとうに罪のない血はどんな味がするのだろうと思った。

17

わたしを見て、マークはあきらかに驚いたようだった。彼がハミルトン研究所のロビーに入ってきたとき、わたしの深刻な顔を見て、なにかが変わり、いまや黒々とした雲が次々と湧きだしていることを悟ったにちがいない。

「どうしたいんだい、デイヴ？」

「ここではまずいんだ」とわたしは言った。

彼は受付係を振り返った。「スティーヴンス博士に、会議にちょっと遅れると伝えてくれたまえ」

そう断ると、わたしといっしょに建物を出て、駐車場のへりをまわり、オークの大木の下に木製のベンチがいくつか置いてある場所へ歩いていった。

わたしは前の晩に彼の車のフロントガラスに挟んであった紙片を取り出して、彼に渡した。

「ダイアナがあんたに置いていったんだ」

彼は紙片を受け取って、書かれている文字を読むと、顔を上げて、問いかけるようにわたしを見た。

『わたしは告発する』という意味だ」とわたしは説明した。「しかし、いったい何を？」

「そうだろうとは思ったが」とマークは言った。「いったいだれを殺したというのかね？」

「殺人をだと思う」とわたしはずばりと言った。

彼は乾いた笑い声をあげた。「で、わたしがいったいだれを殺したというのかね？」

「ジェイソンだ」

「やれやれ」彼はうんざりしたように首を振った。思いもかけぬ非難を受けたというよりは、いきなり場違いなことを言われて困惑しているという顔だった。「まったくかなわないな、こんなときに。ダイアナの頭がいかれるなんて」

〈頭がいかれる〉。言葉の散弾を体に撃ちこまれたような気がしたが、無差別に散弾銃を撃ちまくっているようなダイアナの状態は、たしかにそう言えなくもなかった。

「いったいどこで……この告発のメモを見つけたんだい？」とマークが訊いた。

「あんたの車のフロントガラスのワイパーに挟んであった」とわたしは答えた。

「車はどこにあったのかね？」

「ここさ」とわたしは言った。「あんたの駐車スペースだ」

「それじゃ、彼女はセンターへ来たのか？」とマークは訊いた。「本人がみずからわたしの職場に来たのかね？」

妙に法律的な響きのある訊き方だったが、だからといって、わたしは答えを変えるわけにはいかなかった。

「ああ、そうだ」とわたしは言った。

彼のなかで苦々しい疑問が湧き起こるのがわかった。「彼女はそんなことまでやっているのかい、デイヴ？　殺人だって？」彼はその黄色い紙片を振りまわした。「わたしを殺人の罪で訴えるつもりなのか？」

それに答える代わりに、わたしは身を乗り出して、こちらから質問をした。「彼女がこんなことを言いだしたのはなぜか、なにか思い当たるフシはないのかい？」

「まったくないね」とマークは言った。「ジェイソンに起こったことについて、彼女は自分を責めているんだとばかり思っていた。それだってばかげているが、でも、これほどばかばかしくはない。まさかここまで狂っているとは思ってもいなかったよ」彼はキッとわたしの顔を見た。「たしかに、そういう血が流れているのさ、狂気の血が」形而上的な混乱に襲われ、全世界が巨大な謎と化したと言わんばかりに、首を横に振った。「血のなかに大量の不純物が流れているんだ、彼女の父親みたいに」

マークの思いえがく恐ろしい親父の姿が目に浮かんだ。髪の毛が逆立ち、凶暴な、焦点の定まらない目をして、狂ったように本の山を掻きまわし、けっしてだれにも教えない問題への答えを探している。

「ジェイソンにも」とマークはつづけた。「それがジェイソンにも受け継がれていたんだ」

「あんたは彼女と結婚しなければならないわけじゃなかった」とわたしは言った。

「わかってる」とマークは言った。「しかし、彼女はあまりにも優秀だったんだよ、デイヴ。あんたも知っているだろう。キャンパスでも評判だった」彼は肩をすくめた。「それに、ちょうどいい時期だと思ったんだ」

「ちょうどいい時期？　何をするのに？」

「結婚さ。家庭をもつことだよ」

「それに『ちょうどいい』時期があるのかい？」

「わかるだろう、身を固めるってことさ」彼はダイアナが置いていった紙片に目をやった。「彼女がここに来たなんて信じられないな。わたしの職場へ。だれがこれを見たかわからないんだぞ、デイヴ」彼はふたたび黄色い紙片を振った。「告発するなんて。なんの根拠もないのに」

「根拠がまったくないわけでもないよ」と、わたしは警告する口調で言った。「少なくとも、ダイアナの頭のなかでは」

マークの目が冷たい光を放った。「何のことを言ってるんだい？」

「バッジだ」とわたしは言った。

「何のバッジ？」

「あんたの親父さんのバッジだよ」とわたしは答えた。「ジェイソンになにかをやらせるためにあんたはそれを使っていた、と彼女は言っている」

「そのとおりだ」とマークが言った。「坐れとか、体を前後に揺するのをやめろとか、そういうなんでもないことだが。それがどうしたというんだい？」

「彼女が池のそばで見つけたんだ」

「だから、何なんだ？」

わたしが答えるよりに先に、彼は答えを察知したようだった。「冗談じゃない、デイヴ。わたしがあれを使って、ジェイソンを池におびき寄せた、と彼女は考えているのかい？」

「そう、そうだと思う」

「ちくしょう」と彼はつぶやいた。「なんてこった」

「バッジがどうしてあそこにあったのかわかれば、役に立つかもしれないが」

マークはいきなり後ずさりして、いまやまるでわたしが告発者になったかのように、わたしの顔をにらんだ。「わたしを訊問するなんて信じられないな、デイヴ」と彼は言った。

「いいかい、マーク」とわたしは説明した。「何がダイアナの頭に血をのぼらせたのか、どうして彼女が疑いを抱くようになったのかをわたしは知ろうとしているだけなんだ」

「どうして彼女が疑いを抱くようになったか？」そんな質問は滑稽だと思っているようだった。なぜなら、その答えは明白なのだから。「彼女は疑り深い人間だからさ、デイヴ。べつになにもなくたって、あんたの言い方を借りれば、頭に血がのぼるのさ」彼は乾いた笑い声を洩らした。「ふん、彼女はあんただって疑りかねないんだぞ」

「わたしを？　わたしの何を疑うんだい？」

「たとえば、殺人さ」

「何だって？　だれの？」

「あんたの親父さんのだよ」とマークが用心しながら言った。「あんたはそこにいたんだろう？　亡くなった日に？」

「ああ。だが、わたしは殺していない」

「しかし、あんたは家にいたんだろう？　そうじゃないか？」

わたしは散歩から戻ってきたときのことを思い出した。親父の最後の言葉がまだ耳のなかで鳴り響いていた。「いや、いなかった」とわたしは答えた。「わたしは散歩に出ていたんだ。わたしが戻ったとき、親父は死んでいた。死んだときは、ダイアナがいっしょにいたんだ」

「しかし、あんたはダイアナが彼を殺したと非難したりはしないだろう？」とマークが訊いた。

「それこそまさにわたしが言いたかったことなんだよ、デイヴ。わたしがジェイソンを殺したと彼女が疑うのなら、ダイアナが父親を殺したとあんたが疑ってもおかしくないはずだ」彼は自分の論法にきわめて満足そうな顔をした。「だから、ダイアナの疑惑が荒唐無稽であることは、きわめて明白だ。あんたの仕事の世界では、『事実無根』ということになるだろう」その言葉がわたしに沁みこむのを待ってから、彼は訊いた。「彼女はまだあの前史時代の殺人のことを調べているのかね？」

「わたしの知っているかぎりはね」とわたしは言った。

「どこからあんなものをほじくり出してくるんだろう？」

「図書館さ、少なくとも一部はね。それとインターネットだろう」

「インターネットか、なるほどね」とマークは嘲笑した。「万国共通の精神病院だからな。どんなもので見つけられる。彼女はいつもインターネットをやっていたよ。わたしが仕事をしているあいだも、ときには、ジェイソンが寝たあと夜遅くまで。インターネットか、さもなければ、あの親父さんの古いタイプライターだった。何時間も何時間も。カタカタ、カタカタやっていた」

その言葉の繰り返しが不思議な、魔術的な呼び出しの合図ででもあるかのように、わたしはまたもや親父がそのタイプライターで、長年酷使されてキーが割れ、文字は欠けているそのタイプライターでカタカタやっている姿を思い出した。その同じタイプライターの上にかがみ込んでいるダイアナのイメージが、恐怖の冷たい刃のようにわたしに突き刺さった。

マークはわたしが渡した小さな黄色い紙片をポケットに入れた。「証拠だ」と彼は説明した。「もしも必要になった場合だが」

「何の証拠なんだい？」とわたしが訊いた。

「嫌がらせのさ」とマークは事もなげに言った。「それこそ嫌がらせだからね、ダイアナがわたしにやっていることは。わたしは告訴することもできるはずだ。そうする権利があるはずだ。あんたのほうがよく知っているだろうけど、デイヴ」

「そこまでは行ってほしくないな、マーク」とわたしは言った。

「わたしもそういうことはしたくない」とマークは言って、妙に緊張したまま不自然に息を吸った。「しかし、わたしがどんなプレッシャーにさらされているか、理解してもらう必要がある。今回のプロジェクトでは、もう四年間も作業を進めてきて、いまほんとうに大きなものに近づいているんだ」彼はほとんど爆発しそうだった。「こんなくだらないことに付き合っている暇はないんだよ、デイヴ！」彼はまるで熱波みたいに怒りと欲求不満の波を放出した。そして、それが終わると、心を落ち着かせるように長々と息を吸いこんで、おもむろに時計を見た。「会議があるんだ。悪いけど、これ以上こんなことをしている時間はない」

「わかるよ」とわたしは言った。

わたしたちはセンターの玄関まで歩いて引き返した。マークの車は指定されたスペースに停まっていた。通りすがりに、彼はちらりと車を見た。「どうも、またメモが貼りつけてあるような気がするんだ」と彼は言った。いまや苛立った、落ち着きのない声だった。使命を帯びた男。わたしの姉に邪魔をされて、計画を狂わせられてはたまらない。彼はただそう思っているだけだった。「仕事に集中できないんだよ、デイヴ、ダイアナのこのばかげた事件のせいで」

「わたしもだよ」とわたしは言った。「仕事がひどく遅れている」

彼はそれにはなんとも答えなかったが、わたしの仕事などこの世界の大勢には影響がないと思っているにちがいない。わたしは名作を書くこともないだろうし、科学的な神秘を解き明かそうとしているわけでもない。わたしが死んでも、人類はわたしが生まれる前と変わらないだろう。人類が蓄積してきたものにわたしが付け加えたのは、ほんのわずかなつまらない法律上の書類だけなのだから。

「それじゃ」と、センターの正面玄関にある短いコンクリート製の階段のそばまで来ると、マークが言った。「またなにかあったら、連絡してくれ」

「わかった」とわたしは言った。

わたしたちは握手を交わした。彼の手はじっとりと湿っぽかった。わたしといっしょにいたあいだ、体内の小さなサーモスタットが働いて、無数の分子の火を掻きおこしていたかのように。

「よし、それじゃ、また」と彼はほとんど突《つ》っ慳貪《けんどん》に言った。

それから階段をのぼっていったが、途中で立ち止まって、わたしを振り返った。「ダイアナがやっているばかげたことなど気にしていないと言えればよかったんだが」と彼は言った。

いかないぞ」

「じつは、すこしもそうじゃないんだ、デイヴ。こういうことをこれ以上放っておくわけには

彼が脅しているのはあきらかで、ダイアナがその標的だった。

「なんとかするつもりだよ、マーク」とわたしは請け合った。

彼は安心したようには見えなかった。「なにかしら手を打たざるをえないときがくるかもしれない」と彼は言った。「わかっているだろう？」

「ああ、もちろんだ」

彼は後ろを向いて、勢いよく階段をのぼっていった。階段の上で立ち止まって、もう一度振り返り、手を振って、ダイアナについてわたしたちが同じ見方をしていることを確かめようとするかと思っていたが、彼はそのまま自分の偉大な仕事へ戻っていった。なにごとも二度と彼を振り向かせることはできないだろう、とわたしは悟った。

車で町へ戻るあいだに、マークのことは頭からすっかり消えていた。その代わり、わたしが思い出していたのは過去のこと、ヴィクトル・ユゴー・ストリートの古い家に住んでいた、バラバラになった一家のことだった。

しかし、自分の青春を揺り動かした大変動や混乱を思い出していたわけではなかった。そうではなくて、わたしの脳裏によみがえったのは、めったになかった平和な幕間のような時間、ほんの数分しかつづかなかった貴重な時間、あとから思い出すと、奇妙なくらい強烈な時間だった。

親父はほとんど一日中怒り狂い、絶えず増えつづける敵のリストにどんどん名前を追加していたが、ダイアナがいつもの時間に学校から帰ってきて、暗誦をはじめると、夕方には落ち着いて、ほとんど穏やかと言えるくらいになった。

静かな夕食が終わると、親父はテーブルから立って、驚くほどやさしい身振りで、わたしたちを書斎に連れていった。そこで、わたしたちがびっくりしたのは、親父がスクリーンを設置して、スライド・プロジェクターを取り出したことだった。

「おまえたちにおれを見せておきたい」と親父は静かに言った。ほとんどささやくような声だった。そして、うなずいて古いソファを示したので、わたしたちはそこに坐った。

親父はそれ以上なにも言わずに、スライドを映写しはじめた。

カチリ。少年時代の写真。せいぜい四つか五つくらいの親父。海岸で遊び戯れているところで、髪が濡れて光っていた。

カチリ。寄宿学校の生徒になった親父。おそらく七つか八つだろう。ツタの絡んだレンガ建ての建物の、数メートル手前に立っている。

カチリ。十代の後半か二十代の初め、大学生になっていた。背が高くて、ハンサムで、両腕に本を抱えている。

カチリ。二十代のなかば。黒いプリーツ入りのスラックスに、淡いブルーの半袖シャツという恰好で、隣に金髪の娘がいる。

カチリ。ピカピカの新車のセダンの横で、抱き合っている父と母。ドアに〈新婚ほやほや〉という横断幕がぶらさがっている。

カチリ。ヴィクトル・ユゴー・ストリートの家の前庭でポーズをとる、わたしたち四人全員。そういう写真を撮るときにはたいていの夫婦がそうするが、父と母はもはや寄り添って立ってはいない。まるで二本のオベリスクみたいに離れて立ち、ふたりのあいだに溝があるのはあきらかだった。わたしは母の腕に抱かれている幼児で、少女のダイアナは父の手にしがみついている。

カチリ。父親がひとりだけ、大きなレンガ造りの建物のポーチにだらりと立っている。ひとりだが、まわりに人がいないわけではない。白い揺り椅子を静かに揺すっている人たちがいる。そして、ところどころに、先の尖った帽子をつけた、全身白ずくめの看護婦の姿が見える。

「こんなところだ」と親父が低い声で言って、スクリーンが暗くなった。

見ると、ダイアナが泣いていた。そのとき初めて、わたしは彼女を腕のなかに引き寄せて、慰める側にまわった。「だいじょうぶ」とわたしはそっと言った。「なんとかやっていけるよ」〈だいじょうぶ〉と、町のなかを自分の事務所に向かって走りながら、わたしはふたたび考えていた。〈なんとかやっていけるよ〉

そして、実際、だいじょうぶかもしれない、と心の半分では考えていた。

「だいじょうぶ」と、いまおまえは言う。「だいじょうぶ」

一瞬、おまえはともづなを解かれ、見覚えのある破片が無数に浮いている海を漂い流れているのを感じる。なんだかやけに軽くなって灰色の水面に浮きながら、漂い流れていくものを眺めている。赤いゴムボール、緑色の枕、黄色い紙片、木の枝。

「そのとき、賽《さい》は投げられたんです」とおまえはそっとつづけた。

ピートリーの肌はじっとり湿って、柔らかそうだった。そのとき初めて、彼の顔に疲れたようなやさしさが浮かんでいることに気づいた。

「方策が決まったんです」とおまえは言う。

おまえはその方策を五つの突起のある星形のバッジとしてイメージしていた。突起はそれぞれ親父、ダイアナ、ジェイソン、パティ、おまえを表わし、その位置はすでに決まっていて、あとは相互に結びつける線を引くばかりだった。

「何の方策かね？」とピートリーが静かに訊いた。

「ハーディの詩にあるように」とおまえは言い、それを自分が覚えていることにはもはや驚かなかった。結局のところ、こんなに多くのことが記憶によみがえってきたのだから。「船が建造されているあいだに、氷山が育ち、船が出航するとき、氷山の一角が裂けて漂いはじめ、そのふたつがたがいに向かって……」

「人生は詩ではない」

「ええ、そうではありません」

「現実に起こったことは詩ではない」

「そうですね」とおまえは認める。「詩は血を流しません。詩は死なないし」おまえの右手の指がまるまって、こぶしになる。「人を殺したりもしません」

「殺したりもしない」とピートリーが繰り返した。

彼のように、自分が止められなかった行為の余波にさらされて生きていくのがどんなに疲れることかを、おまえは理解する。彼は永遠にそんなふうに生きつづけるだろうし、おまえも同じようにするしかないだろう。

ピートリーは顔を伏せて、目をこすった。

この取り調べをスピードアップして、早く彼を家族のもとに帰してやりたい。そうして、干上がってしまったものを取り戻し、ふたたび幻想をため込めるようにしてやりたい、とおまえは思う。

「スチュアート・グレースが」とおまえが言う。「二日後に、彼が電話してきました」

ピートリーがそれに応えて、ただちに物語に戻った。「怖いと感じたかね?」と彼は訊いた。

「というのも、彼の電話はダイアナのことにちがいない、とあんたは思ったはずだから」

「いいえ、怖いとは思いませんでした」次におまえが言おうとしていることは、シーツをめくって、まだ血を流している傷を剝きだしにするようなものだった。「むしろ、自分が……偉くなったような気がしたものです。なにしろ、彼は大物弁護士で、金持ちの有名人ですからね」おまえはさらにシーツをめくって、傷の深みをあらわにする。「わたしはなんでもない人間なのに」

18

「スチュアート・グレースから電話がありましたよ」と、わたしが事務所に入っていくと、リリーが言った。「折り返し電話してほしいそうです」

「スチュアート・グレース？」

「急いでいるようでしたけど」

それで、わたしはただちに電話して、グレースの秘書が彼につないでくれるのを待った。

「やあ、デイヴ」とグレースが言った。「たったいまマーク・リーガンから電話があったんだ」

わたしはなんとも言わなかった。

「二、三日前、マークはきみと話し合いをしたということだが」とグレースはつづけた。

「ええ、話しました」

「そのときの話のことで、彼は非常に悩んでいるんだ」とグレースは言った。「それで、一度きみと話し合いができればと思っているんだがね。きみの姉さんのこと、彼女の精神状態について」

そういう話し合いを拒否する手立ては知らなかったが、べつに拒否すべき理由もなかった。

グレースは何度も法廷で見かけたことがあり、彼のスタイルや手法が冷静で分析的なことはわかっていた。陪審員を味方につけるために、よくさまざまな医学的な喩《たと》えを使うことまで知っていた。だから、スチュアート・グレースが現在の状況を慎重に分析する手助けをしてくれるにちがいない、とわたしは思った。マークが自分の人生にできてしまったと感じている腫瘍、彼の仕事を妨げている、わたしの姉による不愉快な騒動を、グレースなら診断してくれるにちがいない。それが第何期まで進行しているかを判断し、将来どこまで進行するかを予測して、抑えるべきか切除すべきか診断をくだしてくれるだろう。

わたしはそれに耳を傾けて、それに対応すればいいだろう。わたしとしては、危機管理と同じようなやり方をすればいいはずだ。封じ込めの机上演習を行ない、最悪のシナリオを想定して、建物が倒壊し、堤防が決壊して、地面に亀裂が走り、谷間の乾燥した漏斗《ろうと》状の土地を火が駆け上る場合にそなえて計画を立てておけばいいだろう。

「ダイアナの精神状態はそんなに簡単には判断できないかもしれません」とわたしは言った。

「だとすれば、よけい話し合いをしておく必要があるんじゃないかね、どうだい？」とグレースが訊いた。

「そうですね」

「けっこう」とグレースはほとんどうれしそうに言った。「たとえば、きょうの午後、五時三十分に、わたしの事務所ではどうかね？」

べつに悪いことはないだろう、とわたしは思った。

スチュアート・グレースはわたしがなれなかったすべてだった。不動産業界の大物の息子で、チョートからハーヴァードというエリート・コースをたどり、郡のあらゆる会員制クラブのメンバーで、スタイルも容貌も本人にすこしも劣らないすらりとした妻がいる。ペンドルトン湖に大きな家をもっているが、道路からはるか奥まって建っているので、建物は堂々たる樹木の林を通してはるか彼方に垣間見えるだけだった。わたしはその家には一度も招かれたことがなかった。グレースが定期的に主催する地元の慈善団体の催しにさえ、小切手帳をもっている者ならだれが呼ばれてもおかしくないのに、わたしは招待されたことがない。ほんの通りすがりに言葉を交わす以外に話をしたこともなく、そういう場合でさえ、あわただしいかぎりで、グレースはいつも急いでおり、すぐに携帯電話に手を伸ばして、歩調をゆるめてひそひそと親密そうに声をひそめ、世間の注目を集めている――ときには有名人の――クライアントと話しだすのだった。息子はふたりとも大学生で、ひとりはコロンビア大、もうひとりはスタンフォード大に通っており、娘――というふうにわたしは聞いているが――はジュリアード音楽院の特権的な、エリート意識の強い雰囲気のなかでチェロを学んでいるという。わたしは思わず親父の言葉を思い出した。〈おれにとって、おまえなど塵芥にすぎない〉。親父にとってだけではないけれど、とわたしは思った。

その日、スチュアート・グレースの事務所に向かったとき、わたしは自分の立場をよく弁《わきま》えていた。わたしは小さな町の弁護士で、取り立ててめざましい業績もなく、わずか千平米の分譲地の家に住み、娘は公立学校に通っており、毎晩小さな私室の小さなスクリーンで映画を見て、小さな小さな人生の日々を紡いでいる。わたしに時間を割くことを要求するのは姉だけで、その姉はどうやら彼の友人の、優秀な科学者を怖がらせているらしかった。そういうすべてを考えれば、グレースがわたしを三十分ちかく待たせたとしても、驚くことではなかった。

ようやく部屋に通される段になり、完璧なテーラー仕立てのスーツを着た女性アシスタントのひとりに案内されて、映画でしか見たことのない、大企業の会議室みたいな部屋に通された。デスクはひとつではなく、ふたつもあり、堂々たる会議テーブルには果物を入れたクリスタル製のボウルがいくつも置かれていた。

グレースはダーク・ブルーのスリー・ピースに身を固めていた。背が高く、ほとんどそびえるようで、豊かな銀髪がキラキラ光り、大空の高みを飛翔する鷲みたいな男だった。わたしが入っていったとき、彼は会議テーブルの横に立っていた。

「なにかどうだい、デイヴ？」と彼は訊いた。「飲み物でも？」

「いや、けっこうです」とわたしは言った。

彼はダンサーみたいにくるりとまわると、自分のデスクにではなく、二、三メートル離れた小さな革製のソファに歩み寄った。「どうぞ」と彼は言って、おそろいの三脚の椅子を指さした。

わたしはまんなかの椅子を選んで坐った。

「いままでは一度もゆっくり話したことがなかったね、デイヴ？」とグレースが訊いた。

「実際のところ、一度も話したことはありません」とわたしは言った。

グレースは笑った。「会ったことはあるけど、話したことはない」と彼は言った。「なかなか適切な区別だ」彼は前かがみになって、完璧な仕立てのパンツの右脚をきちんとなおした。

「お父さんは精神病院で亡くなったんだったね、たしか」

出し抜けにそう言われて、わたしはショックを受け、その瞬間、重荷を背負わされたような気がした。自分がすこしも「親父と同じ」ではないことを証明する義務が課せられたかのように。

「いいえ」とわたしは言った。自分のちっぽけな巣穴を大きな動物の侵入から守ろうとする小動物の本能的な反射運動だった。「父は家で死んだんです」

「しかし、家にいたのはごく短期間だった」と、わたしの人生についてわたしよりよく知っていると信じているのだろう、グレースは自信たっぷりに言った。

「父が退院したのは一月でした」と、その単純な事実を細身の剣《レーピア》みたいに振りかざして、わたしは言った。「そのひと月前に入院したんですが」

「それじゃ、ひと月しか入院していなかったのかね？」と、グレースが疑わしそうに訊いた。わたしが細かいことを覚えているかどうか信用できないとでも言いたげに。

「一カ月と六日です」とわたしは言って、身を前に乗り出した。「それがいったいどういう関係が――」

「もうすこしだけ我慢してもらえないかな、デイヴ」とグレースはすらりと言った。「わたしはただ基本的な事実を押さえておきたいだけなんだ。いわば、われわれの今後の話し合いのために」

わたしは椅子の背にもたれかかった。それを見て、彼は許可が下りたと解釈したようだった。

「で、それが最後の入院だったが」とグレースは言った。「最初ではなかった、ということだね」

「最初ではありませんでした」とわたしは認めた。

「最初に入院したのはいつだったのかね？」

わたしは即座に親父がブリガムに連れていかれた前日のことを思い出した。親父が怒りを爆発させ、わたしが階段に坐っているあいだ、二階で浴槽に水を張る音がしていた。わたしは赤いゴムボールをはずませていた。それから、玄関から息を切らして、ダイアナが飛びこんできた。目に怯えたような光をたたえて。〈父さんはどこ？〉

「わたしが五つのときでした」

「なぜ病院に収容されたのか覚えているかね？」

「いいえ」

「奇妙な振る舞いをしたんじゃなかったのかい？」

「ふだんととくに変わったことはありませんでした」とわたしは言った。

「その最初の……措置について、どんなことを覚えているかね？」

「ダイアナが学校から帰ってきて」とわたしは言った。「わたしたちは一日中いっしょにぶらぶらしていました。それから……」わたしは口をつぐんだ。

「それから？」

それが映画のように、静止した映画のコマが次々と映し出されるように目に浮かんだ。その夜、ダイアナはわたしのベッドの横の椅子で眠っていた。廊下から親父の足音が聞こえるたびに、ピクリと目を覚ましながら。翌朝、ふたりの係官がやってきた。そのうちのひとりは年配の女性で、灰色の髪が帽子の下からはみ出していた。親父が彼らに連れられて階段を下りてくると、外で待っていた車に乗りこまされた。車のわきには、大きな白い文字でなんとか書いてあった。ダイアナとわたしはそれとは別の車に乗せられて、一種の病棟みたいなところに連れていかれたが、そこにはほかのこどもたちもいた。

「それから、彼らがやってきて、父を連れていったんです」とわたしは言った。「その翌日に」

わたしは肩をすくめた。「前の晩になにかやったのかもしれません」

「家を出ていって、なにかしたんだな」とグレースが言った。

「そうです」とわたしは言った。「何をやったのか、結局、わたしたちには教えてくれませんでした。町へ行って、なにかやったんでしょう。何をやったのかはわからないけど。たぶん、大学でやったようなことを。叫んだり、石を投げたり。脅すようなことをしたのでしょう。だから、だれかが当局に電話して、彼らがやってきて、ブリガムに連れていったんです」

「お父さんはどのくらいブリガムにいたのかね？」

「その最初のときですか？　三週間です」

グレースは穏やかな笑みを浮かべた。「あんたの家系の話はなかなか興味深いね」

「わたしの家系についてはもうマークから聞かされているんじゃないかと思いますが」とわたしは言った。

「ああ」とグレースは言った。「しかし、おおまかな話だけだ」彼は革装のパッドに手を伸ばして、それをひらくと、上着のポケットからペンを引き抜いた。紫檀製のモンブランだった。

「お父さんの診断結果は？」と彼は訊いた。

「妄想型統合失調症です」とわたしは言った。

グレースはさっと病名を書きつけた。「こどもにもやはり精神疾患があったということだったね？」

そう。それこそマークが引き出して、わたしがすでに認めた因果関係だった。それはわたしたちのなかにあったのだし、これからもありつづけるだろう。

「統合失調症です」とわたしは答えた。「早期発症の」

グレースはそれもメモすると、顔を上げてわたしを見た。心から同情しているような、やさしいとさえ言える表情だった。祝福された者が呪われた者に投げかけるまなざし。「あんたがそれを免れたのは幸いだったね、デイヴ」と彼は言った。

「ありがとう」とわたしは言った。ほかに適当な言葉が見つからなかったからだ。

「わたしたちはみんなあんたの姉さんの力になろうとしているんだ」とグレースは言った。

「問題は、実際には、どうすればいちばんいいのかということだろう」

「マークはどうするのがいちばんいいと思っているんですか？」とわたしは訊いた。

「それはマークが決めるべき問題かね？」とグレースは聞き返して、わたしの顔をまともに見た。「マークは離婚しているんだ。彼は実際にはダイアナとは関係がないんだよ。あんたは彼女の弟だ。あんたはどうすることを提案するのかね？」

それほどなんとも答えようのない質問はなかったし、それは先刻わかっていることだった。黙って見守ること以外、実際、どんな提案ができるというのか？　だから、もうすこし間接的なかたちでだが、わたしはそうすることを提案した。

「ダイアナが危険だという兆候はありません」とわたしは言った。

「ほんとうかね、デイヴ？　それは確かかね？」

グレースがなにか言おうとしているのはわかったが、彼が机に手を伸ばすまで、わたしには それが何かはわからなかった。「二、三日前にあんたと話してから、マークは非常に心配している。しかし、彼が電話してきたのはそのせいではないし、わたしたちがこうして話し合っているのもそのせいじゃない」彼は数枚の紙片をわたしに渡した。「これなんだよ」と彼は言った。「けさ、彼はこんなEメールを受け取ったんだ。五、六分かけて、別々に送られてきたそうだが、見ればわかるように、きわめて人騒がせな内容だ」

ひとつずつ、わたしはダイアナが彼に送った引用文を読んでいった。

人殺しはなんとたやすく露見することか！

——シェイクスピア『タイタス・アンドロニカス』第二幕第三場

どうひいき目に見ても、人殺しほど忌まわしいものはないが、
これはわけても忌まわしく、奇怪で、不自然だ。

——シェイクスピア『ハムレット』第一幕第五場

人殺しは、たとえ舌はなくても、口を割ってしまうものだ。じつに驚くべき体の部分を使って。

ひとつの罪はもうひとつの罪を引き起こす。

——シェイクスピア『ハムレット』第三幕第二場

——シェイクスピア『ペリクリーズ』第一幕第一場

わたしは紙片をグレースに返して、自分がどんなに激しいショックを受けたかを隠そうとした。ダイアナがやっていることは、親父が最後のころにやっていたことと同じだった。親父はほとんど引用文でしかしゃべらなくなっていた。まるで自分が無力な木製の人形になり、腹話術師のシェイクスピアが話をしているか、さもなければ、彼の作品の登場人物が話しているかのように。

「人殺し。忌まわしい。不自然」グレースはじっと動かない目でわたしを見つめた。「愉快な言葉とは言えないね」

わたしはうなずいたが、なんとも言わなかった。

「ご推察のように」と彼はつづけた。「こういう言葉はきわめて不穏当だ、とマークは思っている。実際、告発だと言えるし、脅しでもある。とくに最後のがそうだ」

「しかし、言葉にすぎません」とわたしは静かに言った。

「そう、言葉にすぎない」とグレースはつづけた。「いまのところは。だから、マークにとっての問題は、次は何かということだ。しかし、じつは、それはマークの問題ではない。それはあんたの問題なんだよ、デイヴ」

わたしはグレースにはとうてい対抗できなかったし、それはよくわかっていた。威圧的な彼の前にいると、わたしは幼い少年だったとき、夕食のテーブルに坐って、とても満足してもらえる答えはできないだろうと覚悟しながら、親父の質問を待っていたときのような気分になった。

「マークにとって特別にむずかしい時期に、こういう問題が起こっていることを認識してもらう必要があると思う」とグレースはつづけた。「彼は研究の大きな山場に差しかかっていて、いまや全精力を極度に集中しているときなんだ」彼は容赦ない目つきでわたしを見つめた。「そういう彼の気を散らすのは恥ずべきこと――いや、実際、受けいれがたいことなんだよ」

グレースの威圧的な視線にさらされていると、親父の威嚇的な目でにらまれたときと同じように、自分が萎えるのを感じた。わたしは干からびて、塵芥になっていく。

「だから、わたしたちにはディレンマがある」とグレースはつづけた。「というより、じつは、デイヴ、これはあんたのディレンマなんだ。それを質問のかたちで表わすとすれば、ダイアナがマークに対して実際になんらかの攻撃行動を取った場合、あんたはどうするのか、ということになるが」

その質問にはどう答えていいかわからなかったので、なにも言わずに、彼が自分で環を閉じるのを待った。

「あんたは彼女の力になろうとするにちがいない、そうじゃないかね？」とグレースは訊いた。「彼女を助けるために行動するだろう。そのときには介入するつもりだろう？」

彼はわたしの言質《げんち》を求めていた。もしもダイアナが「なんらかの攻撃行動」を取った場合、わたしが彼らに協力して、それを制止するために必要などんなことでもすると約束することを求めていた。

「ええ」とわたしは言った。「そうするつもりです」

グレースはわたしの答えに満足したようだった。「現在、彼女は医者にかかってはいない、ということだね？」

「ええ、しかし、精神科医に彼女のことを話してはみました」

「そうかね？」と、ペンをぴんと持ち上げた。「だれに？」

「ロバート・サントーリです」

グレースはにっこり笑った。「ああ、ロバートか。知っているよ。いい人だ」ペンをさっとメモ帳に走らせてから、ふいに止めた。「ロバートからはどうするように勧められたのかね？」

「ダイアナを診察に連れてくるように言われました」

「それを彼女に話したのかい？」

「まだですが、話すつもりです」

グレースは穏やかにうなずいてから、パッドを閉じた。「では、この問題についてこれ以上ぐずぐず論議する必要はないだろう、デイヴ」と彼は言った。「わたしたちは、当面は追加的な措置を講じることはせずに、待つつもりだ」笑みを浮かべて、「もちろん、あんたのほうも約束を守ってもらえるものと確信しているよ」

「約束は守ります」とわたしは言った。

グレースは厳粛な目つきでわたしを見た。「ダイアナがこれ以上わが身を危険にさらすのを防ぐためにも、あんたはできるかぎりのことをするものと確信している」

「ええ」とわたしは約束した。「そうするつもりです」

「けっこう」とグレースは言った。「ダイアナが危険な目にあわずに済むことを祈っているよ」

それからグレースは、わたしが小学生で、彼は親切な校長ででもあるかのように、わたしをドアまで送った。そして、手ずからドアをあけると、軽くうなずき、わたしをわが人生の埃っぽい小さな運動場へと送り返した。


わたしが事務所に戻ったとき、チャーリーは自分の部屋にいた。わたしがそばを通ると、彼は机から顔を上げた。

「デイヴ、ちょっと話ができるかい？」と彼が訊いた。

わたしはドアにぐったり寄りかかった。「何だい？」

「エド・リアリーから電話があったんだ」とチャーリーが言った。「最後の申し出について、エセルからなにか言ってきたかどうか知りたいということだったが」

「じつは、まだ申し出をしていないんだ」

チャーリーはそういう答えを予想していたかのような、それでほかの疑惑にも根拠が与えられたと思っているかのような顔をした。「どうしてだい、デイヴ？」と彼は訊いた。

わたしはまったく空疎な弁解しかできなかった。「ちょっと問題があってね、チャーリー」とわたしは言った。「このところ……」

「仕事に集中できないんだろう。わかってるよ」とチャーリーは言った。彼は椅子の背に寄りかかった。「二、三日休みを取ったらどうだい？」

わたしは首を横に振った。

「そっちの事件をいくつか、おれが引き受けてやってもいいんだが」

「いや、けっこうだ、すまなかったな、チャーリー」とわたしは言った。「すぐビル・カーネギーに電話して、エドの考えを伝えるよ」

「じつは、それより先に、まずエドともう一度話し合ってみるべきだと思う」とチャーリーは言った。「電話してきたとき、彼はエセルに白地小切手を出すようなかたちの申し出をしたと言っていたが、それはあまりいい考えだとは思えないね」

「それはわかっているが――」

「われわれはクライアントが順当なやり方を踏み外さないように気をつけてやることになっている。だから、『カウンセラー』と呼ばれているんだからね」

「わかっているよ、チャーリー」

チャーリーは納得した顔ではなかったが、同時に、この問題をそれ以上追及したくないと思っているのもあきらかだった。彼は自分の力を誇示しようとするタイプではなく、彼には彼の、たぶん、単にエド・リアリーにちゃんとアドバイスしたかどうかより、もっと深刻な問題を抱えているにちがいなかった。

「わかったよ、デイヴ」と彼は言った。

「すぐやるよ」とわたしは請け合った。「エド・リアリーの件を。いますぐに」

彼は店にいた。みかげ石の板の上にかがみ込んで、大きな手で磨いた表面を撫でていた。「継ぎ目が見えると嫌われるんだ」と、わたしが近づいていくと、彼は言った。「敬意を欠くと思うらしい。だから、そのために――」

「聞いてくれ、エド、エセルに対する例の申し出のことについて話があるんだが」

「あれがどうしたんだい？」

「あんなふうに白地小切手を渡すようなことはすべきじゃないと思うんだよ」

「なぜだい？」とエドが訊いた。「おれの気持ちはわかっているだろう」

「感情に基づいて行動すべきじゃないかもしれない」とわたしは言った。「それは危険なことがある」

彼は警戒の目でわたしを見た。「危険？」

「もう一度考えなおしてみるべきだということさ、わたしが言いたいのは」

「それで、どうするんだい？」

「別の申し出をするのさ。あんたがそうしたければ、白地小切手じゃなくて、もう少し節度のある申し出を」

エドは納得のいかない顔をした。

「段階的にやるんだよ、エド」とわたしはつづけた。「そういうやり方をすべきなんだ」

エドは首を横に振った。「どうかな」と彼はためらいながら言った。「わたしがダイアナと話したときには――」

「ダイアナは余計な口出しをすべきじゃないんだ」と、わたしは思わず鋭い口調で言っていた。

エドは驚いた顔をして、わたしを見た。「何だって？」

「ダイアナは弁護士じゃない」と、わたしは勢いこんで言った。「法律上の助言をすべきじゃないんだ」

いまや、エドは本気でわたしに敵意を抱いている顔をしていた。「彼女がしてくれたのは法律上の助言じゃないんだぞ、デイヴ」と彼は言った。「人生についての助言だ。彼女は言ったんだ――」

「なぜみんなが彼女の言うことを聞くんだ？」と、わたしがさえぎった。考えてみれば、わたしも彼女の言うことを聞いたものだったし、パティもそうだった。ほかにもまだたくさんの人たちが、ほかに拠りどころのない、無批判的な、容易に説き伏せられてしまう人たちが……犠牲になっているのかもしれない。「彼女はとても人を誘いこむのがうまいんだ」とわたしはつづけた。「とりわけ、あまり……」と言いかけて、わたしは口をつぐんだが、エドはわたしが言わなかった部分を聞き取ったようだった。

「頭のよくない人間を？」と彼は聞き返した。「あまり頭のよくない人たちを？」

「そんなことを言いたかったんじゃない」とわたしは言った。「わたしはただ……」

エドの純粋な鋼みたいな目でにらまれると、わたしは思わず言い淀んだ。

「帰ってもらったほうがいいようだな、デイヴ」と彼は言った。

わたしは黙って彼の顔を見つめていた。

「これ以上おれの代理人をやってもらいたくはない」と彼は付け加えた。

「いいかい、エド、わたしはただ……」

「断る」とエドはきっぱり言い切った。「もうおれの代理人をやってもらいたくない」

彼がすでに心を決めていることがわたしにもわかった。「わかった」とわたしは言った。「それじゃ、だれが引き継ぐのか知らせてくれ。あんたの新しい弁護士という意味だが。そっちにあんたの書類を送るから」

エドはそっけなくうなずいて、わたしが後ろを向いてもなんとも言わなかった。

わたしがドアに向かっても、彼はなにも言わなかった。腹のなかでなにかが膨れあがっているにちがいなく、真っ黒な大波が背後から襲いかかってくるような気がした。わたしがドアに達して、あけかけたとき、それが非難の怒号になってわたしの背中に炸裂した。

「ダイアナにはもっとましな弟がいてもよかったんだ」とエドはどなった。

だが、自分の内側に渦巻いていた怒号のせいで、彼の声はほとんどわたしの耳には入らなかった。この一日に味わわされた屈辱の、可燃性の液体が全身に沁みこんで、かすかな火花でも飛べば、わたしはたちまち爆発しかねなかった。

おまえは右手の人差し指を上げる。「不安」それから、左手の人差し指を上げる。「怒り」そして、その二本の指を近づけて絡み合わせる。「そのふたつがわたしのなかでこんなふうになっていたんです」

そのふたつの汚い流れがどうして合流するようになったのか、おまえにはわからない。あまりにも長いあいだ、少しずつ合流していったので、いつ流れが停滞したのかもわからなかったし、やがて必然的にそれが破滅的な奔流になることも予期していなかった。霧に覆い隠された大瀑布のように、視界の向こう側の、無知の雲に埋もれたところで、その流れが激しく沸きたっていたことにも気づかなかった。

「エド・リアリーがそれを引き出したのかね？」とピートリーが訊いた。

「エドが。スチュアート・グレースが。すべて……彼女のせいだったんです」

おまえは怒濤のような怒りに襲われたことを思い出す。ダイアナがおまえの前にしゃしゃり出て、おまえの人生の邪魔をした。滑らかな流れに石を投げこむような、恐ろしい介入。それがもたらした混乱と破壊と屈辱。

「わたしはそういうすべてがいやになっていたんです」とおまえは言う。「うんざりしていたんです、なんだかんだ……」

「なんだかんだ？」

「彼女に対処しなければならないことに」

ピートリーはそっとうなずいた。「なるほど」

「だから、なんとかしようと決心しました」とおまえは言う。

「それで、彼女と対決することにしたのかね？」とピートリーが訊いた。

あらためて、あのときの惨憺たる場面が目に浮かぶ。おまえたちはもはやたがいに相手を見ようとも相手の話を聞こうともしなかった。ふたりの心は原始的な火打ち石のかけらにすぎず、もはやただ火花を散らして、人生に火をつけること以外なにもできなくなっていた。

19

翌日、事務所へ行く途中、図書館の横の駐車スペースにダイアナの車が停まっているのが見えた。彼女がなかにいて、アデルが言っていたあの個人用閲覧席にこもっているにちがいなかった。本の上にかがみ込み、彼女一流の魔術を使って、マークに不利な証拠を集めているのだろう。

わたしは猛烈な勢いでそこを通りすぎた。彼女の狂気の破壊的な引力にはけっして巻きこまれまいと決心した小さな流星みたいに。いまやマークと同じくらい、わたしも脅かされていると感じ、彼と結託してダイアナに対抗する気になっていた。

その午後、チャーリーは法廷に出かけていたので、ドロシーとリリーを別にすれば、事務所にはだれもいなかった。その小康状態を利用して、わたしは書類受けにたまっていた大量の書類の処理に取りかかった。そして、その作業だけに全神経を集中して、手紙を読み、返事を口述していった。

「これはビル・カーネギー宛だ」と、ようやくエドのファイルにたどり着くと、わたしはリリーに言った。「親愛なるビル、次の案件に係るエドワード・J・リアリーの代理人として——」

部屋の入口にドロシーが現われた。「たったいまこれが届きました」と彼女は言った。「お姉さんからです」

彼女は部屋に入ってきて、その包みをわたしの机に置いた。

わたしはそれが時限爆弾ででもあるかのようにじっと見つめた。「これはあとでつづけることにしよう」とわたしは自分の秘書に言った。そして、彼女が間違いなく部屋を出るのを待ってから、ダイアナから送られてきた包みをあけた。

原稿の束はほとんど三十センチ近くあった。すべて親父の擦りきれたロイヤルでタイプしたものだと気づいたが、彼の支離滅裂なたわごとではなかった。千ページを超える文章はすべてダイアナが書いたもので、ギリシア時代の劇作家から、シェイクスピアやエリザベス王朝時代を経て、さらにミルトンやダン、ロマン主義の詩人にいたるまで、何十人もの有名作家・詩人に関するエッセイだった。トロロープやジョルジュ・サンド、ディケンズやメルヴィル、ホーソーンやジョージ・エリオットといった小説家に関する文章も含まれていた。

こういうエッセイを書くには何年もかかったにちがいなかった。何年ものあいだテキストを読みなおし、インターネットで参考文献を探したのだろう。親父や、のちにはジェイソンやマークが別室で眠っているあいだの断片的な時間に、こういう学者的な作業をずっとつづけていたにちがいない。

彼女は原稿の束のいちばん上に一枚の紙を置き、そこにこうタイプしていた。〈わたしが父さんと同じではない証拠として。これは狂人の支離滅裂で誇大妄想的な文章ではありません。結論？　わたしは自分が何をやっているかわかっているのよ、デイヴィ〉

彼女なりのやり方で、マークに出した恐ろしいEメールの説明をしているのだろう、とわたしは思った。自分は「父さんと同じ」ではない、と彼女は言っている。なぜなら、自分が何をやっているか完璧に知っているからだ。つまり、彼女は文学に自分を代弁させ、そうすることで、斜めからではあるが、真実を主張しているだけだというつもりだろう。実際、彼女はシェイクスピアを証人席に立たせて、彼が腕を振り上げ、マークを指さして、永遠の真実を言うように仕向けたのだ。〈人殺しは、たとえ舌はなくても、口を割ってしまうものだ。じつに驚くべき体の部分を使って〉。自分の声の代わりに沙翁《さおう》を使って、自分が知っていることを言わせたのだった。

だが、彼女が何を知っているというのか？　ダイアナの原稿を箱のなかに戻しながら、わたしは自問した。なにも知らないではないか。どんな物的証拠があるというのか？　なにひとつないではないか。

それにもかかわらず、彼女はジェイソンの死後たどりはじめた告発への道に、常軌を逸した危険な一歩を踏みだしていた。まもなくもう一歩、さらにもう一歩と、悪意をもって、取り憑かれたように、自分の敵のリストに記したひとつの名前に迫っていくにちがいない。いまのところ、名前はひとつだけだが、リストは増えていくだろう。親父みたいに、ほかの名前を追加していくにちがいない。マークと結託している人たち、彼がやったことを隠蔽しようとしている人たち、その結果から彼を守ろうとしている人たち。親父のロイヤルをカタカタ打ち鳴らして、次々に名前を追加していく彼女の姿が目に浮かんだ。ビル・カーネギー、スチュアート・グレース。さらに、そんなに遠からぬうちに、そこにわたしの名前も加えられるにちがいない。

わたしがダイアナのアパートのドアをたたいたのは、八時ちょっと過ぎだった。内側でガサゴソやる物音が聞こえた。紙のこすれる音、剝きだしの床に椅子を引きずる音、そして足音。それからドアがあいたが、警戒しているのか、細い光の帯のなかから片目だけが覗いた。

「話があるんだ」とわたしは言った。

彼女はわたしをなかに入れようとはせず、一度ドアを閉じて、部屋の明かりを消すと、あらためてドアをあけて、狭い廊下に出てきた。

「小包は受け取った？」と彼女は訊いた。

「ああ」

「それで？」

「いまも言ったように、話をする必要がある」とわたしは言った。

彼女はなんとも言わず、その目はピクリとも動かなかった。

「マークのことだ」とわたしは付け加えた。「そして、ジェイソンのことについても」

目をすこしも動かさず、押し黙ったままだった。

「聞こえたのかい、ダイアナ？」とわたしは訊いた。

「ええ」と、彼女は静かに答えた。

「マークは弁護士を雇った」とわたしはつづけた。「姉さんが彼の車のフロントガラスに挟んだ紙切れ。〈わたしは告発する《ジャキューズ》〉というやつ。あれだけでも十分だったけど、それから、意味ありげな言葉を含んだあの引用文を送りつけた。人殺しとか、不自然だとか。〈ひとつの罪はもうひとつの罪を引き起こす〉とか。あの最後の引用句はいったいどういう意味なんだい？」

ダイアナは答えなかった。

「ひとつの殺人はもうひとつの殺人を引き起こす、という意味なんじゃないのか？」とわたしは訊いた。「姉さんはそう言いたかったのかい？」

ダイアナはなんとも答えなかったが、その沈黙がわたしを煽り立てた。

「マークにほかのどんな解釈ができるっていうんだい、ダイアナ？」とわたしは問い詰めた。「脅しと受け取るしかないじゃないか。たしかにそのとおりなんだ。告発という以上の、人を脅すようなものだった。脅迫だよ。それが、あんなふうに人を脅すことが、どんなに深刻なことかわかっているのかい？」

それでも、彼女はなんとも言わなかった。

「それじゃ、言っておくけど——いいかい、弁護士として言っておくけど——これはきわめて重大なことなんだよ」

ダイアナはかすかに唇をひらいたが、言葉は出てこなかった。

わたしは彼女をきびしい目でにらみつけた。「マークには近づかないでほしい。彼のEメールにも、ファックスにも、彼の車や、職場や、家や、彼と関わりのあるすべてに近づかないでほしい」とわたしは断固たる口調で言った。「だが、それだけじゃない。いまやっている研究をやめてほしいんだ。健康的じゃないよ、ダイアナ、一日中図書館に閉じこもっているなんて。それに、あそこで働いているなんて言わないでほしい。働いていないことはわかっているんだから」

そう非難されて、彼女は驚いた顔をした。「図書館で働いているなんて言った覚えはないわ」と彼女は言った。「わたしはただ仕事をしている《ワーク》と言ったのよ。事実、自分の仕事をしているんだから」

「それはなかなか微妙な区別だね、ダイアナ」とわたしは言った。「父さんがよくそんなふうに区別したものだっけ、覚えているかい？」

「それじゃ、わたしが父さんと同じだと言うの？」

「まだそうじゃない」

「でも、いずれそうなるってこと？」

思っていたよりもずっと早く暗い問題の核心に行き着いてしまったが、それを回避して、もっと別のかたちでこの問題を持ち出すことはできそうにもなかった。

「姉さんにある人に会ってもらいたいんだ」とわたしは言った。「医師だけど」

「それじゃ、ほんとうだったのね」と、ダイアナは妙に悲しげな口調で言った。「あなたはわたしが狂っていると思っているのね。あなたはそういう結論をくだした、とパティが言っていたけれど」

「パティ？」と、わたしは意味ありげに聞き返した。「ヒュパティアという名前になったんじゃなかったのかい？」

「あの子が自分で選んだのよ」

「だが、どうしてそんな名前を思いついたんだい？」

「祖父があの子につけたがっていた名前だってわたしが教えたのよ」

「祖父が精神を病んでいたことも教えてやったのかい？」

「でも、そうじゃなかった」と、ダイアナはむきになって反論した。「いつもそうだったわけじゃないわ」

「父は妄想型統合失調症だったんだぞ」と、わたしはきっぱりと言い切った。「自分が迫害されていると信じこんで、敵のリストをつくっていた。姉さんまでそのリストに入っていたんだ、覚えているだろう？」

彼女は斜めから、なんとも言いがたい目つきでわたしを探るように見た。頭のなかで問い詰めている熱気が、わたしの肌に伝わってくるような気がした。「覚えているわ」と彼女はそっと言った。

「歴史上のヒュパティアは虐殺された」とわたしはつづけた。「しかし、父さんは虐待されていたわけじゃない。断っておけど、姉さんも虐待されているわけじゃない」

「虐待されているなんて言ったことはないわ」

「虐待されているのはマークのほうだ」とわたしは激しい口調で言った。

彼女は黙ってわたしの顔をじっと見た。

「しかし、わたしがここに来たのはマークを助けるためじゃない」とわたしはつづけた。「姉さんを助けるためなんだ」

「わたしをブリガムに送ることで？」と彼女が訊いた。

「どこにも送ったりしないよ」

「その医師だけど、あなたはもう会ったのね」とダイアナは言った。

それは質問ではなかった。いつものように、彼女はすべてを読みとっていた。わたしの目つきからか、そぶりからか、それとも、キラキラ光る目や艶のある髪みたいに、彼女に生まれつきそなわっている目に見えない精神的な探り針で読みとるのか。

「何という名前なの？」と彼女は訊いた。

「サントーリだ」

「サナトリウムのサントーリ？」と彼女は問い質した。「それとも、衛生的《サニタリー》のサントーリ？　彼がわたしの頭を消毒してくれるの？　そのサントーリがわたしを衛生的《サニタイズ》にしてくれるというの？」

「いまは気取った言葉遊びをしている場合じゃないんだよ、ダイアナ」

「言葉遊び？」とダイアナは言い返した。「気取った？」

「いいかい、姉さんはほんのこれっぽっちの証拠もなしに、マークに殺人の罪を着せようとしているんだ。彼を脅しているんだよ」

「それで、彼は気を散らされているの？」

「もちろん、そうさ」

「だから、あなたの手を借りて、わたしを精神病院に送りこもうとしているのね」彼女は覚悟を決めたように首を横に振った。目のなかに純粋な怒りが燃え上がり、その熱気がわたしの顔にも感じられそうだった。「壁のなかに閉じこめて、ストラップで縛りつけようというわけね。頭の狂ったマーガレット女王みたいに」それから、まがうことなき堂々たる声で、舞台の上の狂女みたいに、暗誦しはじめた。「『もしも古《いにしえ》の悲しみに最高の敬意を表すべきだとすれば』

「……」

「もう引用はやめるんだ、ダイアナ」

「『わたしのそれに古さの特権を与えよ』」

「もうたくさんだ！」とわたしは鋭く言った。

「『そしてわたしの悲しみにまず眉をひそめさせよ』」

「やめるんだ！」

彼女がわたしを見た目つきは、たぶんそういう目でマークを見たこともあるのだろうが、剝きだしの、原始的な、獰猛な目つきだった。

「父さんは狂っていたわ、デイヴィ」と彼女は言った。「彼は狂っていたけど、いつもそうだったわけじゃない。いつ狂っていたか、ほんとうに狂っていたか、あなたは知っている？　彼が自分でも思い出せないことをしているときよ。頭のなかが真っ白になって、いろんなことをして、それからまた現実に戻ってくるの。現実から離れてしまって、それがわかっていないとき、人はほんとうに狂っているのよ、デイヴィ。わたしは一度もそんなことをしたことはないわ」

「わたしは姉さんが——」

「真実を探求しているからというだけで、頭が狂っているとは言えない」とダイアナは宣言した。「たとえ正統的ではないやり方で探究しているとしても」

「そうさ。しかし——」

「それじゃ、あなたによれば、どうしてわたしは狂っているの？」とダイアナは訊いた。「なぜわたしが『だれかに会う』必要があると思うの？　わたしが図書館で作業をしているから？　わたしが本を読むから？　それとも、わたしが狂気じみた考えをもっているから？　だとしたら、どんな狂気じみた考えがいちばんあからさまに狂っているとあなたは思っているの？」

わたしは追いつめられ、身動きができなくなったような気がした。少年時代のあの苦しい夕食の席でのように、あるいは、あきらかに威厳にみちたスチュアート・グレースの前で、自分を弁護できず、自分の立場を明確にすることすらできなかったときみたいに。その身悶えするような弱気のなかで、わたしは思いついたただひとつのやり方で、ダイアナに反撃した。

「声はどうなんだい？」と、わたしはピシャリと言った。「声が聞こえるっていうのは。ドーヴァー峡谷で言っただろう？　声が聞こえるのかい、ダイアナ？」

驚いたことに、そう訊かれると、彼女は奇妙なほど自信なさそうな顔になった。ひらいた傷口を攻撃するボクサーみたいに、わたしはそこにつけ込んだ。

「声が聞こえるのかい、ダイアナ？」とわたしは訊いた。「声が言うことを信じているのかい？」

彼女は首を横に振った。「まだやらなきゃならない仕事があるの」と彼女は言って、ドアのほうを向いた。

わたしは彼女の腕をつかんで、ぐいと正面を向かせた。

「どんな仕事なんだい？」とわたしは訊いた。「マークがジェイソンを殺した証拠を捜す仕事かい？　その仕事が終わったら、もっと証拠が見つかったら、どうするつもりなんだ？　こんどは判事と陪審員になるのかい？　そして、判決をくだすつもりかい？」

彼女は腕を振りほどいて、黙ってわたしをにらんだ。

「それで、その判決が死刑だったら？」とわたしは訊いた。「どうするんだい？　死刑執行人にもなるのかい、ダイアナ？」

彼女の目は不気味なほどどらんらんと光った。「何のことを言っているの、デイヴィ？」

「そんなにも知らないような顔をしないでほしいね」とわたしは言った。「姉さんにだって嫌疑がかかっていないわけじゃないんだぞ」

「何の？」

「殺人さ」

彼女は呆気にとられたようだった。そんな言葉をわたしがやすやすと口にするなんて。

「父さんの」とわたしはつづけた。「父さんが死んだあと、警察が来たときのことを覚えているだろう？　警察はなんの証拠も見つけられなかった。手首と足首に古い傷痕を見つけただけだった。ブリガムでついた傷だ、と姉さんは警察に言ったが」

「実際、ブリガムのときの傷だったのよ」とダイアナは言った。

「たしかにそれはそうだろう」とわたしは言った。「でも、それだけじゃなかったんだ。ほかにも警察の目にはふれなかった証拠があった。あの緑色の枕だ、覚えているだろう？」わたしは非難のまなざしで彼女を見た。「警察が到着する前に燃やしたやつさ。あの枕は濡れていた。奇妙じゃないか、父さんの頭を支えるために使っていただけなのに。違うかい？　それなのに、なぜ濡れていたんだい、ダイアナ？　姉さんがあの枕を父さんの口にかぶせたんじゃないのか？　だから濡れていたんじゃないのかい？」

「まさかそんなことを信じているんじゃないでしょうね？」とダイアナは言った。

「しかし、どんな気分だい？」とわたしは訊いて、一歩後ろにさがると、彼女を容赦なくにらみつけた。「マークと同じような気分になったかい？　無実の罪で非難されて？　警察があの枕のことを訊いたとしたら、どうなんだ？　姉さんは何と答えたんだい？」

彼女は一瞬目をつぶり、それからゆっくり見ひらいて、わたしの目を正面から見つめた。

「父さんはわたしに唾を吐きかけたのよ、デイヴィ」と彼女は言った。「だから枕が濡れていたんだわ」それから、後ろを向いて、ドアをあけると、暗闇のなかに引っこんで、ふたたびドアを閉めた。心を決めたかのように、しっかりと。あたかもわたしたちを別々の運命に封じこめようとするかのように。

おまえは親父が言ったことを思い出す。狂気に駆られて口走ったうわごとではなく、静かな声で、つぶやくように言ったことを。ときおりひらめく鋭い洞察力の井戸から汲み上げられた真実を。〈わたしたちは地球みたいなものなんだ。表面の温度はさまざまだが、核の部分はいつも燃えている〉

おまえは親父の言葉をピートリーに向かって繰り返した。

「その夜、あんたはいわば燃えていたのかね?」とピートリーが訊いた。「ダイアナと別れたとき?」

その質問には驚かなかったが、それに対する自分の答えがおまえを驚かした。

「わたしはいつでも燃えていたんです」

おまえは彼がそれをメモするのを見守った。

「よろしい」と、書きおえると、彼は言った。そして、メモ帳から目を上げて、おまえの目をまともに覗きこんだ。

彼の目に映っているのがどんな男なのか、おまえにはもはやよくわからない。哀れな男なのか？ 傷ついた男なのか？ 暴力的な男か？ そういうすべてなのか？ 間違いないのは、壮観なほど欠陥のある男だということだろう。

「ほんとうに謎めいているのはダイアナなんです」とおまえは言う。

突然どこからともなく浮かんできた言葉だったが、ひょっとすると、伏線を張っているように聞こえたかもしれない、とおまえは思った。袖のなかになにか隠しておくみたいに、心神喪失、あるいは、少なくとも心神耗弱による弁護の下準備をしているかのように。あの恐ろしい瞬間に、おまえは「親父と同じような状態」だったのであり、したがって、自分でも何をやっているかわからなかったのだと主張するために。

「わたしは正気を失ったわけではありません」とおまえは言った。

ピートリーはそれをメモしようとはしなかった。その代わり、青いペンを紙面から上げて、その先端を見つめた。ふいにそれに生命が宿って、手のなかから飛び出し、壁の空白の部分に飛んでいって、そこに自分が知る必要があることを書きだしてくれないか、と思っているかのように。

「『まだやらなきゃならない仕事がある』」と彼は言った。

ダイアナの言葉の引用だった。

「ええ、彼女はそう言いました」

「証拠を集めるための？ そういう意味だったのかね？」

「ほかに何があるんです？」

彼は青いペンから目を離した。「『正統的ではない』」

それも彼女の言葉の引用だった。彼がおまえの横に立っている姿が目に浮かぶ。おまえたちふたりはダイアナのアパートのなかにいる。驚いて目をみひらき、唇をあけて、背後から走ってくる足音が聞こえる。

「広範囲にわたっていたんです」とおまえは言う。「彼女の作業は。彼女が探していたもの、彼女の希望は」

おまえはふたたびダイアナのアパートにいた。ひとりで、まばらな家具のあいだに立っている。周囲の壁を見まわしていると、自分が見知らぬ知の支配する世界に引き込まれるのを感じた。それはちょうど、すでに消えてしまった民族の残した、神聖な気配はするが解読できない祈禱文のように、同じ地上にありながらけっして手の届かない場所にいるような気分だった。

「『正統的ではない』というような次元をはるかに超えたものでした」とおまえは付け加えた。だとすれば、おまえがそれに気づかなかったのはよけいに不思議なことだろう。そんなに輝いていたにもかかわらず、雲の隙間からその輝きが見えなかったというのは。

20

夕食のテーブルで、わたしはとても静かにしていたが、それはいつ爆発するかわからないような静かさだった。頭のなかでダイアナとの会話が渦巻き、おたがいに言ったことを何度となく反芻《はんすう》していたが、やがて耐えきれなくなって、思わずぶちまけた。「ダイアナはだんだん悪くなっている。マークがジェイソンを殺したと完全に信じこんでいるんだ」わたしはパティの顔を見た。「しかし、彼にそんなことをするどんな動機があるというんだ?」

パティはすぐさま疑問の影もない、断固たる口調で答えた。「ジェイソンは彼の気を散らす原因だったからよ。マークは研究のために時間が必要だったから、ジェイソンのことを考えたくなかったの」

「それはダイアナの説かい?」とわたしは訊いた。

「いいえ」とパティは答えた。「わたしの考え」

「それじゃ、ふたりでそんなことを話し合っていたのか?」とわたしは訊いた。「マークの動機のこととか?」

彼女はわたしの顔をまともに見た。「そうよ」

「それじゃ、彼女は『証拠』のことも話したんだろうな？」とわたしは訊いた。「池のそばで見つけたバッジのことも？　それを使ってジェイソンを池に誘いこんだはずだという」

「実際には、もっと簡単な方法があるんだけど」彼女は驚くほどぶっきらぼうな口調で言った。

「何をする方法だい？」

「人を溺れさせる方法よ」奇妙な、目に見えない液がにじみ出すみたいに、彼女はじわじわとわたしに視線を向けた。「その人を縛っておけば、あとは舌を押し下げて、口のなかに水を垂らすだけでいいのよ」と、まるで手っ取り早い調理法を教えるかのように、彼女はつづけた。

「ヴァルトラウト・ヴァグナーが使った方法だけど」

　アビーが身震いして、「わかったわ。もうその話題は十分だと思うわ」と、恐ろしいニュースを抑えこもうと最後の努力をする女みたいに言った。

「いや、待ってくれ」とわたしは言った。「そのヴァグナーとかいうのは何者なんだい？　なにかの本の登場人物かね？」

「いいえ、実在した人よ」とパティは答えた。「ドイツの病院で四十九人の人を殺したことを告白した。水をしたたらせるこのやり方を彼女は『水療法』と呼んでいたんだけど、ほかの方法も使っていたそうよ」

「どこでそんなことを学んだんだい？」とわたしは訊いた。

「ダイアナからよ」わたしがそういう交流を危険視するかもしれないとは思ってもいないかのように、パティは答えた。

「その女について、ダイアナはほかにはどんなことを言っていたんだね？」とわたしが訊いた。

「あら、たいしたことは聞いてないけど」とパティは言った。「ただ、彼女はほかの人たちにも手伝わせていたということくらいね。ほかの看護婦たちに」

「看護婦だったのかい？」

「そうよ。自分の患者を殺したの。患者のうちの何人かを、という意味だけど。ほかの看護婦たちといっしょに」

「その女は患者を殺すためにほかの看護婦たちをスカウトしたのかね？」と、わたしは信じられないかのように聞き返した。

「お願いよ、もうこの話はやめましょう」と、パティが答える前に、アビーが言った。

しかし、パティは制止を振り切ってつづけた。「そうよ。スカウトしたの。そして、訓練もした。やり方を教えたのよ」

「殺人のやり方を？」

「ええ」とパティは言った。

「ヴァルトラウト・ヴァグナーか」とわたしは繰り返したが、すべてが作り話だろうとむりやり思いこもうとした。結局のところ、ダイアナから出た話なのだから。「それにしても、わたしにはまだ本のなかの登場人物みたいに思えるね」

「いいえ、実在の人物よ」とパティは言い張った。「『死の天使』と呼ばれていたんだって」

わたしは身を乗り出した。「それで、ダイアナはそういうことを研究しているのかい、殺人の方法とかを？」

「いまはそうじゃない」とパティが答えた。「むかし研究していたのよ。もっと若かったとき

「高校生のころという意味かね？」とわたしは訊いた。「こんなに」

ことを研究していたのは見たことがなかったが」

「大学をやめたあと」

「父と暮らしていたときかい？」

「そう」とパティは言った。「そのころ、殺人についていろんな本を読んだそうよ。いい暇つぶしになったんですって」彼女はさっとナプキンを取ると、すばやく口をぬぐった。「もう行かなくちゃ」

「どこへ行くんだ？」

「図書館でダイアナに会うの」

わたしは首を横に振り、そうすることで最終的な決心を固めた。「いや、そうはさせない」とわたしは冷やかに言った。

パティは訝しげにわたしの顔を見た。「何ですって？」

「だめだと言ったんだ、パティ」

アビーはわたしの顔を見た。わたしの断固たる口調に驚いたにちがいない。

「だめって、何が？」とパティが訊いた。

「ダイアナには会わせない」

「なぜなの？」

あえてどこまで言うべきなのだろう、とわたしは迷った。最近彼女に関心をもちだしたこの伯母に暗い血が流れていること、父親も彼女も、さらにジェイソンもそういう血を受け継いでいること、そしていま、わが家系のなかで、それがまたもや暗い花を咲かせようとしていることを教えるべきなのだろうか。

「なぜだめなの、父さん？」とパティが訊いた。

「いままでに話したさまざまな理由からだ」

「どんな理由？」

「たくさんの理由だ」とわたしは答えた。「このことについては以前にもう話したはずだ、パティ」

「いいえ、話してない」とパティは言った。「こんなふうには。彼女に会っちゃいけないなんてことは」彼女はアビーの顔をちらりと見たが、すこしも応援してもらえないことを見て取ると、ふたたびキッとわたしをにらんだ。「ダイアナは奇妙な考えをもっている、と父さんは言ったけど、それだけよ。だから、どうだというの？　奇妙な考えをもっている人なんかたくさんいるじゃないの」彼女は椅子に坐りなおして、わたしをにらみつけた。「それに、そんなに奇妙じゃないわ、彼女が考えていることは」

「マークについて、という意味かね？」

「そうよ」

「おまえもそれを信じているからだな」とわたしは言った。「だからこそ、彼女には会わせたくないんだ。少なくとも――」

「少なくとも、何なの？」とパティが切り返した。

「少なくとも、おまえが良識を取り戻すまでは」

「わたしが父さんの意見に賛成するまでは、ということね？」

「まさか、何を言ってるんだ、パティ」

「父さんはダイアナに対してフェアじゃない」と、ふいに見たこともないほど憤激し、反抗的になって、パティは言った。「彼女の言うことを本気で聞こうとしないんだから」

「これはわたしの問題じゃない」とわたしは言った。「問題なのはダイアナだ。彼女は病気なんだ」そこで一度口をつぐんでから、わたしはつづけた。「しかも、人を誘いこむのがうまい」

「人を誘いこむ？」とパティが叫んだ。「わたしが誘いこまれたと思っているの？」

わたしはパティがどんなに無防備かを思った。人生経験もなく、そんなに教育があるわけでもなく、批判的な思考という基本的な技術の訓練をこれっぽっちも受けたことがない娘。自分は無力で支離滅裂だという思いから逃れたいから、渦巻く世界は世界の渦というようなキンセッタ・タブーのナンセンスに飛びつくのだろう。いまではダイアナが、そういうすべてにさらに訳のわからないたわごとを吹きこんでいるにちがいない。それに対してわたしにできることは、彼女がこの泥沼にそれ以上沈みこむのを引き止めることだけだった。

「ああ、そう思っているよ、パティ」とわたしは言った。「たしかに、わたしはそう思っている」自分がいくら怒っても、それでは彼女の心を動かせないのはわかっていた。だから、そこで間をおいて、気持ちを落ち着けてから、穏やかな声でつづけた。「パティ、よく聞くんだ。ダイアナが探しているものは、彼女が見つけようとしている『証拠』は通用しないんだぞ」

「どういう意味なの、『通用しない』って？」

「法廷ではという意味だ」とわたしは答えると、片手を上げて、指を折りながら、このケースに関してあきらかになっている事実をかぞえあげた。「マークに関するかぎり、起訴はないだろう。裁判もないだろうし、判決がくだされることもないだろう。なぜかわかるかい？　なぜなら、彼に不利な証拠はこれっぽっちもないからさ」

パティはわたしをにらみ返した。あきらかに、そんなことはなんの意味もないと確信しているにちがいなかった。「ほかのかたちの証拠というのもあるのよ、父さん」と彼女は言った。「法律とか裁判とか、そういうものだけがすべてじゃないんだから」

わたしたちの法体系の偉大な書庫が、大憲章《マグナ・カルタ》から最新の弁論趣意書、古代の宣言から栄えある憲法にいたるまでのあらゆるものが、娘の目のなかで炎を上げ、灰燼《かいじん》に帰していくのが見えるような気がした。

「パティ」とわたしはそっと言った。「この世には人間による裁きしかないんだ。たしかに欠陥がある。それはわかっている。不完全なものだ。しかし……」

彼女が発した笑い声には、魔女の高笑いのようなぞっとする響きがあった。「そう言うと思ってた」と、彼女は軽蔑したように吐き捨てた。「完全ではないが、それしかないんだみたいに」彼女の笑みは純粋な嘲笑でしかなかった。「ばかばかしいたわごとよ」

「パティ！」とアビーが叫んで、わたしの顔を見た。「もうやめてちょうだい、デイヴ」

しかし、もはややめることはできなかった。

わたしは激しい怒りに駆られて、テーブルに両肘をついた。「それじゃ、どうするつもりだ？」とわたしは詰問した。「どんな正義を行なうつもりなんだ？」

パティは、正義の怒りが煙を上げているかのように、立ち上がった。「わたし、自分の部屋へ行く」

「そうしたら、部屋から出るんじゃないぞ」とわたしはどなった。「おまえは学校へ行って、それからまっすぐ家に帰ってくるんだ。これからはずっとそうするだけで、それ以外のことはなにもするんじゃない。この問題がすっかり片づくまでは」

彼女は怒りに駆られて挑むようにわたしをにらんだ。「それはいつになるの、父さん？」と彼女は訊いた。「マークが再婚して、新しい家庭を築いたとき？」

「何を言ってるんだ、パティ？」

彼女は笑みを浮かべたが、それは冷たい笑みだった。ふと、ヴァルトラウト・ヴァグナーの唇にそういう笑みが浮かぶところが目に浮かんだ。「ダイアナを止めることなんてできるわけない」と彼女は言った。

「何を言ってるんだ？」とわたしは繰り返した。

彼女は目をらんらんと輝かした。「ダイアナを止めることなんてできない」煮えたぎるような憤激にみちた声で、彼女は叫んだ。「だれにも止められない」それから、くるりと後ろを向くと、自分の部屋へ歩いていって、ピシャリとドアを閉めた。

その反響の残る空虚のなかで、アビーがつぶやいた。「どうするつもりなの、これから？」

わたしは考えていた。〈なんとかしなければ〉。〈いますぐになんとかしなければ〉。だが、何をすればいいのかわからなかった。

「それで、わたしは調査をはじめたんです」とおまえはピートリーに言う。「ダイアナみたいに」

「何を調査したんだね？」と彼が訊いた。

「まず、ヴァルトラウト・ヴァグナーのことです」

ピートリーはその名前をていねいに書きつけた。

「その夜、わたしは彼女について調べました」とおまえはつづけた。

おまえはその調査の結果を教えた。ヴァルトラウト・ヴァグナーは本のなかの登場人物ではなく、十五人を殺して有罪になったオーストリア人の女だった。彼女はほかの三人の女に、さらに少なくとも八人を殺させていた。パティが言っていた溺死法も使っていたが、糖尿病の患者にインスリンの注射を拒んだり、ほかの患者にはロヒプノールを過剰投与したりしていた。この後者は検死解剖で用いられる標準的なテストでは検出できないという、非常に好都合な特徴がある薬だった。

「しかし、わたしの注意をひいたのはロヒプノールの作用でした」と、おまえはつづける。

「それは睡眠薬の一種で、主に精神病患者の鎮静に使われているんです」

青いペンがページの上で動きを止めた。

「あんたの親父さんみたいな？」とピートリーが訊いた。「親父さんに処方されていたかもしれないのかね？」

「わたしも同じ疑問を抱きました」とおまえは言う。

しかし、それ以上のことはなにもできなかった。ダイアナがその小さな無色無味の錠剤を入手したという証拠はなかったし、親父のバスルームにある、ふちに錆のついた流しの上の薬戸棚に、それが入っていたという証拠もなかった。それにもかかわらず、ぞっとする疑惑は残った。おまえの頭は完全に反射的に反応するようになり、意志の力で動かすことも抑えることもできなくなり、ただバラバラな事実が寄せ集められているだけだった。親父の狂気。ダイアナの長期にわたる、悲しく憂鬱だったにちがいない介護。親父の手首と足首に残っていた拘束された痕。ダイアナが関連記事を読んでいたオーストリア人の女の殺人者。その女が何件もの殺人に使った強力な薬。

「恐ろしい考えをいだいているのは、それだけでも恐ろしいことですが」とおまえは言う。

「それだけでは終わりませんでした」

ピートリーのペンは動かなかったが、彼の目もじっと動かないことにおまえは気づいた。

「わたしはダイアナのアパートの外での会話を、もう一度初めからすっかり思い出してみました」とおまえはつづける。「それから、またヴァルトラウト・ヴァグナーのことを、彼女が殺人にほかの女を誘いこんだことを考えました。そこから考えはヒュパティアのことになり、ダグラス・プライスを思い出して、そこからさらにガイアのことに行き着いたんです」

「ガイア？」とピートリーが訊いた。

「生きている大地です。プライスによれば、ダイアナはその考えに非常に興味をもったそうです」

ピートリーはメモ帳の前のページをめくるまでもなく、おまえが話したことを覚えているようだった。

「それで、わたしはそれを調べてみました」とおまえは言う。「ガイアのことを」

その結果、発見したことを説明した。おまえはそれを一字一句違えずに覚えていた。はるかむかしに埋葬した能力、写真みたいに正確な記憶力によって。

「大地としても知られるガイアは」とおまえは暗誦する口調ではじめた。「大地から半身だけ起き上がった女神であり、そのために大地から離れることができない。ガイアはカオス（混沌）の娘で、その混沌の重荷を背負わされていた。やがて、彼女はウラノス（天空）を夫に迎え、息子キュクロプス（一つ目の巨人）を産んだ。この息子の怪物性を嫌悪したウラノスは、息子をガイアの腹のなかに戻したいと思った。息子が生まれなければよかったと願うことは、すなわち、息子の死を願うことにほかならない。キュクロプスを守るために、ガイアは彼を自分の体のなかに隠し、激しい痛みがあったにもかかわらず、父親には引き渡さなかった。しかし、最後には、断末魔の苦しみのなかで、彼女はクロノスの助けを借りてダイヤのように硬い鎌を作り、クロノスがそれでウラノスの性器を切り落とした。その傷口から血が大地にしたたり、その赤いしずくからエリニュスたちが生まれたが、これがいわゆる復讐の女神たちで、そこから正義と報復が生じた」

ピートリーは、あきらかに感嘆のまなざしで、おまえを見つめた。「たいした記憶力だ」

頭のなかに鼻を刺す煙みたいに渦巻いている一行を、おまえは繰り返した。「最後には、断末魔の苦しみのなかで、彼女はクロノスの助けを借りた」

死刑執行を最前列で見ている男のように、ピートリーはピリピリしておまえを見つめていた。

「それを読んだとき、クロノスはパティでしかありえないと思いました」とおまえは言う。

恐怖映画のシナリオのなかでのように、パティの青白い手のなかのぎらつくナイフが振り上げられ、振り下ろされるのが見える。

「ダイアナは暴力的なことをしないとしても」とピートリーが言った。「パティはするかもしれないということか」

パティの怒りにみちた目を思い出すと、時としてわたしたちの前にぽっかり口をあける深淵が目に浮かんだ。それから逃れることができるのは、長年の経験や知識の積み重ねによってではなく、単なる偶然のメカニズムによってでしかない。偶然というあの音のしない、目に見えない機械、その小さな歯車は絶えず回転しており、このバスに乗り遅れたり、あのバスに間に合ったりすることが、決定的な運命の分かれ道になる。そして、一瞬のうちに、人生をコントロールしようとするわたしたちの長年の苦心は無に帰するのだ。

「それで?」とピートリーが訊いた。

「それで、わたしはパティをダイアナから切り離さなければなりませんでした」おまえはピートリーの顔を見て、父親としてのやむにやまれぬ衝動に、そのもっとも原始的な衝動に訴えかけようとする。「そうしなければならなかったんです」と、おまえはもう一度強調する。顔に雨がしたたるのを感じ、見上げると、黒い錬鉄製の棒からしずくが落ちてくるのが見える。

「たとえどんな犠牲をはらっても」

21

翌朝、チャーリーはわたしがピリピリしていることに気づいたが、それについてはなにも言わなかった。そのころには、擦りきれたロープのようになったわたしに馴れてきていたのかもしれない。もちろん、この数日、わたしに関する彼の疑念を軽減するようなことはなにひとつ起こっていなかった。仕事は不規則だったし、張りつめた顔をしていたし、わたしを押し流していた不安の川に、そのころには怒りの川が合流していたのだから。

「おはよう、デイヴ」わたしが彼のオフィスの前を通りすぎたとき、彼は警戒しながら言った。

わたしはうなずいただけで、自分のオフィスに逃げこんだ。

九時十三分ちょうどに、リリーのデスクの電話が鳴った。それがいかに運命的な電話か、わたしはすでに察知していたにちがいない。なぜなら、ふいに、古い文学的なイメージが浮かんで、悪魔が天国の端から陰鬱な空虚のなかに降りてくる姿が目に浮かんだからである。

「スチュアート・グレースからです」と彼女が言った。

わたしは受話器を取り上げた。「おはようございます、スチュアート」

「ただちにわたしの事務所に来てもらう必要があると思う」とグレースは言った。

彼の声のなかから、はるか彼方から、不吉なタイタニック号の霧笛が聞こえた。

「何でしょう?」とわたしは訊いた。

「マークもこちらに向かっている」とグレースは言った。それから、一瞬間をおいて、彼はつづけた。「状況が悪化したんだ、デイヴ」

わたしはすぐに行くと答えて、受話器を置くと、自分の車に向かった。わたしの頭はいまやとりとめのない空想の世界に入っていた。ダイアナがわたしの車のボンネットにもたれて、リンゴをかじっている姿が目に浮かんだ。わたしが近づいていくと、彼女は少女時代みたいに明るい笑みを浮かべた。それから、リンゴを放り投げると、リンゴは空中に大きな輪をえがき、高く舞い上がりながら、彼女の根拠のない疑惑の黒々とした糸を解きほぐしていった。そして、それが地面に落ちたときには、彼女の頭のなかの地獄の番犬が手なずけられて、彼女は完全に自由になっていた。

彼女が救われるイメージが浮かんだのは、そのときが最後だった。

わたしはそれをさっと頭から振り払った。


わたしが入っていったとき、グレースは机の前に坐っていたが、すぐに立ち上がって、手を差しだした。「さっそく来てくれてありがとう、デイヴ」と彼は言った。聞いたこともないほど重々しい、心配そうな声だった。もはや、いつもイバラの茂みから抜け出す道を知っている、あの自信にあふれた声ではなかった。「マークも二、三分で到着するだろう」彼は腰をおろして、机に向かい合った二脚の椅子のひとつを頭で示した。「どうぞ」

腰をおろして待っているあいだに、わたしはこれまでの自分の足取りを振り返ってみた。自分がくだした決定、それのもとになった事実、垣間見た兆候、見逃した兆候、あまりにも哀れな全体の構図。

「さっきも言ったように、状況が悪化したんだ」とグレースは言った。

それが合図だったかのように、マークがドアから飛びこんできた。白いシャツに黒のパンツといういでたちで、どちらもぴっちりプレスされていたが、髪の毛か、目つきか、どこかしら、やけに取り乱している気配があった。

「デイヴ」と彼は言って、さっとうなずいた。「スチュアート」

グレースは机から立ち上がり、彼と握手を交わした。それから、マークがわたしに向きなおった。「スチュアートから聞いたかい?」

わたしは首を横に振った。

マークは隣の椅子に坐ったが、ほとんどじっとしていられないようだった。まるでいつ攻撃されるかわからないとでもいうように、そわそわと落ち着きがなく、警戒しているように見えた。彼は震える手で上着のポケットから一束の写真を取り出すと、「彼女がまたやったんだ」と言った。「怖れていたとおりだ」

「しかも、職場で」とグレースが陰鬱に付け加えた。

「昨夜、センターに来たにちがいない」とマークが言ったが、頭に血がのぼっているような声で、本気で怯えているようだった。「わたしはほとんどひとりきりなんだよ。職場では」彼は写真をわたしに突き出した。「彼女がやったことを見てくれたまえ」

写真は全部で四枚で、すべてにマークの車が写っていたが、別々の角度から撮ったもので、車の両側からの写真が一枚ずつ、前後からのものが一枚ずつだった。車は研究センターのマーク用の駐車スペースに停車していた。その黒いセダンの車体の両側とボンネットとトランクに、黒いビロードの上に血で書いたみたいに、赤黒いペンキで文字が書きつけられていた。〈人殺し〉と。

「ぞっとする」とマークはつぶやいた。「恐ろしい」

たしかにそのとおりだった。写真のなかでは、その単語は想像したよりも大きく、グロテスクに見え、巨大な黒い獣が皮を剝がれて、横腹の傷口から赤い血をしたたらせているようだった。半透明のヘッドライトは色褪せて気が抜け、死んだ獣の死んだ目みたいに見える。この車が二度とふたたび動いたり、音を立てたりするとは思えなかった。そこにあるのはただひとつ、死でしかなかった。

「これがどんなに深刻なことかはあきらかだ」とグレースが言った。

マークはわたしから写真を取り戻して、スチュアートに渡した。スチュアートはそれをちらりと見ただけで、机の上に置き、わたしの顔をじっと見て、「さて、デイヴ？」と言った。

わたしはなんとも答えなかった。何と言えばいいのか、何と言うことを期待されているのかわからなかった。ダイアナがいまやあきらかに狂気に走り、激しく泡立つ狂気の流れに翻弄されていると言ってしまえば簡単なのはわかっていたが。

「もちろん、どんどんエスカレートしていることはわかるだろう」とスチュアートが言った。

「ダイアナの行動が、という意味だが」

わたしにできるのは、たとえ束の間にせよ、ふがいない、法律論的な弁護をすることだけだった。「ダイアナがやったことが絶対確実なんですか?」

マークがパッと立ち上がった。「おい、何を言ってるんだ、デイヴ。ほかのだれがこんなことをすると言うんだ?」

またもや、わたしは問題を避けようとした。それが見かけだけのジェスチャーにすぎないことはわかっていたが。「以前……わたしたちが話をしたとき……職場に妙な男がいるという——」

「ガレスピーのことかね?」とマークがさえぎった。「とんでもない。彼がこんなことをするはずはない。それに、彼はいまトロントに行っているんだ」彼はスチュアートの机から写真を引ったくると、わたしのほうに突き出した。「これはダイアナの仕業だ。わかっているくせに」

「マーク」と、スチュアートがたしなめて、顎で椅子を示した。「坐って」

マークは腰をおろしたが、依然として、じっと坐っていられないようだった。「わたしは忙しい人間なんだ、デイヴ」と彼は言った。「知っているだろう。こんなことをつづけさせるわけにはいかないんだよ。前にも言ったように」

「つづけないようにさせるつもりだ」とグレースが冷静に言った。彼はわたしの顔を見て、それを請け合うことを求めた。「そうだね、デイヴ?」

「ええ」とわたしは穏やかに言った。「しかし——」

「しかし、何なんだ?」とマークが鋭い口調で言った。「彼女を弁護するなんて信じられないな、デイヴ」

「わたしは彼女を弁護しているわけじゃない」とわたしは言った。

彼はいかにもびっくりしたように、わたしの顔を見た。「まさか、あんたは信じているわけじゃ……」と言いかけて、「いや、信じているのかもしれない」と叫んだ。そして、次々とポケットに手を突っこんで、なにかを必死に探しはじめた。やがて、探していたものを見つけると、わたしのほうに突き出した。「バッジだ」と彼は言った。

彼の手のひらに載っているのはブリキ製の、五角形の星形で、ひどく錆びついていて、まんなかに刻まれている文字はかすれて判読できなかった。

「さあ、取るがいい」とマークが言った。「警察に渡せばいいんだ。鑑識にまわして、なにかの証拠になるのかどうか調べさせればいい」

わたしはマークの手からバッジを受け取らなかった。「それは証拠にはならないよ、マーク。わかっている」

マークはバッジをポケットに戻した。「ダイアナは、わたしがバッジを使って息子を殺したと思っているんだ」と、彼はグレースに言った。「じつにばかげている。そして、こんどはわたしの車だ。車を台無しにしてしまった」彼はさっとわたしに目を向けた。「ここまであの車で来なきゃならなかったんだぞ、デイヴ。町中を通って。町全体を横切って。大きな赤い文字で〈人殺し〉と書かれている車で」

「マーク」とグレースがふたたびたしなめた。「これはあんたにとってと同様に、デイヴにとっても厄介なことにちがいないんだ」

「そう信じられればいいんだがね、スチュアート」とマークは言って、わたしの顔を穴のあくほどじっと見つめた。「そう信じていいのかね、デイヴ？」

わたしが答えるより先に、グレースが言った。「われわれにはいくつかの選択肢があるが、なにかしら手を打たなければならないということには全員が同意すると思う。このままにしておくことはできないし、そうすれば、さらに悪化するのはあきらかだ」彼はわたしの顔をまともに見た。「こういうものは深刻になっていく一方だが、デイヴ、もちろん、それはだれよりもあんたがよく知っていることだろう」

わたしの父がそうだったのだから、とグレースは言いたかったのだろう。初めのころ、親父はごく軽い疑いを抱いていただけで、敵のリストは短かった。それがやがて完全な妄想症になり、新聞社に投書したり、腐った批評家や同僚や、かつての教え子にまでおびただしい脅迫的な手紙を書くようになった。マークはそういうすべてをグレースに話したにちがいなく、いまや、それがダイアナに不利な証拠として、彼女の血が汚染されている証拠として使われようとしていた。

「しばらくは現状を臨床的な見地から調べてみる必要があるかもしれない」とグレースが言った。

「臨床的な見地から？」とマークが聞き返した。あまりにも悠長なやり方に憤激しているのはあきらかだった。

「彼女はこれまでどんな治療も受けたことがない。それに間違いはないんだね、デイヴ？」とグレースが訊いた。

わたしは黙ってうなずいた。

「しかし、あんたはそのことを彼女に話したんだね？　医師の助けを借りる可能性を？　あんたは話すつもりだと言っていたが、話してくれたんだろう？」

「ええ。ある人に会う必要があると言いました」

「反応はどうだったんだね？」

「よくありませんでした」

「なるほど」グレースはマイクが依然として手に持っている写真を顎で示した。「これは器物損壊だ、デイヴ。ダイアナの行動はあきらかにエスカレートしている。もちろん、前回の話し合いは覚えているね。状況が悪化したら、なんらかの措置を講じなければならないということだったが、実際、状況は悪化した。それは認めるだろう？」

「ええ」

グレースは身を乗り出して、机の上で両腕を組んだ。「そこでだ、デイヴ、あんたはわれわれにどうしてほしいと考えているのかね？　禁止命令を出せば、ダイアナの行動に変化があると思うかね？」

「いいえ」とわたしは言った。

「あんたが彼女と話してみたら？　あるいは、わたしがでもいいが？」

「どちらの話も聞かないでしょう」

「では、わたしたちに何ができるのかね？」とグレースが訊いた。

わたしが考えていたのはパティのことだけだった。ダイアナがどうやって少しずつわたしから彼女を奪っていったか。わたしはこの数週間に自分がやったことをもう一度思い出してみた。

ダイアナやほかの人たちとどんな会話を交わしたか。着実に進行していく狂気に対してわたしが提案した治療のこと。その失敗はわたしのなかに、その前の晩に感じたよりもっと激しい火を掻き立てた。

「ダイアナを止めなければ」とわたしは言った。わたしの声はふいに釘を打つハンマーみたいに硬くなった。

グレースはその直截《ちょくせつ》な断固たる口調を聞いて、ほっとした顔をした。

「彼女自身のために」とわたしはつづけた。

グレースとマークはうなずいた。それから、グレースが言った。「どうすれば止められるのかね、デイヴ？」

「警察なら止められます」とわたしは言った。「逮捕すればいいんだから」

グレースは、わたしが提案した措置の極端さに驚いたようだった。

「マークが警察に告訴すればいいという意味かね？」と彼は訊いた。

「そうです」

グレースはそれが適切なやり方だとは信じていないようだった。「しかし、実際のところ、ダイアナがやったという物的証拠はひとつもない」

「そうですが」とわたしは認めた。「しかし、疑惑の証拠はたくさんあります」そう言って、姉の不利になる証拠を列挙した。取るに足りないさまざまな証拠。不気味なファックスやEメール、奇怪な「研究」、マークの車に残した告発のメモ、それにつづく一連の脅迫的な引用文。わたしはマークがまだ右手に持っている写真を、血のような赤いペンキがしたたる、台無しにされた車を頭で指した。「そして、いまやこれです」

それは説得力のある主張だった。自分が説得に成功したのはよくわかった。ひょっとすると、生まれて初めて成功したケースだったかもしれない。

「それでは、わたしたちはそういう措置をとらざるをえないということになる」とグレースは言った。「しかし、ダイアナに……働きかけるもう少し……大げさでない方法は見当たらないのかね？」

「いいえ」とわたしはきっぱりと答えた。「ダイアナはわたしの話は聞かないし、だれの話にも耳を貸さないでしょう。彼女には助けが必要なんです。だから、強制的にそうさせるしかありません」わたしは長々と息を吸いこんだ。「父のときみたいに」

グレースはゆっくりとうなずいた。両手を挙げては賛成できない一連の措置を認める男みたいに。「もちろん、それをただちに実行させるには多少の圧力が必要になるが」

しかし、彼にはそれができることをわたしは知っていたし、彼自身も知っていた。

「あんたも賛成かね、マーク？」とグレースが訊いた。

マークは目を輝かせた。「それはいい考えだと思う。刑事告発して、警察に任せればいい」

彼はわたしの顔を見た。「ダイアナに自分が一線を踏み越えたことを教えてやるんだ」

わたしはうなずいて、「彼女自身のために」ともう一度繰り返した。

マークはそれを熱望していることをほとんど隠そうともしなかった。「ショック療法だ」と彼は言った。「彼女の神経にショックを与えるんだ」

グレースはもう一度じっとわたしの顔を見据えた。「最後にもう一度訊くが、ディヴ」

「やってください」とわたしは言って、それ以上なにも付け加えなかった。

おまえは笑みを浮かべる。それがぞっとするほど不適切で、これまでに起こったすべてを軽んじているように見えるのは承知だったが、その冷たい笑みを唇から消し去ることはできなかった。あたかも告発するかのように、それは消えようとしなかった。

ピートリーは冷ややかな目つきでおまえを見た。「何だね？」

「古いアイルランドのことわざを思い出したんです」とおまえは言う。

「どんな？」

「神を笑わせたければ、おまえの計画を神に教えるがいい」

ピートリーはそれをメモ帳に書き取った。

青いペンの細い軸が、トンボみたいに、右に左に飛び交うのをおまえは見守った。

「よろしい」と、ふたたび顔をあげて、ピートリーが言った。そして、次の質問をしかけたが、その前に時計に目をやった。

「どのくらいになるんですか？」とおまえが訊く。

「これまでで三時間だ」

「あとどのくらいですか？」

「納得がいくまでだ」彼はかすかに顔をうつむけると、両腕を伸ばして、束の間、神聖なキリストみたいな恰好をした。

「わたしはなにも信じていません」とおまえは言う。「ダイアナもそうでした」

恐ろしいパニックに襲われて、どんどん走っていくダイアナの姿が見える。その瞬間、彼女にはどんな超自然的な救いも支えも感じられず、あたり一面が蛇の穴で、必死に逃げようとしているのがわかった。

「神もなければ、死後の生もないんです」

いま、おまえは親父の墓のふちに立っている。ダイアナが薔薇の花を投げ入れ、おまえといっしょに丘を下りて、車に向かって歩いていく。彼女は歩きながら静かにおまえに語りかけ、いっしょに過ごした楽しかった日々を思い出させる。小旅行や親父がふいに叡知のひらめきを見せたときのこと。〈狂気は許してやらなければならないわ〉と彼女は言う。だが、口には出さないものの、おまえは親父を許せずにいる。いや、それよりも、いまでは、彼女を許せなくなっている。塵芥は寛大になることができないのだ。

おまえはふいに自分のすりつぶされた不毛さの前で途方にくれる。「無というのは危険なものです」とおまえはピートリーに言う。

ピートリーは黙っておまえの顔を見る。

「どんなすばらしいものでも、空虚を満たすことはできないからです」とおまえはつづける。おまえがたったいま述べた真実を、それが目の前の問題にどんなに大きく関わっているかを、ピートリーは理解したようだった。

「もうすぐはっきりするだろう」と彼は言った。

三つの死、と魔神ウィッカーマンがつぶやき、〈これまでのところは〉とおまえは思う。

「それまで」とピートリーがつづけた。「つづけることになる」

頭のなかで、電話が鳴り、おまえは自分の体がかってにピクピク動くのを感じた。まるで細胞のひとつひとつが、ジリジリ鳴るベルに電線で結ばれているかのように。

リンリン。

ふいに、おまえは記憶した覚えもない三つのフレーズを思い出す。破門宣告の最後の文句。

〈鐘を鳴らせ、聖書を閉じろ、ロウソクを消せ〉

リンリン。

そうせざるをえないので、おまえは答える。

22

電話が鳴ったとき、わたしは事務所の部屋にいた。

「スチュアート・グレースだ」

重々しい声だった。

わたしはどこか空虚なものを、自分の心に小さな穴があいているのを感じた。「何でしょう？」

ショックを和らげようとはすこしもせずに、グレースは一時間前に図書館で起こった恐ろしい場面を報告した。警察官がメイン・デスクにいたアデルに近づき、ダイアナの居場所を訊ねた。それから、彼女に案内されて、建物の裏手の、ダイアナの第二の住処《すみか》になっている、小さな黒っぽい個人用閲覧席に向かった。警察官が近づいてくるのを見ると、彼女は立ち上がって、「パニック状態」になって本を掻き集めはじめた。しかし、恐怖のあまり手つきがあやしくなったのか、何冊か抱え上げると、別の何冊かが腕から滑り落ちた。にもかかわらず、滑り落ちた本が足下に積み重なっていくのに、彼女はあきらめようとはしなかった。「まるで自分のこどもみたいに本を抱えていた」とグレースは言った。警察官がそばに着いたときにも、彼女はまだ必死に本を掻き集めていた。

「それから、とんでもない騒ぎになった」とグレースは言った。

彼女は大声で泣き叫びはじめたのだという。グレースの説明を聞くまでもなく、わたしにはその号泣が想像できた。あまりにも悲痛な声だったので、一瞬、警察官はその場に立ち止まった。

「そのころには、あたり全体が大変な騒ぎになっていた」とグレースは言った。

その場の光景がありありと目に浮かんだ。それまでとても静かにしていた男や女やこどもたち。顔を伏せて黙読していた人たちは、自分たちの頭の外にあることはほとんど意識していなかっただろう。そこへ、いきなり悲痛な、恐怖にみちた号泣が鳴り響き、どんな思想や上品さを装っていても、書かれた事実やフィクションの世界にどんなに深く入りこんでいても、自分たちが偶然に支配された台本のない世界に住んでいることを思い知らされたにちがいない。

「まずかったのは、デイヴ」とグレースが言った。「彼女が抵抗したことなんだ」

彼が描写したその有様はほとんど聞くに堪《た》えないものだった。にもかかわらず、わたしの頭のなかで、映画みたいに、その場面が次々に展開するのを止められなかった。警察官が歩み寄ると、ダイアナは片腕にできるだけたくさんの本を抱えたまま、もう一方の手をものすごい勢いで振りまわし、平手ではなくこぶしのパンチを繰り出した。それから、もう一方の手の本も放して、彼女をおとなしくさせようと苦労する警察官に殴りかかった。やがて、彼女は体を離して、走りだした。恐怖に目をかっと見ひらいて、書棚のあいだの通路から通路へ逃げまわり、右にまわったり左にまわったり、反対方向に走りだしたり、最後にはとうとう警察官と正面から衝突して、折り重なって床に倒れこんだのだという。

「それから、彼女は動かなくなった」とグレースが言った。

完全に動かなくなり、それ以上すこしも抵抗する気配はなかった。床の上にじっと横たわり、黙って、じっと、遠くを見つめているだけで、息をしているかどうかさえ定かではなかった。

「彼女はいまどこにいるんですか?」とわたしは穏やかに訊いた。

「もちろん、逮捕されてはいない」とグレースは答えた。「警察は救急車を呼んだんだ」

「郡病院に運んだんですか?」とわたしは訊いた。

「いや」とグレースは答えた。それから一瞬間をおいたが、恐ろしいニュースの結末を知らせるのを遅らせたのは、わたしの家系に対するそれなりの思いやりからかもしれない。「彼女はブリガムにいる」


古いレンガ造りの建物の正面は堅苦しいエドワード王朝風で、短いコンクリートの階段をのぼるとき、わたしはそこに立っていた父の写真を思い出した。柱のひとつに寄りかかって、唇に煙草をぶら下げ、もつれた黒い髪が額に垂れていた。

「いまはずっと落ち着いています」長い廊下を先に立って歩きながら、医師が言った。「もちろん、鎮静剤を打たなければならなかったんですが」彼はドアのところで立ち止まった。「ちょっとショックかもしれません」と彼は警告した。「その……人工的な状態に置かれている人を見るのは」

どんな抗精神病薬を投与されたにせよ、ひどくぼんやりしているにちがいなく、まるで水中に沈められている人みたいに見えるものだが、医師はそのことを言っているにちがいなかった。

「前にも見たことがありますから」とわたしは言った。

「ほんとうですか？」

「父でした」

医師は穏やかな笑みを浮かべると、「お気の毒です」と言ってから、ドアをあけた。

そこは親父と同じ部屋ではなかったが、なかに入ると、味気ない画一的な白さのせいか、同じ部屋のような気がした。白い壁、ぼんやりとした半透明のカーテン、淡い色のブラインド。窓際の椅子に坐って、外に顔を向けている彼女を見たとき、わたしは自分たちの運命の鉄の輪にぐっと締めつけられたような気がした。

「ダイアナ」とわたしは静かに呼びかけた。

彼女は振り返ろうともせず、そのまま窓の外を眺めていた。頭と心がすでに死後硬直しているかのように、物を映してはいても、見てはいない目つきだった。

近づいて、ベッドに腰をおろすと、彼女の横顔が見えた。

「できるだけ早く来たんだ」とわたしは言った。

窓の外に向けられた目はピクリとも動かなかった。一度なにかを見つめると、もはや二度とそこから目を引き剝がせないかのように。

「ここで治療してもらえるよ」とわたしは言った。

彼女は依然として窓に顔を向けていた。横顔を見ていると、なんだか妙に小さくて青白く、象牙製のカメオに彫られた顔を見ているようだった。

「もうだいじょうぶさ」とわたしは請け合った。

それにつづく静けさのなかで、彼女は妙に悲しげなトランス状態に宙吊りになっているように見えた。顔はもはや完全な無表情ではなく、内側からじわじわにじむ染みみたいな暗さに覆われていた。それから、ゆっくりとわたしに目を向けたが、その部屋の不気味な、非現実的な光を吸いこんだかのような顔だった。「『この白さは彼女の残骸を永遠に新しいものに保つだろう』」と彼女はささやいた。

わたしはいぶかしむように彼女を見た。

「『白鯨』」と彼女は出典の名前を挙げた。ふたたび少女になり、あらゆる困難に抗して、狂った凶暴な父親を必死に落ち着かせようとするかのように。「『鯨の白さについて』」

数分後、ブリガムを出ると、わたしはまっすぐスチュアート・グレースの事務所に向かった。わたしが到着したとき、マークはすでに艶のある革製の椅子のひとつに坐っていた。彼はすぐに立ち上がって、わたしの手を勢いよく振った。

「気の毒だったね、デイヴ」とマークは言った。「あんなことになってしまって。ダイアナがあんなふうに反応するなんて」

グレースは首を横に振った。「図書館で起こったことは、非常に遺憾だった。まったく予期できなかったことだったんだがね、もちろん」

「ほかのすべてと同じことです」とわたしは言った。

「もちろん、お姉さんのことについては、これからも良識にかなうやり方で対処できると思っているが」ふいにかすかに警戒するような口調で、グレースが言った。

あきらかに、ここでは問題なのは良識だった。マークとグレースが平然とした顔をしているのを見ると、いったい何が「良識」であり、それをどのように追求し、どんな代価を払って達成すべきなのかについて、人はなんとたやすく合意できるものかと思った。

「彼女はどんな状態なんだい？」と、ふたたび腰をおろしながら、マークが訊いた。

わたしは正確なただひとつの説明をした。「薬を打たれていますが」とわたしは言った。「意識はあります」

あきらかに、こんな報告ではマークの慰めにはならないようだった。

「で、彼女の精神状態は？」とグレースが訊いた。

ふいに彼女がそこに出現したかのように、ダイアナがすぐ横に坐っているのが見えた。ぎらつく光のなかに、白い残骸のなかに埋もれて。「彼女は『白鯨』の一節を引用しました」とわたしは言った。「彼女のなかにはけっして破壊できないものがあるんです」

グレースは椅子に腰を落ち着けた。わたしたちは三人とも地味なビジネススーツで、靴はきちんと磨かれていた。三人の良識的な男が、ひとりの女の運命を決めようとしていた。

「それでだが」とグレースが口をひらいた。「図書館でのあの恐ろしい場面は、わたしたちのだれも予想していなかったことだ。これで、ダイアナの状況がいかに深刻になっているかが確認されたことになるだろう」彼はわたしの顔を見て、同意を求めた。

わたしはうなずいたが、自分の左に目を向けると、マークはこっそり時計を見ていた。

「その結果、今回の攻撃以前には極端だと思われた、ひとつの結論を出すことができると思う」とグレースはつづけた。

〈攻撃〉という言葉そのものがわたしには極端だと思えたが、マークがふいに時間を気にしはじめたことほど、奇怪でも不愉快でもなかった。

「そうは思わないかね、デイヴ？」と、親しげに同意を求める口調で、グレースが言った。

ほとんど消えかけていた遠くのラッパの音で呼び覚まされたかのように、わたしは突然ダイアナの弁護を買って出る気になった。「彼女は自分を護ろうとしたんです」

「自分を護ろうとした？」注意散漫になりかけていた男がふいに血腥《ちなまぐさ》い場面に呼び出されたかのように、マークがどなった。「自分を護ろうとしただって？」

その尊大な、いかにも嘲笑するような声を聞いて、わたしは態度を硬化させた。

「ええ、そうです」とわたしは言った。

マークは不思議そうな顔でわたしを見た。「彼女は警官を殴ったんだぞ、デイヴ」

「警官だと知らなかったのかもしれない」と、わたしはいかにも弁護士らしく肩をすくめた。

「ダイアナが何を知っていたか知らなかったかなんて、わかりゃしないじゃないか？」とマークが言った。

いかにも有能な弁護士らしく、グレースは議論が危険な方向に向かっていることをただちに悟った。わたしたちが乗り合わせている船はあきらかに岩に向かっていたのである。

「ちょっと待ってくれ、諸君」と彼は穏やかに言って、それとなく落ち着けという手振りをした。マークは、お坐りと言われた犬みたいに、おとなしくそれに従った。

「事態は重大な局面に差しかかっている」とグレースは言った。「それはここにいる全員にとってあきらかだろう。したがって、問題は、ダイアナをどうすべきかということになる」

わたしはマークの顔を見て、探りを入れてみることにした。

「あんたは彼女を警察に告訴した」とわたしは言った。「これ以上どうすればいいんだい？」

マークはグレースの顔を見た。あきらかに助言を求めている顔だった。

「良識にそぐわないことはしたくない、とマークは思っているにちがいない」とグレースが言った。「わたしたちのただひとつの関心は、ダイアナを含めて、関係者全員にとって何がベストなのかということだ」そこで一拍間をおいて、それから訊いた。「で、あんたの提案は、デイヴ？」

沈黙のなかで、ダイアナが暗誦する声が聞こえた。突然、思いがけないほど鮮明かつ正確に、窓際に坐ったまま死んでいた親父に彼女が暗誦していた一節が記憶によみがえった。

わたしは眠りの国境にたどり着いた
そこは計り知れぬほど深い森で
たとえ道がまっすぐでも、曲がりくねっていても
遅かれ早かれ、だれもが道に迷うしかなく
選択の余地はない

それから、親父の額にキスをすると、生きていれば親父がしたにちがいない要求に応えて、出典をあきらかにした。「エドワード・トマス。『消灯』」

「ダイアナはだれも見捨てませんでした」とわたしは静かに言った。「父親も、ジェイソンも。人が苦しんでいるとき、彼女はけっして……」と、一呼吸おいて、わたしはマークの顔を見た。「それで自分の気が散らされるとは考えませんでした」

それからわたしがした提案は、どんな人の人生でも避けられない真実から引き出された、古くからの処方箋に基づくものだった。予測できない病気や苦しみ、軽率な行為や恐ろしい結果、神がばかにして笑いだすような計画、ほとんど知識とも言えないようなわたしたちの知識、無知の雲のあいだを縫ってつづくすこしも頼りにならない道。

「わたしが彼女の面倒をみるつもりです」とわたしは言った。「彼女がジェイソンや父の面倒をみたように」すると、古くからの恨みがふいに掻き消えたかのように、自分の人生で初めて、わたしは無私無欲というものの、それによってのみ成功を測ることの不思議な贅沢を感じた。

マークは警戒するような目をわたしに向け、それからグレースの顔を見た。「わたしの車の写真だけど、まだ持っているかい？」

グレースはうなずいた。

「デイヴに渡してくれ」とマークが言った。

グレースは机の引き出しをあけて、その写真を取り出すと、わたしに差し出した。

わたしは受け取ろうとしなかった。「これをどうしろと言うんだい？」とわたしは訊いた。

マークはグレースの手から写真を引ったくると、わたしの目の前に突き出した。「ダイアナがやったことを忘れないようにしてもらうためだ」と彼は言った。「彼女が二度とこんなことをしないようにするのは、あんたの責任だからな」

わたしは挑戦状を突きつけられたかのように感じて、その写真を受け取った。「よし、わかった」

グレースは一件落着してほっとしたという顔をした。ぐらつく船をまた一隻なんとか安全な港に曳航《えいこう》できたかのように。「ようし」と彼は快活に言った。「では、これで一件落着ということにしよう」

「で、そういうことにしたんですが」とわたしはピートリーに言った。「それで解決したわけではありませんでした」

束の間、ピートリーの顔を透かして、運命の女神のたわむれが、その盲目の営みが見えたような気がした。運命の女神がかってに判断をくだして、車をふいに進路からそらさせたり、銃弾を跳ね返らせたり、X線写真に浮かぶ小さな影によってすべてを台無しにして、妨げるもののない未来を介護の必要な事後の人生に変えてしまったりするのを、彼は何度も見てきたにちがいない。

ピートリーはそのとき初めて哲学的な響きのある質問をした。「解決できる可能性があったかもしれないと思っているのかね？」

仮にすべてが解決したとすれば、どんなふうになるかをおまえは想像した。家族そろって出かけたり、アビーの誕生祝いをしたり、パティは成長して大人になり、ダイアナは研究生活で成果を上げながら年老いていったかもしれない。それから、ダイアナのアパートで、畏怖にうたれて、周囲の壁を見まわしている自分の姿が目に浮かんだ。

「いいえ」とおまえは答える。

場面がいきなり変わり、すべてが解決して、おまえは帰りの車のなかにいた。スチュアート・グレースのオフィス・ビルがバックミラーに映っている。何十という太陽が窓に反射して、すべてがキラキラ輝き、希望に満ちているように見えた。あたりには光があふれ、おまえはとても満足だった。あれほどの満足感を味わったことはなかった。それを思い出すと、いまでさえ、思わず笑みを浮かべずにはいられない。

「わたしはついにダイアナみたいになれたと思いました」とおまえは言う。「成功したと思ったんです。パティをダイアナから救うことに。ダイアナを彼女自身から救うことに。いまや、ダイアナを家に連れてきて、みんなで世話することができるんです。パティは彼女を神のように崇めるのではなくて、助けを必要としている人間と見なすことになるでしょう。というのも、わたしの考えがうまくいったからです。ダイアナのではなく、わたしの考えが。それは魔法みたいなものでした」遠ざかるにつれて、グレースのオフィス・ビルの窓に反射していた太陽の明るさは弱まり、遠くに雲が湧き出すのが見えたが、近づいてくるその黒い雲を警戒しようとはすこしも思わなかった。「父もわたしを誇りに思うかもしれない、とさえ思ったものでした」

23

ブリガムまではわずか数分しかかからなかった。受付で、わたしはダイアナに対する告訴が自発的に取り下げられたこと、被害者側、すなわちマークが、彼女を退院させてわたしの保護下におくことに同意していることを説明した。

わたしはすでに知っていたが、気立てのいい係によれば、スチュアート・グレースからあらかじめ電話があり、たったいまわたしが言ったとおりであることを知らせてきており、警察からも同様の連絡があって、姉に対する告訴は公式に取り下げられたという。

わたしが部屋に入っていくと、彼女はベッドに坐っていた。ちらりとこちらに向けた目つきから、鎮静剤の効果がかなり薄れていることがわかった。それでも、長い旅路の果てにたどり着いた人みたいに、なぜかおとなしく、妙に弱々しかった。

「デイヴィ」と彼女は言った。

「退院するんだよ」とわたしは言った。「わたしの家に来てもらうつもりだ」

彼女はそのまま動こうとせず、ベッドから立ち上がろうともしなかった。「『歓楽の家』」と彼女はほとんどつぶやくように言った。

それは父がヴィクトル・ユゴー・ストリートに車で戻ってきたあの日、腕に抱えていた本の題名だった。芝生と玄関までの道は雪で覆われ、裸の木々が白い輪郭だけになっていた。

「父さんがどんなに怯えていたか覚えているよ」とわたしは言った。

記憶のなかで、雪に覆われた玄関までの道をダイアナと親父がゆっくりと歩いていき、わたしはそのあとについていった。

ダイアナもあの瞬間を思い出しているようだった。「それは自分がブリガムに入れられるような、どんなことをしたのかわかっていなかったからよ」と彼女は言った。

わたしは彼女に歩み寄って、立ち上がらせた。「しばらくわたしの家にいてほしいんだけど、いいかい？」

彼女はうなずいた。

「アパートからなにか取ってくる必要があるかな？」

彼女の目に突然、ほとんど火山が噴火したような、動揺が走った。

「いいえ」と彼女は言った。「なにもないわ」

家に帰る車のなかでは、彼女はずっと黙っていた。アビーとパティが迎えに出てくると、彼女は疲れたようにうなずいて、静かにたどたどしく、「こんにちは」と言った。

「わたしの隣の部屋に泊まって」とパティが言って、わたしに容赦ないまなざしを投げかけると、伯母を保護するように抱きかかえた。

数分後、夕食の席に着いたが、ダイアナはやけにおとなしかった。全般的にあまり反応がなかったが、鎮静剤の影響が残っているのか、それとも、過去数時間に起こったことのショックが尾を引いているのか、わたしにはわからなかった。

夕食が済むと、わたしたちはそろって小部屋に移動した。わたしはドアの横の掛け釘に上着をかけて、ローファーに履き替えてから、長年かかって収集したビデオの棚の前に立った。

「コメディにしよう」と、タイトルを目で追いながら、わたしは言った。「『モンキー・ビジネス』。ケイリー・グラント、マリリン・モンロー」と、明るい声でつづけた。「これでいいかい、ダイアナ?」

ダイアナはこれまで見たこともないほど激しくなにかに集中している目をしていた。しきりになにか複雑な問題を考えているにちがいなかったが、いまはそれについて質問しているときではなかった。

「きみもいいかい、アビー?」とわたしは訊いた。

アビーはなんだかひどく打ちひしがれたような顔をして、静かにうなずいた。「いいわ」と彼女は言った。

その映画をかけたが、しばらくすると、ダイアナが疲れたと言った。パティがすぐさま立ち上がって、アビーがすでに支度を済ませていたゲスト・ルームへ連れていった。ふたりはそのまましばらく話をしていたが、わたしは聞き耳を立てようとはせず、廊下を通って自分の寝室に入った。パティの部屋のドアが細くひらいていて、ベッドや床に本が散らばっているのが見えた。机の上にも本が散らばり、その上の壁には、彼女がプリントアウトして貼りつけた文章の断片があった。「……苦悩するあらゆる要素のなかに、暗くて冷たい、ひとつの蜘蛛の巣が……」

「ダイアナは眠ったわ」

振り向くと、すぐそばにパティが立っていた。「ウィリアム・ブレークの詩よ」と彼女は言った。

わたしは彼女の顔に手をふれて、「わかってる」と言った。それから、自分のベッドルームへ行くと、驚いたことに、ほとんどすぐに眠りに落ちた。

だから、その夜、ダイアナが起き上がった物音は聞こえなかった。彼女が廊下を忍び足で歩いて小部屋に入り、掛かっていたわたしの上着に近づいて、胸ポケットに手を伸ばし、そこに入っていたマークの車の写真を取り出したのも知らなかった。いつの時点でか、彼女はそこに写真が入っていることに気づいたが、なにも言わずに、あとで、自分がやったことをひとりでそっと確かめるつもりでいたのだろう。


わたしがふと目を覚ましたときには、雨が降りだしていた。すでに夜が明けかかっていたので、もう一度眠ろうとはせず、そのまま起きだして、キッチンに向かった。途中、ダイアナの部屋のドアがわずかにあいていることに気づいて、なかを覗くと、ベッドには横になった形跡がなかった。

わたしの体を恐ろしい衝撃がつらぬいた。冷たいと同時に電撃的な、神経を凍りつかせると同時に燃え上がらせるようなショックだった。アビーやパティは起こさずに、できるだけすばやく服を着て、ドアから飛びだした。ダイアナがどこに行ったのかはわからなかった。まだ時間が早すぎるので、マークは研究センターには行っていないはずだった。わたしはまずダイアナのアパートに行ってみることにした。

数分後、そこに到着すると、礼儀正しい少年みたいにドアをノックした。返事がなかったので、ノブをまわしてみると、鍵はかかっていなかった。わたしは部屋のなかに足を踏み入れた。その瞬間、目に飛びこんできたものがあまりにもショッキングだったので、どこかで目に見えないレバーが引かれ、この世の絞首台の床がひらいて、自分がまったく異次元の、自己完結した世界に落下したような気がした。四方の壁にはプリントアウトしたインターネットのページや、化石の写真、古代文字で書かれた長い文章、何百という象形文字が張り巡らされていた。ほかにも古代の儀式の遺跡、石の祭壇や石を並べた運動場のようなものの写真があり、何十という古代民族の名前が大きくゴシック体で書かれ、それが白い糸で蜘蛛の巣みたいに相互に結ばれていた。さらに、別の壁には点々と楽譜や石柱や前史時代のオベリスクの写真があり、大地の母、ガイアの絵がいくつも掛かっていて、科学捜査の本からコピーした指紋の分析や弾道学、さまざまな温度や風雨への露出の程度による遺体の腐敗進行度に関するページが貼りつけてあった。さらに、ドアや窓枠や机のへりなど至るところに黄色い紙片が、死んだ昆虫みたいにピンで留めてあり、かつては生きていた探究の死んだ抜け殻みたいに見えた。

チェダーマンやヴィンドビー・ガールもどこかにいるにちがいなかったが、ダイアナを見つけなければならないという刻下の急務に比べれば、それははるかむかしの、まさに古代の歴史にすぎなかった。

わたしはバスルームに走り寄って、閉まっているドアをたたいた。返事がなかったので、あけてみたが、だれもいなかったので、元どおりに閉めた。と、そのとき、映画でよくあるように、あけっ放しだったアパートのドアをさっとすり抜けて出ていくダイアナの姿が目に入り、次いで階段を駆け上がる足音が聞こえた。

「ダイアナ」とわたしは呼んだ。

しかし、彼女は止まりもせず、走る速度をゆるめもせず、必死に追いかけるわたしを振り返ろうともしなかった。五階から金属製のドアのきしる音が聞こえ、建物の屋上をドスドス走っていくダイアナの足音が聞こえた。数秒後、わたしがそのドアから出たときには、彼女は屋上の端の錬鉄製の手すりのそばに立っていた。

「ダイアナ」とわたしは叫んだ。

ヴェールのような雨を透かして、彼女はわたしをじっと見た。少なくとも、こっちを見ているようだったが、わたしの声も、わたしの存在も含めて、自分の目や耳から入ってくる一切が信じられないようだった。

「ダイアナ」とわたしは静かに言って、彼女のほうに手を差しだした。「ダイアナ」

彼女は打ちひしがれたような目をわたしに向けた。「わたしは父さんと同じなのよ」と彼女は言った。

「いや、そんなことはない」

「いいえ、そうなのよ」と彼女は言った。「むかしからずっと」

「それは嘘だ」

「声よ」と彼女は言った。「声が聞こえるのよ、デイヴィ。むかしから」

「嘘だ」とわたしは言った

彼女は寛大なやさしい目でわたしを見た。わたしが汚れのない人間であるかのように。「なぜわたしが家に帰ってきたと思うの？　なぜわたしがあなたをクローゼットに連れていったと思うの？」

土のなかから手が突き出すように、ぬっと記憶が顔を出し、青いドレスを着た少女が目に浮かんだ。わたしの手のなかから赤いボールをそっと取り上げ、正面の階段に坐っていたわたしを引っ張って、廊下を通って小さなクローゼットへ連れていく。その暗がりに、まるで隠れん坊をしているかのように、わたしは坐りこんだものだった。わたしのなかにいまでも響きつづけている少女の声。何十年も前とそっくり同じ声。あのヴィクトル・ユゴー・ストリートの階段を下りて、廊下を通り、クローゼットの暗がりにうずくまるまで、わたしがずっと耳を傾けていた声。いつも父の狂気じみた怒りを鎮めるために使っていた、気持ちを落ち着かせ、元気づけてくれる声。

「月の
山々を越え
影の谷をくだって
進め、勇敢に進め」
と影が答えた
「エル・ドラドを探し求めるならば」

「クローゼット」とわたしは繰り返した。

母親の古い衣類の乾いた粉っぽい匂いが、まだあたりに漂っていたのを思い出す。親父は、発作を起こして譫妄《せんもう》状態になると、ときどきこの母の服を取り出して、愛撫したものだった。しかし、わたしがあの暗がりでしがみついていたのは声だった。柔らかくてやさしいダイアナの声だった。わたしの喉元に突きつけられたナイフのような、親父の妄想の危険な切っ先をわたしから遠ざけてくれる声だった。

「声がわたしに言ったからなのよ、デイヴィ」とダイアナが言った。「父があなたを殺そうとしているから、そうしろと」

ふいに、別の記憶がよみがえった。ぎくりとするほど直接的な、手でさわれそうな記憶。わたしは自分の手がダイアナの手のなかに包みこまれるのを感じた。あの日の午後から夜にかけて、親父が入ってきた部屋からわたしを連れ出したとき、親父に向かって暗誦しながら、わたしを親父の目にふれない場所に連れ出してくれたとき、あのときしっかりとわたしの手をにぎっていた彼女の手の感触。

「声がわたしにそう言ったの」とダイアナは言った。「そして、わたしはそれを信じたのよ」

彼女は後ろを向いて、雨水のしたたる黒い手すりをにぎり、はるか彼方に目をやった。霧雨の経帷子《きょうかたびら》の向こうに横たわるドルフィン池のほうに。「あの日も、声が聞こえたの」と彼女は言って、わたしのほうを振り返った。「ジェイソンといたあの日にも。声が〈行くな〉と言ったのに、わたしは耳を貸さなかった」彼女は打ちひしがれた目でわたしを見た。「声の言うことを聞けば、わたしの頭は狂っているということになるからよ」

彼女はコートのポケットに手を入れて、わたしの上着から取ったマークの車の写真を取りだした。

「わたしは父さんと同じなのよ」と彼女は言った。

わたしは小さく一歩前に出て、両腕を差し出した。「いや、違う」とわたしは言った。

彼女は濡れてもつれた髪を目の前から押しやって、滑りやすい手すりの上にそっと体をのせた。鉄の爪みたいにしっかりと手すりをにぎったまま。

「姉さんがやったんじゃない」必死になって止めようとして、わたしは叫んだ。「わたしがやったんだ、ダイアナ。わたしがマークの車にペンキで書いたんだ」

彼女は訝しげな目をわたしに向けて、一瞬、それを信じたような顔をした。が、次の瞬間、彼女の内側の深みからなにかが突き上げて、それを覆した。

「ああ、デイヴィ」と彼女は言った。「あなたは世界一の弟だわ」

それから、信じられないような速さで、さっと後ろに体を倒した。

わたしは手すりに駆け寄って、下を覗いた。まったく理性に反しているのはわかっていたが、それでもひょっとするとガイアが彼女を抱きとめてくれるかもしれないと期待しながら。

だが、そこには空っぽの空間があるだけで、彼女はただどこまでも落ちていった。

ピートリーは疲れたように長々と息を吐いた。いまだに映画ファンであることをやめないおまえは、『アマデウス』でサリエリが告白する神父を思い出した。サリエリが語りはじめたときには、神父がどんなに若く、希望に満ちていたか、彼が語り終えたときには、その神父がどんなに動揺し、疲れ果てていたことか。

「しかし、あんただったのかね?」と、彼は驚きながら陰鬱そうに訊いた。

ブラシと血のように赤いペンキの缶。その重みが両手に感じられ、それを持って入っていった夜の闇があたりに広がる。おまえはふたたび車の横にしゃがみこみ、黒いボディにペンキで文字を書いている。〈人殺し〉。おまえがいちばんよく覚えているのは、ブラシを振るうたびに感じた悪魔的な歓びであり、とうとう彼女を出し抜いたという、鳥肌の立つような、熱に浮かされた勝利感だった。

「そうです」とおまえは答える。

驚いたことに、ピートリーはおまえの無分別な行為を段階を追って再現させようとはせず、それ以上の説明を求めようともしなかった。それはおまえ自身の恐怖の川のどこまで彼が足を踏み入れ、おまえが大事に抱えていた罪をどこまで把握しているかを表わしていた。いまや、彼にとって、おまえは透きとおった流れのようにあきらかであり、残る謎はダイアナだけなのだろう。

彼の質問はおまえを驚かしはしなかった。

「彼女は何を探していたのかね？」とピートリーは訊いた。

いま、おまえはダイアナのアパートにいる。彼女が死んだ二日後、狂気の繭《まゆ》のなかで、彼女が集めた厖大な量の情報を壁から片づけている。

「証拠です」とおまえは答える。

彼女の研究がどんなに途方もないものだったかがわかる。言語学的なパターンや、音の歴史、石や木の粘性、二分心理論（原始時代、人間は自分の脳のなかに聞こえる神の声によって行動していたという説）、言語学、原始的な儀式、「奇跡的な」介入、つまり、墜落することになった飛行機や沈没した船に乗るなと、彼女みたいに「声」によって警告された人々のこと、そういうものをじつに延々と研究しつづけていたのである。

「しかし、とくにジェイソンの『殺人』について調べていたわけではありませんでした」とおまえはつづけた。

「それじゃ、何を調べていたのかね？」とピートリーが訊く。

「自分に聞こえる声を信じるべきか、信じるべきでないか」と、そこまで言って口をつぐみ、頭のなかで整理して、ダイアナが探究していた不可能な知識とは何だったのか理解しようとした。「どうすれば知ることのできないことを知ることができるのか。狂気と直観にはどんな違いがあるのか。そういうことがその一部だったのだと思います。とても全部を理解することはできませんが」

ピートリーはしばらく考えていたが、どれも埒《らち》の明かない問題だったので、ふたたび理解できる世界に焦点を合わせることにした。目に見える証人や、メモできる言葉、現実のものだと信じられる声の世界に。「マークがジェイソンを殺したと彼女が信じたとき、彼女は頭がおかしかったのかね？」と彼は訊いた。

おまえは手に持った木の枝の重さを感じる。原始的な、類人猿みたいに、まるでそれが初めての武器、おまえがそれを振るう初めての人間であるかのように。

「いいえ」とおまえは答える。

魔女の秘薬から立ち昇る湯気から目をそらすように、ピートリーはおまえから目をそらした。

「なるほど」と彼はつぶやいた。

彼が何を納得したのかはわかっていたが、おまえはそれを口には出さなかった。〈四つの死〉。

ピートリーは一瞬ためらった。彼が何を想像しているのか、おまえにはわかる。彼はいまソールツバーグ・ガーデンの門のところに立っているのだろう。

「計画していたわけではないんです」とおまえは言う。そして、心のなかで思った。〈ただ声が聞こえただけなんだ〉

24

ダイアナはソールツバーグ・ガーデンに埋葬された。この季節にしては暖かい、よく晴れた日だった。墓地のところどころにある大木が、目も覚めるような秋の色で飾りたてられ、わたしたちは降りしきる赤や黄色や金色のなかに立ち尽くした。戦場で相対する軍隊の隊列みたいに、アビーとパティとわたしが墓穴の片側に並び、反対側にはマークが立っていた。彼は黒っぽいパンツに白いシャツという、相も変わらぬ研究所での仕事着だったが、それを黒い毛織りのコートの下に隠していた。そして、風を防ぐためコートの襟を立て、両手をポケットに深く突っこんでいた。棺が地中に下ろされるあいだ、顔を伏せていたが、その顔をふたたび上げたときにも、まともにわたしの顔を見ようとはしなかった。ジェイソンの死が事故だと決定された日に、裁判所でダイアナを見たときみたいに、横目でちらりと見ただけだった。

棺が穴の底に落ち着くと、わたしはマークに会釈して、後ろを向いて歩きだしたが、すぐにぴたりと足を止めた。ダイアナは何百という引用句を頭の引き出しに蓄えていたが、どうやらわたしもそうらしかった——わたしはふいにそれに気づいたのだ。というのも、はるかむかしに忘れてしまったと思っていた文句が、召集された兵士みたいに、いきなり前面に出てきたからだ。それはシェイクスピアが錯乱した男の口を通して言わせた言葉だったが、その男は狂気のなかにありながら、真実を言い当てていた。わたしの頭のなかで、ハムレットの最後の台詞がささやかれた。〈あとは沈黙〉

さらに、ひとつの声が言った。〈だが、まだだ〉

アビーとパティは数歩先を歩いていたが、わたしがいっしょにいないことに気づくと、立ち止まって振り返った。

「先に車のところへ行っていてくれ」とわたしは言った。「マークと話がしたいんだ」

マークがわたしの横に並んだときには、ふたりはすでにかなり坂を下りていた。

「気の毒だったね、デイヴ」と彼は言った。「告訴して、ダイアナをブリガムに入院させ、こんどはこれだ」彼は首を横に振った。「まさかこんなことになるとは思ってもいなかった」彼は慰めるようにわたしの肩に手を置いた。「非常に残念に思っているよ、デイヴ」

わたしは冷やかに彼のガラスのような目を見つめた。「ほんとうかい、マーク?」

「ほんとうかって、何が?」

「ほんとうに残念に思っているのかってことさ」

マークはわたしの肩から手を引っこめた。「もちろん、そうさ。なぜそんなことを訊くんだ?」

「あんたがダイアナに言ったことについて考えていたんだ」とわたしは答えた。「あんた自身の口からわたしも聞いたが。ジェイソンにはあのほうがよかったと思っているってことだがね。

死んだほうがよかったと」

マークは、頭上で旋回する黒い鳥を見上げるかのように、わたしを黙って見守っていた。

「あんたは彼をどこかに放りこみたかったんだろう、違うかね？」とわたしは訊いた。

「放りこむ？」

「どこかの施設へ。どこか見えないところへ」

「そういう言い方はしたくないが、たしかにそうだね」とマークは認めた。「あの子はすこしもよくなる可能性がなかった。だから、あの子は……」

「役立たずでしかない」

「それはずいぶんきびしい言い方だが」

「それじゃ、これならどうだい？　邪魔者」

「何に対して？」

「あんたにさ」一呼吸おいてから、わたしはつづけた。「気を散らすもの」

「気を散らすもの？」マークは冷やかな目でわたしを見ていたが、そのじつかすかに苛立ちはじめているのがわかった。「あんたは本気でそう考えているのかい、デイヴ、わたしがジェイソンの死を喜んでいると？」

わたしは彼の目をまともに見つめた。「ダイアナの死もだ」

マークは自制心の城塞だった。「そんな話に耳を貸す必要はない」

たしかにそのとおりだった。彼はきびすを返して、立ち去ればよかった。そうすれば、あとにはほんとうに沈黙しか残らないにちがいない。それはわたしには受けいれがたいことだった。

だから、わたしは暗闇のなかに飛びこんだ。

「あんたがジェイソンを殺したのか？」とわたしは訊いた。

彼は目をまるくした。「何だって？」

「ダイアナは完全に間違っていたのか？」

「どうしてそんなことを訊いたりできるんだ、デイヴ？」退屈な話題に飽き飽きしたみたいに、彼は時計に目をやって、「行かなくちゃ」と言った。

「ダイアナはなにか知っていたのかね、マーク？」とわたしは訊いた。「なにかの声を聞いたのか？父のときには聞いたというんだが」

マークは、こんな会話に巻きこまれるとは想像もしていなかったが、どうしてもそこから抜け出せずにいる人みたいな顔をした。「何を聞いたんだ？」

「父がわたしを殺そうとしているってことだ」

マークはうんざりしたように肩をすくめた。「行かなくちゃ」と彼は繰り返した。

声がわたしに語りかけた。「まだだ」とわたしは言った。

マークはわたしのわきをすりぬけようとしたが、わたしはそれまでのやりとりで手応えを感じていた。黒い釣り針をそれよりもっと黒い水のなかに下ろすと、なにかが引っかかった感触があったのだ。

「バッジはどうして池のところに落ちていたんだ？」とわたしは訊いた。

「こんどはあんたがダイアナの証拠を持ち出すのかね？」マークは嘲笑すると、いかにも腹立たしげに長々と息を吸った。「デイヴ、通してくれないか」

わたしは首を横に振った。「まだだ」とわたしはもう一度言った。

彼はきびしい目つきでわたしを見た。「ばかばかしい。わたしは――」

「バッジはどうして池のところに落ちていたんだ？」とわたしは問い詰めた。

彼はその質問にひどく感情を害されたような顔をしたが、なんだかわざとそういう顔をしているように見えた。彼のバッジがどうして池のほとりに落ちていたかはもちろん、あの朝のことについては、わたしはなにも知らなかった。わたしにわかっていたのは、マークが心の狭い、薄っぺらな人間であり、ダイアナが死んだのを喜んでいることだけだった。死んでしまえば、もう彼の気を散らすことはありえないのだから。

「質問に答えてくれ」とわたしは言った。

「ここは法廷じゃないんだぞ、デイヴ。これは裁判じゃないんだ」

「ダイアナはあんたが――」

「息子を殺したと言っていたんだろう、ああ、知ってるよ」とマークは吐き捨てるように言って、ふたたびわたしのわきをすり抜けようとした。

わたしは彼の行く手をさえぎって、鋼鉄のように冷たい目で彼をにらんだ。「だが、彼女が証拠をもっていたことを知っているのかね？」

彼はその場に凍りついた。「どんな証拠だ？」

「目撃者だ」

「何の？」

「あの日起こったことの」

「ダイアナが目撃者を見つけた?」とマークは疑わしげに繰り返したが、不安そうな気配がないわけではなかった。

そこで、わたしは一発勝負をかけた。「なにもかも見聞きしていたんだぞ、その目撃者が。

ドルフィン池で起こったことをなにもかも」

彼は張りつめた笑い声をあげたが、じつに空々《そらぞら》しい声で、あきらかに演技にちがいなかった。

「だから、まんまとお咎めなしとはいかないんだぞ」

ダイアナが死んだいま、すべてが終わった――息子の欠陥や妻の証拠捜し、彼の気を散らすものがふたつとも過去のものになった――という彼の確信に小さな裂け目ができたのがわかった。

「ダイアナがどんな目撃者を見つけたというんだ?」とマークが訊いた。

そっけなく撥ねつけるような口調だったが、事実無根の濡れ衣を着せられた人間の否認とは違っていた。彼はただ仕事に没頭していただけで、ジェイソンがかってに家から出ていったのかもしれない。あの日マークが何をしたか、わたしは知らなかったが、なにかをしたにちがいなかった。彼が息子を柵のところまで連れていって、池をじっと見てから、そこに置き去りにしたのかもしれない。あるいは、門のところまで連れていって、門をあけたのかもしれないし、門をあけて、バッジを見せて、息子を水際におびき寄せたのかもしれない。それとも、彼を池に引っ張りこんで、足が立たないところまで連れていき、水のなかに押し出して溺れさせたのかもしれない。

「その目撃者というのはだれなんだ?」とマークが訊いた。

わたしは一拍間をあけた。さらに一拍、もう一拍。そうやって、わたしが沈黙しているせいで、マークが必死に隠そうとしている恐ろしい予感の奇妙な感覚が強まっていくのを見守った。もう一拍やり過ごしてから、わたしは言った。「大地の耳だ」

彼の目のなかにほんのかすかな変化があった。厖大なロウソクの壁の背後で、ふいに一本の小さなロウソクが揺らめいたようなものだったが、その瞬間彼が何を感じたかはあきらかだった。それは……安堵だった。なぜなら、あの日実際になにかが起こったことを、いまやわたしも知っていたが、彼も知っていたからである。ジェイソンの死を願うことと彼を殺すこと、そのふたつのあいだに位置するなにごとかが起こっていたことを。

「石かね？」と彼は叫んだ。「ダイアナが見つけた目撃者というのは？」彼は笑った。「石か？」と彼は繰り返した。それから、またいきなり笑いだして、陰険な目でわたしをにらんだ。「あんた自身も気をつけたほうがいいぞ、ディヴ」と彼は警告した。「さもないと、そのうち姉さんと同じことになるかもしれないからな」

彼はふたたび自信たっぷりな、傲慢な態度を取り戻した。結局はわたしも、ジェイソンやダイアナ以上に自分の気を散らすことはありえないと確信したのだろう。しばらくはブンブンうるさく飛びまわっても、手で払い除ければ済む羽虫のようなものなのだから。たしかにそのとおりかもしれなかった。声がふたたびわたしに語りかけることがなかったならば。ダイアナに語りかけたのと同じくらい明瞭な、紛れもない声が。耳を傾けずにはいられない強烈な声が。

その声が言った。〈やつを殴れ！〉

それで、わたしは言われたとおりにした。

マークは最初の一撃でよろめいて後ずさり、両手で顔の下三分の二を覆ったが、その手がすぐに血だらけになった。声がふたたび命令を発し、わたしはもう一度殴りつけた。彼はさらに後ろによろけ、恐怖と驚きで目をみひらいた。こんな狂気じみたことが実際に起こっているなんて。晴れ上がったニュー・イングランドの真っ昼間、こぎれいなプロテスタントの墓地で、こんなふうに荒っぽく、繰り返し、容赦なく襲われるなんて。しかも、あろうことか、その相手はぱっとしない、三流どころの弁護士だなんて。

〈やつを殴れ〉

わたしはまたもや彼を殴った。こんどは彼は仰向けに倒れて、予期せぬ恐ろしい暴力を前にして混乱し、べそをかきながら哀願するこどもみたいに、右に左にころがった。

わたしは全体重をかけてその上に跳びかかり、顔を覆う両手を引き剝がして、両腕を脚で押さえこみ、すぐそばに落ちていた木の枝に手を伸ばした。ずっと前からそこに置かれていたような気のする木の枝に。そのずしりと重たい、太い枝をつかんで、頭上に高々と振り上げた。

そのとき、わたしを覆っていた雲をつらぬいて、ふたりの声が聞こえた。耳をつんざく甲高い女の声だった。〈デイヴ！　父さん！　やめて！〉

それで、わたしは言われたとおりにした。

「あとは」とおまえは言う。「沈黙」

ピートリーは重々しくうなずいた。

「そうだな」と彼は言う。

ドアをノックする音がした。あいたドアから現われたのは、私服警官だった。この警官がダイアナを同行するため図書館に行って、彼女を追いかけ、硬い剝きだしの床に折り重なって倒れたのだろうか、とおまえは思った。

「ちょっと……」

ピートリーが部屋を出て、ドアを閉めた。戻ってきたとき、彼は妙に驚いたような顔をしていた。おまえの曲がりくねった物語に予想もしなかった結末が、最後のひとひねりが加わったかのように。

「マークは意識がある」とピートリーは言った。「生命に別状はないらしい」

〈では、四つのではなく、三つの死だったのか〉とおまえは思った。

「誓約書を提出してもらってから、あんたを釈放することになった」とピートリーはつづけた。

「なぜです？」

「あんたの弁護士とスチュアート・グレースがそれに合意したからだ」

「ということは、マークは告訴しないということですね」

「どうやらそういうことらしい」とピートリーは言った。

マークがそう決定したとしても、おまえは驚かなかった。告訴をすれば時間がかかる。そうすれば、裁判になるし、裁判になれば必然的にいろんなものが明るみに出される。おまえが彼を攻撃した動機が取り上げられ、それを論じなければならないだろうし、おまえが彼の車に書いた言葉がふたたび取り沙汰されるだろう。〈人殺し〉。それが繰り返されるのは、彼にとっていいことではない。しかも、彼の研究は大きな山場を迎えている。気を散らされるのは望むところではないだろう。

おまえは自分の両手を見つめ、それが無傷なことに驚きの目を見張る。骨と骨がぶつかったのに、おまえの指はずたずたにはならなかった。

「では、どうなるんですか？」とおまえは訊く。

「帰ってもらってけっこうだ」とピートリーが言う。「出口まで送ろう」

いつものことだが、事務手続きがある。おまえはお定まりの手順を踏んで、さまざまな権利放棄書や逮捕されたときのおまえの所持品のリストにサインした。財布や、そのなかに入っていたすべて、現金、クレジットカード、運転免許証、おまえの人生の取るに足りない証拠品。

「運がよかったんだ」と、ピートリーが持ち物をまとめているおまえに言った。「殺していたかもしれなかったんだからな。あの大枝を振り下ろしていたら、たぶんそうなっていただろう」

おまえはなにも言わずに、ピートリーの指示どおり黙って歩いた。もうひとつ廊下を通り、警察署のロビーに出て、そこを通り抜けて建物の玄関に出る。

おまえを解放する前に、彼は立ち止まって、おまえの顔を正面から見つめた。「これで最後にすることだな」と彼は警告した。

おまえは警察署から出ていった。すでに夜の帳が降りている。おまえは雲のない夜空を見上げ、それから視線を下に向けて駐車場を見る。遠くに、迎えにきたアビーが待っているのが見えた。

「父さん?」

建物のレンガ製の柱の陰から、パティが現われた。心配そうな、神経を尖らせている顔で、何を言い何をすればいいのかわからないようだった。彼女の目のなかには暗い才気の輝きがある。長いあいだ抑えつけられていた知性。おまえの不安によって押しつけられた凡庸さの層の下に埋もれていたすべて。解き放たれた彼女の頭がこの先どこへ向かうのか、おまえにはわからない。ただ、わかっているのは、彼女がどこへ向かおうと、どんな苦悩を通過しなくてはならないとしても、おまえは彼女についていくだろうということ、いつもそばにいてやるつもりだということだった。

おまえは娘を保護するように腕のなかに抱き寄せて、わかっているただひとつの真実を宣言する。「いつまでもおまえを大切にするつもりだよ」

ちょっと抱かれたままになってから、彼女はおまえの腕のなかから体を引き離した。「さあ、もう家に帰れるんでしょう?」と彼女は訊いた。
声が言った。〈帰れると言ってやるがいい〉
それで、おまえは言われたとおりにした。

(了)

解説

池上冬樹

■〈「人生は、経糸《たていと》と緯糸《よこいと》の織りなすタペストリー、って歌の歌詞にもあるように、しばしば織物に喩えられるでしょ。でも、『織り』と『編み』とはちがうって。『織り』は経と緯の二本の糸で構成させるのに対して、『編み』は一本の糸だけで平面を生み出す。一度進んだら後戻りできない『織り』と、もう一度ほどいて再構成することもできる『編み』。『織りの人生』というものがあるならば、『編みの人生』というものもあるんじゃないかしらって」〉

（佐伯一麦《かずみ》『ノルゲ』講談社、四七四頁より）

まったく違う国の、まったく違うジャンルの、まったく違う作家の小説を読んでいて、なぜかふと繋がるときがある。トマス・H・クックの最新作『石のささやき』を読みながら思い出していたのは、ちょうど前の晩に読み終えた佐伯一麦の私小説だった。私小説の作家が染色工芸家の妻につきそってノルウェイに一年間滞在する話で、そこにはさりげない箴言《しんげん》が詰まっているのだが（クックの小説と同じく）、右の台詞が脳裏に刻まれていた。というのも、本書を読みながら、クックの人物たちはみな「織りの人生」を歩み、ある不幸な時点に達してはじめて

「編みの人生」を夢見るのではないかと思ったからである。これは突飛な発想だろうか。

日常のなんでもない視点から人生を静かに浮かびあがらせる佐伯一麦の小説には、豊かな示唆があふれているけれど、それはクックにもいえることである。ただクックはさりげない技巧を駆使しながら、複雑巧緻なプロットと切々たる哀愁の人間ドラマで読者を圧倒する。佐伯一麦が『ノルゲ』で、ノルウェイの多才な芸術家モサイドのタペストリーにふれて、五歳のときに装飾的な教会の色彩と形とに出会ったことがその後の人生に大きな影響を与えたと紹介しているのだが、クックもまた、幼いときから強権的な父親に文学を教え込まれた娘と息子の人生を追いかけて、その悲惨な〝影響〟を静かに劇的に物語っていく。

では、どういう物語なのか。関係者たちは一体どんな「織りの人生」を歩んだのか。

だがその前に、前作『緋色の迷宮』を語らなくてはいけない。

■〈わたしはふたたび道のない森のなかをさまよいだすのだった。夜の闇が迫ってきているのに、帰り道が見つからない森のなかを。〉（『緋色の迷宮』文春文庫、一一八頁より）

僕はクックというと、この森のくだりを思い出すようになった。それほど印象的なのである。『緋色の迷宮』では、森は〝家族〟の比喩として使われていたけれど、しかしこの森のなかでの彷徨《ほうこう》もしくは探索こそ、クック文学の中核をなす行為ではないか。クックの小説において〝森〟とは、人物たちが深く入り込む事件の闇であり、出口の見つからない暗く閉ざされた過去の迷宮だろう。そして人物たちが試みるのは、〝長い誤りの旅路のなかで、最初に誤った道に踏みこんだのはどこだったのか？〟（本書二三頁より）という記憶の点検である。『緋色の迷宮』は、少女の行方不明に息子が絡んでいるのではないかと悩む父親の話で、現在の事件だけではなく、過去の秘密まで解きあかされる。とくに優れているのは語りの方法で、過去を回想する二人称の現在の「おまえ」の章と、過去の「わたし」の章が並行していく。過去（「わたし」）から現在（「おまえ」）へと少しずつ重点が置かれる終盤がとても白熱化して見事だし、不意打ちにあう残酷な「おまえ」の姿も哀しい。

いうまでもなく、この語りのスタイルは、本書『石のささやき』でも踏襲されている。「おまえ」という二人称と「わたし」という一人称の二つの視点で語られるのである。現在の「おまえ」は留置場にいれられ、看守が迎えに来て、旧知の刑事と対峙し、事件が追及されていく。それをうけて過去の「わたし」が自らの人生と生活を語りながら、いったい何が起きたのかをゆっくりと明らかにしていくのである。

具体的に書くなら、「おまえ」であり「わたし」である弁護士デイヴ・シアーズの人生である。デイヴの姉のダイアナは生化学者のマークと結婚し、ジェイソンをもうけるが、この少年が池で溺死する。事故として片づけられたものの、ダイアナは夫のマークが殺したにちがいないと疑いを抱き、夫のマークに対して嫌がらせをするようになる。

冒頭でトルストイの『三つの死』が紹介され、それに絡んでこの物語は「四つの死の物語」であることが示唆される。つまり一つ目はジェイソンの死であり、二つ目はデイヴとダイアナの父親である（三つと四つは本文で確かめてほしい）。この二つの死をめぐって、秘められた家族の歴史と将来に及ぶかもしれない恐怖が次第にクローズアップされていく。

といっても、簡単には全容は見えない。さまざまな手続きがなされ、細部が色付けされ、呼応しあい、事件が重みをもって立ち現れる。クックの小説が他のミステリと異なるのは、アメリカ探偵作家クラブの最優秀長篇賞を受賞した『緋色の記憶』、母と兄姉を殺した父親を息子が追及する『死の記憶』、取調室を舞台にした息詰まる密室劇『闇に問いかける男』などをあげるまでもなく（とりわけ『死の記憶』が最高傑作だと思う）、その悲劇性の高さだろう。そしてそれを一層高めているのが、主人公の透徹した眼差しであり、ときに物語の要請で呼び込まれ、対象を際立たせる文学作品の引用だろう。クックの小説では小説や映画が引用されることは多いけれど、しかしこれほどまでに文学作品が引用されるのは珍しい。ダイアナとデイヴの父親が古今東西の文学を渉猟し、それを子供たち（とくに姉のダイアナ）にも強いていたからである。だが、それにしてもこの強制は尋常ではない。ダイアナは父親に年中古典を暗誦させられ、父親の攻撃的でエキセントリックな気分を鎮めていた（父親は妄想型の統合失調症だった）。父親の晩年には姉はすべて古典の書名でいいあらわすようになっていた。まるで〝頭のなかで速記録を参照しているかのように〟古典を引用したのである。

そんな彼女を見てデイヴは、姉が普通の人生を送れないのではないかと思ったが、父親が亡くなり、姉が結婚して子供を生み、いい母親になった。ようやく歪んで狂気じみた環境から抜け出したと思ったのもつかのま、息子の溺死で父親と同じような妄想じみた行動をとるようになる。しかもダイアナはデイヴの娘のパティに近づき、何かしら邪悪な世界へと誘いこみ、パティも応えようとしていた。父親の狂気が孫にも遺伝したのだろうか。

こうして過去の家族の話が縦糸となり、姉と弟の葛藤、デイヴの家族、ダイアナとマークの夫婦関係が横糸となり、丹念に織り上げられていく。この丹念かつ緻密な織り上げがすばらしい。織られていく紋様の巧緻な美しさと輝きにただただ圧倒されてしまうし、その糸がもはやほぐすこともままならないほど強いことを実感させられる。そしてデイヴ同様、自分はいったいどうすれば良かったのかと思うしかないのだ。

■〈……おまえに何ができただろう？　何をすればよかったのか悪かったのか、おまえは確信をもてずにいる。死を通しておまえが学んだのは、あるひとつの方向を選んだとき、それが最後にはどこへ行き着くか、その結果がいいのか悪いのか、ささいなことか恐ろしいことか、人間にはけっして見通せないということであり、その決定的な盲目性が悲惨な事件の輪郭を描き出していくということだった。わたしたちはみんなそれを承知しているつもりでいるが、じつはすこしもそうではない。なぜなら、わたしたちが知っているもっとも陰惨なものは、海上の嵐にすぎず、それがどんなに破壊的なものかは上陸するまでわからないからである。〉（本書一六六頁より）

そう、たしかに僕らが知っているのは〝海上の嵐〟だけだろう。どんなに威力があるかは上陸してはじめてわかるのだ。見方をかえていうなら、その〝海上の嵐〟から上陸したあとの〝破壊的な〟威力を描くことこそ、クックの小説といえるかもしれない。

今回の小説もまた家族をめぐる小説である。姉と弟の葛藤は、亡き父親との関係に由来し、その狂気の萌芽が娘へ、さらに孫へと至るのではないかと恐れられ、ある行為へとかきたててしまう。その行為とは、いまの言葉と矛盾するけれど、陸上での破滅的な威力を察して、海上でとどめようとする行為ともとれるかもしれない。

前作『緋色の迷宮』は、読む者の涙や感動を生みだすメロドラマではなく、どちらかというと冷徹な現実を見すえた真正の人間ドラマだった。読後感は重く、決して後味がいいとはいえなかったが、それは（いつものように）リアリズムに徹したからであり、だからこそ哀切さが増したといっていい。物語の至るところで開陳される思索、諦観、洞察は人生の真実を照らし、うちひしがれた情況にある者は小説にみなぎる重く苦しい絶望感に慰めを覚えるだろうし（自分の絶望を知る者がここにいると嬉しく思うはずだ）、いま幸福と思いこんでいる者には（皮肉な言い方になるけれど）いずれ訪れるだろう絶望のレッスンになるだろう。それほどクックは人生をさまざまな視点から批評し、人物たちによりそい、彼らの内面の奥深くまで降りていく。

それは本書『石のささやき』でも同じだろう。一見すると『緋色の迷宮』よりも優しい終わりのように見えるが、最後の一行で暗転する。その一行は果たして必要だったのかどうか疑問は残るが（いや、テーマをうちだすうえで必要だったとは思うけれど）、そこまで改めて強調するほどもないと思うが、どうだろう。

■〈……それはただつぶやいているだけ、静かに泣いているだけ、低い声で途切れなくむせび泣いているだけだった。……〉

（本書一二八頁より）

父親が二度運び込まれた精神病院に勤務する男が、ある日ドーヴァー峡谷の石の割れ目で、

〝石のつぶやき〟を耳にする場面である。これは本書のテーマとも深く関わる内容であり、ネタばれになるので深くは触れないが、この〝石のつぶやき〟は本書の英国版のタイトルでもある（アメリカ版は〝無知の雲〟）。この小説に出てくる人物たちの何人かが、この〝石のつぶやき〟を耳にすることになり、死を招くことになる。

■〈……その小さな石には、私が忘れようと思い、忘れてはならないと思い、しかも私がもう何年も、いや何十年も、忘れたままになっていた無量の想いが籠められていた。その石は私の罪であり、私の恥であり、失われた私の誠意であり、惨めな私の生のしるしだった。石は冷たく、日本海の潮の響きを、返らない後悔のようにその中に隠していた。〟

（福永武彦『忘却の河』新潮文庫、第一章より）

父親との会話の回想で、デイヴは、黄泉の国と生者の世界を隔てる五つの川の話を思い出す（六五〜六六頁）。そこに〝忘却の川〟が出てくるのだが、それを読んで僕はふと戦後文学の名作のひとつ、福永武彦の『忘却の河』（一九六四年）を思い出した。『忘却の河』もまた家族小説であり、小さな会社の社長の「私」、寝たきりの妻、娘二人との葛藤を意識の流れを通して、つまり一人称の叙述のなかに過去の記憶（三人称視点での物語り）を挿入して、ひとりの男の総体を劇的に浮かび上がらせているからである。そして重要なのが、〝石〟。かつて若いときに日本海のある賽《さい》の河原で拾ってきた石を、「私」はずっとひそかにもっていた。多くの罪と後悔を胸にひめて、いまその石を海のなかに投げこもうとしている場面である。

おそらく出典を明記しなければ（日本海という名称が出てくるけれど）、まるでクックの文章のように思えてしまうのではないか。詩的で情感豊かな文章の格調高さと強さは、どうだろう。ひたひたと想いがつのり、やがてあふれ、どうすることもできない絶望と悲しみが謳われても、そこに何がしかの（でも真摯なまでの）祈りがこめられている。そのひたすらな祈りに僕らは心を震わせてしまうのである。

小説を読み終えたあと、僕は『忘却の河』を読み返し（もう何度目だろう、最低でも五回はくだらない）、デイヴの心情を思った。〝忘れようと思い、忘れてはならないと思い、しかも私がもう何年も、いや何十年も、忘れたままになっていた無量の想い〟と同じものを、デイヴもいつか抱くときがくるのではないか。石のささやきを耳にしながら、自らの罪を、恥を、失われた誠意を、惨めな生のしるしに、いつか思いをはせる時がくるのではないか。それは決して小説のなかの登場人物のことではなく、まぎれもなく小説を読む僕ら一人ひとりの体験になるものだろう。ダイアナが父親の死に際して引用したエドワード・トマスの「消灯」の言葉を引用するなら、〝たとえ道がまっすぐでも、曲がりくねっていても／遅かれ早かれ、だれもが道に迷うしかなく／選択の余地はない〟という〝計り知れぬほど深い森〟、すなわち死にたどりつくまでに。

（文芸評論家）

文春文庫

石《いし》のささやき

定価はカバーに
表示してあります

2007年9月10日　第1刷
2007年12月10日　第2刷

著　者　トマス・H・クック
訳　者　村《むら》松《まつ》潔《きよし》
発行者　村上和宏
発行所　株式会社 文藝春秋
東京都千代田区紀尾井町 3-23　〒102-8008
TEL 03・3265・1211
文藝春秋ホームページ　http://www.bunshun.co.jp
文春ウェブ文庫　http://www.bunshunplaza.com

落丁、乱丁本は、お手数ですが小社製作部宛お送り下さい。送料小社負担でお取替致します。

印刷・凸版印刷　製本・加藤製本　Printed in Japan
ISBN978-4-16-770555-8

文春文庫

海外ミステリ＆サスペンス・セレクション

（　）内は解説者。品切の節はご容赦下さい。

トマス・H・クック（村松潔訳）

闇に問いかける男

幼女殺害の容疑者、取調べる刑事たち、捜査過程で浮かんできた怪しい人物……すべてが心に闇を抱えこみ、罪と贖いがさらなる悲劇を呼ぶ。クック会心のタイムリミット型サスペンス！

ク-6-13

トマス・H・クック（村松潔訳）

蜘蛛の巣のなかへ

重病の父を看取るため、二十数年ぶりに帰郷した男。かつて弟が自殺した事件の真相を探るうち、父の青春の秘密を知り、復讐の銃をとる。地縁のしがらみに立ち向かう乾いた叙情が胸を打つ。

ク-6-14

トマス・H・クック（村松潔訳）

緋色の迷宮

近所に住む八歳の少女が失踪し、自分の息子に誘拐殺人の嫌疑がかかり不安になる父親。巧緻なプロットと切々たる哀愁の人間ドラマで読者を圧倒する、エドガー賞作家の傑作ミステリ。

ク-6-15

キース・アブロウ（高橋恭美子訳）

抑えがたい欲望

大富豪の生後五カ月の娘が殺された。容疑者は十六歳のその兄だが両親ほか一家全員にも犯行の動機はある。法精神科医の主人公が彼らの心の傷に対峙する心理サスペンス。（池上冬樹）

ア-8-1

カール・ハイアセン（田村義進訳）

ロックンロール・ウイドー

有名ロック歌手が変死した。死亡記事担当に左遷された元敏腕記者ジャックは名誉挽回を期して事件の謎に突撃する。全米で50万部を売り切る巨匠ハイアセンの最新傑作。（推薦・石田衣良）

ハ-24-1

カーステン・ストラウド（布施由紀子訳）

コブラヴィル（上下）

父は上院議員、息子はCIA工作員。フィリピンでのテロをめぐって奇怪な情報に翻弄され、激烈な戦闘のすえ判明した陰謀の正体は？　パワフルなノン・ストップ・スリラーが全開。

ス-9-3

文春文庫

海外ミステリ＆サスペンス・セレクション

（　）内は解説者。品切の節はご容赦下さい。

ブレイン・ドラッグ
アラン・グリン（田村義進訳）

脳の機能を高める錠剤。それが彼の人生を一変させた。怠惰な生活を一新、株で大儲け。だが巨大な成功の瀬戸際で、底知れぬ陥穽が。全労働者の悪夢というべきサスペンス。（池井戸潤）

ク-14-1

髑髏《どくろ》島の惨劇
マイケル・スレイド（夏来健次訳）

狂気の殺人鬼が仕掛けた死の罠——閉ざされた孤島で生き残る者は？　密室殺人、嵐の孤島、無数の機械トリック。本格ミステリの意匠と残虐ホラーを融合させた驚愕の大作。（千街晶之）

ス-8-1

暗黒大陸の悪霊
マイケル・スレイド（夏来健次訳）

クレイヴン巡査長の母が惨殺された。物証が示す犯人は巡査長自身。警官を次々殺害し、クレイヴンを陥れた《邪眼鬼《イーヴル・アイ》》の正体——それは最後の一行で明らかになる！（法月綸太郎）

ス-8-2

斬首人の復讐
マイケル・スレイド（夏来健次訳）

カナダに跳梁する二人の殺人鬼。カナダ警察特捜部は熾烈な捜査を開始する。波乱万丈の展開とドンデン返しの連続で読者を放さない〝カナダのディーヴァー〟の最新傑作。（川出正樹）

ス-8-3

カジノを罠にかけろ
ジェイムズ・スウェイン（三川基好訳）

手口も正体も不明のイカサマ師の尻尾をつかめ！　百戦錬磨のイカサマ・ハンター、トニーは勇躍ベガスに乗りこむ。カジノの内幕をつぶさに描き、楽しい脇役も多数の痛快シリーズ開幕。

ス-11-1

嘆きの橋
オレン・スタインハウアー（村上博基訳）

作曲家殺しの捜査は共産党上層部に妨害された。解決に己の誇りをかける若き東欧の刑事が暴いたのは国家を揺るがす巨大な秘密……。大型新人が放つMWA新人賞候補作。（関口苑生）

ス-12-1

（　）内は解説者。品切の節はご容赦下さい。

推定無罪（上下）
スコット・トゥロー（上田公子訳）
美人検事補の強姦・殺害事件を手がける同僚検事補が、一転容疑者として裁判にかけられることに……。ハリソン・フォード主演で映画化された、ミステリ史上に残る法廷サスペンスの傑作。
ト-1-1

有罪答弁（上下）
スコット・トゥロー（上田公子訳）
弁護士事務所の内部で起きた数百万ドル横領事件、しかも容疑者の行方は不明だ。男と金の行方の捜索をまかされた元警察官の弁護士マロイは、さらに巨大な悪の壁につきあたるが……。
ト-1-5

われらが父たちの掟（上下）
スコット・トゥロー（二宮磬訳）
女性判事ソニアの担当した殺人事件の裁判は、被告、弁護人をはじめ知人ばかりで、さながら同窓会だった。公判の進展とともに一九六〇年代の諸相が現代に重なる。異色の法廷ミステリ。
ト-1-7

囮《おとり》弁護士（上下）
スコット・トゥロー（二宮磬訳）
法曹界の大規模贈収賄事件を摘発すべくＦＢＩの選んだ手段は、敏腕弁護士を使った大胆な囮捜査だった！　あの『推定無罪』を凌ぐ傑作と各紙誌から絶賛された法廷人間ドラマ。（松坂健）
ト-1-9

弁護
Ｄ・Ｗ・バッファ（二宮磬訳）
「正義は陪審が決めるもの」。そう割り切りどんな被告も無罪に導くことを生き甲斐とする辣腕弁護士が直面する、道徳上の〝正義〟という現実。リーガル・サスペンスの真髄。（中嶋博行）
ハ-17-1

訴追
Ｄ・Ｗ・バッファ（二宮磬訳）
潔白かもしれない男を有罪にし、根拠なく親友を人殺しと法廷で言いたて……。優秀な法律家の主人公が、前作に続き直面する「真実」の壁。何のためなら、嘘をついても許されるのか。
ハ-17-2

文春文庫　最新刊

誰か Somebody　宮部みゆき
平凡な生活の小さな事件から深みにはまる、宮部みゆきの真髄

春、バーニーズで　吉田修一
子連れの女性と結婚し、父になった主人公の幸福と危険

おめでとう　川上弘美
今という一瞬を楽しんで生きる人々を描く十二の短篇集

ためらいもイエス　山崎マキコ
彼氏いない歴二十九年のOLは、恋と昇進のどちらを選ぶか？

STAR EGG 星の玉子さま　森　博嗣
宇宙の星々をたずねて旅をする玉子さんと愛犬の絵本

八つの小鍋 村田喜代子傑作短篇集　村田喜代子
生きることのたくましさと可笑しさを描いた八篇

死刑長寿　野坂昭如
長寿日本一は死刑確定囚!?　炸裂する風刺と哄笑

マイ・ベスト・ミステリーⅥ　日本推理作家協会編
有栖川有栖・折原一・加納朋子・都筑道夫・法月綸太郎・横溝正史

霊鬼頼朝　髙橋直樹
平家を滅ぼし鎌倉に幕府を開いた源氏もまた三代で滅びた

高炉の神様 宿老・田中熊吉伝　佐木隆三
九十八歳まで、八幡製鉄の現役製鉄マンとして生きた男

オレたちバブル入行組　池井戸潤
銀行の逆境と減給にさらされる男たちの意地と挑戦を描く長篇

寺田屋騒動　海音寺潮五郎
幕末の京都伏見。薩摩誠忠組と藩との朋友相討つ悲劇が起きる

阿川佐和子の会えばなるほど　阿川佐和子
週刊文春連載の選り抜き第六弾。聞き上手アガワの真骨頂

戦士の肖像　神立尚紀
特攻隊員や戦艦大和の砲撃手などの刻明な体験証言

お世継ぎ 世界の王室・日本の皇室　八幡和郎
世界の王室の合理的な後継者制度を見て皇室制度を考える

脳がめざめる食事　生田　哲
最新研究によるメニュー改善で、沈んだ脳もやる気もアップ！

文庫本福袋　坪内祐三
古典から話題作まで、硬軟とりまぜた一九四冊の文庫本を紹介

夢を食った男たち　阿久　悠
山口百恵から小泉今日子まで次々とスターを生んだ男の物語